新时代万有文库

刘跃进 主编

[南朝梁] 刘 勰·撰 蔡丹君 王 丹·校点

文心雕龙

辽 海 出 版 社

其鬱詞必清峻敷音似鳧而不入善作之遠求慎必銘而

吾乎規矩之咸揄揚以芟薉汪洋以秋浩徵巧曲致真

博而贍文而大抵不知如新而已　讚乎明也助也皆言三畔

之祝宗正主贊為唱薉之詞也及答薉乎乎伊淨答

为巫覡誰賜言以明予嗟薉以助贊友邁置浮肥以唱

拜为讚民古之出語也至夫以屬筆如薉為有及史

斑目也訖讚襄賬約之以揭錄叙贊而法同也又紀傳

後評二同言君而仲洽流乎課禡乃述夫之美及景

汎注乐雅为植梦乐予兼美云二松頌之後乎讚本为

予禁予生獎薉不以古末薗詉促而不曠必括三乎以四

◎敦煌唐写本残卷

楊升菴先生批點文心雕龍卷之一

梁　通事舍人劉勰　著

明　豫章　梅慶生音註

原道第一

文之爲德也大矣與天地並生者何哉夫玄黃

色雜方圓體分日月疊璧以垂麗天之象山川

煥綺以鋪理地之形此蓋道之文也仰觀吐

曜俯察含章高卑定位故兩儀既生矣惟人參

之性靈所鍾是謂三才爲五行之秀實天地

◎明陈长卿覆刻梅氏天启二年（1622）校定本

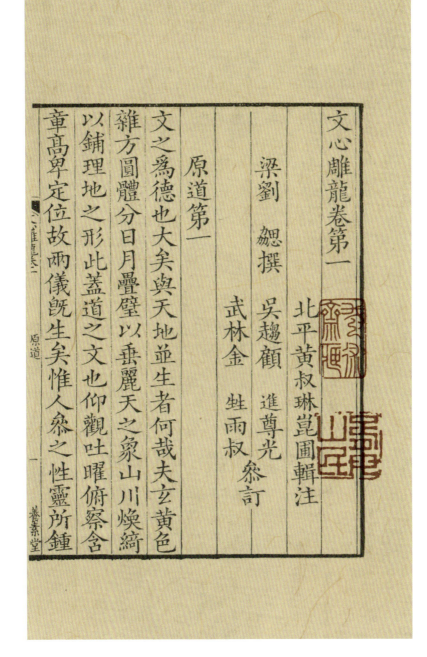

◎清乾隆六年（1741）养素堂黄叔琳辑注本

文心雕龍卷第一

　　　　梁　劉勰撰
　　　北平黃叔琳注
　　　河間紀昀評

原道第一

文之為德也大矣與天地並生者何哉夫玄黃色雜方
圓體分日月疊璧以垂麗天之象山川煥綺以鋪理地
之形此蓋道之文也仰觀吐曜俯察含章高卑定位故
兩儀既生矣惟人參之性靈所鍾是謂三才為五行之
秀實天地之心字心一本實上有人心生而言立言立而文

◎清道光兩廣節署本

总　序

刘慧晏

　　新时代、新征程、新伟业，更加迫切地需要"两个结合"提供支撑和滋养。辽宁出版集团贯彻落实习近平文化思想，着眼于服务"第一个结合"，集海内百余位专家之力，分国内传播、世界传播两辑，出版《马克思主义经典文献传播通考》。巨著皇皇，总二百卷，被誉为当代马克思主义基础研究扛鼎之作。着眼于服务"第二个结合"，辽宁出版集团博咨众意，精研覃思，决定出版《新时代万有文库》。

　　自古迄今，中华文化著述汗牛充栋。早在战国时，庄子就发"以有涯随无涯，殆已"的感慨。即使在知识获取手段高度发达的今天，我想，也绝对没有人敢夸海口：可尽一生精力遍读古今文化著述。清末好读书、真读书的曾国藩，在写给儿子的家书里，做过统计分析，有清一代善于读书且公认读书最多的王念孙、王引之父子，每人一生熟稔的书也不过十几种，而他本人于四书五经之外，最好的也不过《史记》、《汉书》、《庄子》、韩愈文四种。因此，给出结论："看书不可不知所择。"

高邮王氏父子也罢，湘乡曾国藩也罢，他们选择熟读的每一本书，当然都是经典。先秦以降，经典之书，积累亦多矣。虽然尽读为难，但每一本经典，一旦选择，都值得花精力去细读细研细悟。

中华文化经典，是中华优秀传统文化的物质载体和精神表达，凝聚着中华先贤的思想智慧，民族文化自信在焉。书海茫茫，典籍浩瀚，何为经典？何为经典之善本？何为经典之优秀注本？迷津得渡，知所择读，端赖方家指引。正缘于此，辽宁出版集团邀约海内古典文史专家，不惧艰辛，阅时积日，甄择不同历史时段文化经典，甄择每部文化经典的善本和优秀注本，拟分期分批予以整理出版，以助广大读者在创造性转化和创新性发展中赓续中华文脉。

《马克思主义经典文献传播通考》的美誉度，已实至名归。《新时代万有文库》耕耘功至，其叶蓁蓁、其华灼灼、下自成蹊，或非奢望！

出版说明

一、《新时代万有文库》（以下简称"《文库》"）拟收录中华传统文化典籍中具有根脉性的元典（即"最要之书"）500种，选择具有重要学术价值和版本价值的经典版本，给予其富有鲜明时代特征的整理与解读，致力于编纂一部兼具时代性、经典性、学术性、系统性、开放性的中华优秀传统文化经典丛书，深入挖掘和阐发中华优秀传统文化的精神内涵和时代价值，激活经典，熔古铸今，为"第二个结合"提供助力，满足新时代读者对中华文化经典的需求。

二、为满足不同读者的需求，《文库》收录的典籍拟采取"一典多版本"和"一版三形式"的方式出版。"一典多版本"是指每种典籍选择一最精善之版本予以重点整理，同时选择二至三种有代表性的经典版本直接刊印，以便读者比较阅读，参照研究。"一版三形式"是指每种典籍选择一最精善之版本，分白文本、古注本、今注本三种形式出版。各版本及出版形式，根据整理进度，分批出版。

三、典籍白文本仅保留经典原文，并对其进行严谨校勘，使其文句贯通、体量适宜，便于读者精析原文，独立思考，涵泳经典。考虑到不同典籍原文字数相差悬殊的实际情况，典籍白文本拟根据字数多少，或一种典籍单独出版，或几种典籍合为一册出版。合出者除考虑字数因素外，同时兼顾以类相从的原则，按照四部书目"部、类、属"三级分类体系，同一部、同一类或同一属的典籍合为一册出版。如子部中，同为"道家类"的《老子》与《庄子》合为一册出版。

四、典籍古注本选取带有前人注疏的经典善本整理出版。所选注本多有较精善的、学术界耳熟能详的汉、唐、宋、元人古注，如《老子》选三国魏王弼注，《论语》选三国魏何晏集解，《尔雅》选晋代郭璞注，等等。

五、典籍今注本在整理典籍善本基础上，对典籍进行重新注释，包括为生僻字、多音字注音；给难解的词语如古地名、职官、典制、典故等做注，为读者阅读、学习经典扫清障碍。

六、每部典籍卷首以彩色插页的形式放置若干面重要版本的书影，以直观展现典籍的历史样貌及版本源流。

七、每部典籍均撰写"导言"一篇，主要包括作者简介、创作背景、内容简介、时代价值、版本考释等方面内容。其中重点是时代价值，揭示每一种中华传统文化经典所蕴含的优秀基因和至今仍有借鉴意义的思想观念、人文精神、道德规范等，展示中华民族的独特精神标识，彰显中华传统文化经典的"魂"，满足读者借鉴、弘扬其积极内涵的需求，找准中华传统文化与社会主义核心价值观之间的深度契合点，指明每种经典在建设中华民族现代文明中能提供哪些宝贵资源。同时，对部分经典中存在的陈旧过时或已成为糟粕性的内容，予以明确揭示，提醒读者正确取舍，有鉴别地对待，有扬弃地继承，避免厚古薄今、以古非今。

八、校勘整理以对校为主，兼采他书引文、相关文献及前人成说，不做烦琐考证。选择一种或多种重要版本与底本对勘，以页下注的形式出校勘记，对讹、脱、衍、倒等重要异文进行说明，并适当指出旧注存在的明显问题。鉴于不同典籍在内容、体例、底本准确性等方面存在较大差异，《文库》对是否校改原文及具体校勘方式不作严格统一，每种典籍依具体情况灵活处理，并在书前列"整理说明"。

九、《文库》原则上采用简体横排的形式，施以现代新式标点，不使用古籍整理中的专名号。古注本的注文依底本排在正文字句间，改为单行，变更字体字号与正文相区别。

十、《文库》原则上使用规范简化字，依原文具体语境、语义酌情保留少量古体字、异体字、俗体字。《说文解字》《尔雅》等古代字书则全文使用繁体字排印。

《新时代万有文库》编辑委员会

2023年10月

目　录

文心雕龙

卷十 / 287

导　言

　　唐贞观十年（636），姚思廉继其父亲姚察遗志完成《梁书》编纂，南朝萧梁的历史伴随着南北统一正式凝定成官方正史叙事。《梁书·文学传》勾勒了庾肩吾、何逊等二十几位以文名进取的士人群像，进而编织出梁代文坛面貌，刘勰和他的《文心雕龙》亦被姚思廉纳入其中。

一

　　刘勰，字彦和，史载其为东莞莒县人（今山东日照莒县），然如杨明照所考，《梁书》所载地域为刘勰家族故里，而非其成长之籍贯。永嘉之乱，衣冠南渡，晋明帝立侨郡南东莞于南徐州，其州郡治所为京口（今江苏镇江），故刘勰一家实际是住在京口。❶

　　刘勰一生历宋、齐、梁三代，命途坎坷。他家世微寒，其祖父刘灵真无任何官职记录，仅书为"宋司空秀之弟"（《梁书·刘勰传》）。虽然《梁书》将刘勰一脉视作刘宋重臣之亲族，但此说是否属实一直颇有争议。《宋书·刘秀之传》中并无刘灵真的相关内容，李延寿亦在《南史》中删去了这条记

---

　　❶　［梁］刘勰撰，杨明照校注：《文心雕龙校注》，古典文学出版社，1958，第1-2页。

录。现代学者王元化、程天祜、牟世金皆认同刘勰祖辈与刘秀之无关。其父刘尚,任刘宋越骑校尉。这是一个掌管京师驻军的四品武职,《宋书·百官志》载此官职"秩二千石"❶。刘尚职级不算低,但并非清流要职。同时由于他去世较早,刘勰年少家贫,境遇困顿。

在刘勰的时代,门阀政治是社会的核心底色,高门士族凭借门荫平流进取,坐至公卿。那么何为高门?一来家族任官世系绵长,先辈亲属地位尊崇,为家族谋得可以世袭的爵位;二来家族为官世系虽不长,但是近世亲属在当朝获得高位,属新兴之秀,贴近皇权核心。即一流门第或有先世达官,或有当朝显贵,显然,这些人生开局的优渥条件刘勰都不具备。其祖父无论与显赫的刘秀之是否有关系,都只是一个未曾任官的人物。而父亲刘尚看似品级不低,但东晋以来官分清浊,正如《通典》所云:"官有清浊,以为升降,从浊得清,则胜于迁。"❷品级并不是衡量职官地位的唯一标准,刘尚的官职是高门士族所不屑的浊官武职。可见,亲无显贵、父亲早亡的刘勰,其门第实属微寒。

面对这样的家世,刘勰"笃志好学",并选择了一条依托佛法山林的生存进取途径。史载刘勰"依沙门僧祐,与之居处,积十余年"(《梁书·刘勰传》)。依牟世金《刘勰年谱汇考》,刘勰二十四岁前后入定林寺跟随僧祐,然而并未真正

---

❶ [梁]沈约:《宋书》,中华书局,1974,第1249页。
❷ [唐]杜佑:《通典·选举》,中华书局,1988,第336页。

出家，此时约为南齐永明八年（490）。❶

　　齐武帝永明时代是南朝社会相对平稳发展的阶段，"永明之世，十许年中，百姓无鸡鸣犬吠之警，都邑之盛，士女富逸，歌声舞节，袨服华妆，桃花绿水之间，秋月春风之下，盖以百数"❷。在以战乱为主色的南北朝时期，这个相对承平的环境也孕育了繁荣的文学文化。皇族萧氏出身次等士族，在人才选任方向上倾向寒门子弟，同时，太子萧长懋与其弟竟陵王萧子良等未来的皇权代表好风雅、喜文学，好集宾客。因此，寒门子弟凭借个人文采进入权力中心的可能性增加。永明五年（487），萧子良位司徒，"移居鸡笼山邸，集学士抄《五经》、百家，依《皇览》例为《四部要略》千卷"❸，当时士人纷纷依附萧子良。范云、萧琛、任昉、王融、萧衍、谢朓、沈约、陆倕，这些文学史中的重要人物皆云集在竟陵王西邸。他们身份各异，既有王融这种琅琊王氏的嫡系贵公子，也有任昉、沈约这些次等士族，他们皆以文学之才而备受亲待。可见，当时萧子良等皇室宗亲集团是士人们走近权力中心、积累名望的重要依凭。

　　而正值青春壮年的刘勰，面对永明时代政治集团的蓬勃机遇，却选择了定林寺。一入寺门，就是十余年。

　　南齐皇室尊崇佛法，对待高僧更是礼敬有加。定林寺位于都城建康的钟山（今南京紫金山），这里不仅是南朝高僧修行

---

❶ 牟世金：《刘勰年谱汇考》，巴蜀书社，1988，第28页。

❷ ［梁］萧子显：《南齐书·良政传》，中华书局，1972，第913页。

❸ ［梁］萧子显：《南齐书·竟陵文宣王子良传》，中华书局，1972，第698页。

的寺院，更是公卿名流云集之所。僧柔在齐武帝和萧子良诸王的征召下，最终"止于定林寺，躬为元匠"❶，萧长懋兄弟俩"并服膺入室"向僧柔求道问学。所以，都城寺院中的高僧往往与权贵阶层有着比较密切的联系，刘勰所依的僧祐就是一位才学和名望兼具的僧人。著名的佛教文献《出三藏记集》《弘明集》皆是僧祐主持编纂。如同当时的诸多高僧一样，僧祐也备受皇室亲善，永明十年竟陵王就请僧祐讲律。从上面这些线索推断，刘勰入定林寺依托僧祐，或许是希望凭借佛教高僧获得接近权力阶层的机会。

永明四年（486），刘孝标出使北魏归来，听说竟陵王萧子良博招学士，意图求职，但吏部尚书徐孝嗣"抑而不许"❷。拥有显著外交政绩的刘孝标都未能进入核心集团，可见仕进不易。这一旁证也可说明，对于无依无靠的刘勰来说，依托定林寺是仕进相对可行的出路和捷径。

刘勰或许是出于一种功利目的投奔定林寺，但是十余年中，他协助僧祐完成经藏整理工作，也沉浸到佛理等知识的学习中。他博通经论，作文章也长于佛理，《出三藏记集》的编纂也有他的一份功劳。刘勰经历了南齐一朝的由盛转衰，由承平变混乱，依旧没能获得入仕的机会，他流传千古的《文心雕龙》也写作于这段蛰伏时期。

齐梁易代，梁武帝天监初年，刘勰终于入仕，"起家奉朝

---

❶　［梁］释慧皎：《高僧传·齐上定林寺释僧柔》，中华书局，1992，第322页。

❷　［唐］姚思廉：《梁书·刘峻传》，中华书局，1973，第701页。

请"，此时的他已经三十多岁了。后刘勰任临川王萧宏记室。据杨明照考，萧宏天监三年（504）进号中军将军，刘勰应在此之后任职。❶记室属于宗王幕僚，主要负责章表书奏等公文的写作工作，担任此职的多为饱学之士。萧宏喜好佛学，曾尊僧祐为师，或许了解过刘勰的文学才能，故请为记室。后刘勰迁车骑仓曹参军。仓曹参军，主要掌管粮廪俸禄、厨膳、出纳市易等事务。杨明《刘勰评传》认为他是在车骑将军王茂府中任职，时间大致是天监八年（509）四月以后。❷

此后刘勰又出任地方长官，任太末县令，史称其"政有清绩"。天监十一年（512）以后，刘勰任南康王萧绩记室，同时兼任东宫通事舍人。东宫通事舍人官秩很低，仅为一班，故以七班的皇子府记室兼领此职务，但因贴近储君集团，此官实为清贵之职。刘勰任此职多年，也深受太子萧统礼遇。有学者认为萧统《昭明文选》的编纂体例是受到刘勰及其《文心雕龙》影响的。

天监十七年（518），刘勰上表建言祭祀事宜受梁武帝认可，迁步兵校尉兼东宫舍人。此官与皇子府记室同为七班，为宫内禁卫军武职，意味着君王亲信身份。这应该是刘勰最贴近权力中心的时刻，所任虽非显赫，但也算亲近皇帝与太子的职务，然而刘勰仕途也止步于此了。

据牟世金《年谱》考，刘勰任步兵校尉后不久，即奉诏

---

❶ ［梁］刘勰撰，杨明照校注：《文心雕龙校注》，古典文学出版社，1958，第5页。

❷ 杨明：《刘勰评传》，南京大学出版社，2011，第24页。

"与沙门慧震于定林寺修撰佛经"。❶梁武帝是我国历史上非常著名的崇佛皇帝。从情理上讲，若顺利完成官方撰经任务，刘勰很可能将受到礼敬佛法的梁武帝提拔。而他却在功毕之时"燔鬓发以自誓"（《梁书·刘勰传》），正式上书请求出家，自此变服改名，法号慧地，于寺中终老余生。刘勰一生未婚娶，年少时为求功名捷径进入定林寺，晚年却在仕进之时回到青灯古佛旁，个中缘由，值得玩味。

纵观刘勰生平，生卒年不详，出身寒微，父母早亡，半生无闻，出仕非显，一生坎坷艰辛。唯有一部《文心雕龙》立言不朽，声传百代，今人得以于千载之后瞥见那个托居定林寺的年轻人的志向与文采，这或许是刘勰充满遗憾、困顿的人生中最得慰藉的余音和终章吧。

二

《文心雕龙》是我国现存最早、最系统的文学理论著作，而这样一部重要的文献，其思想意图与文学主张离不开永明时代的塑造。

永明文学最典型的标签就是提倡声律美学。"齐永明中，文士王融、谢朓、沈约文章始用四声，以为新变。"❷又"永明末，盛为文章。吴兴沈约、陈郡谢朓、琅邪王融以气类相推毂。汝南周颙善识声韵。约等文皆用宫商，以平上去入为四

---

❶ 牟世金：《刘勰年谱汇考》，巴蜀书社，1988，第100页。
❷ ［唐］姚思廉：《梁书·庾肩吾传》，中华书局，1973，第690页。

声，以此制韵，不可增减，世呼为‘永明体’”❶。

在中华传统诵诗音韵基础上，同时受佛教译经的影响，周颙等人总结出四声说，提出了一套完整的平仄对仗规则，并将这套规则应用到诗文的书写中。如沈约就强调声律美感，即“若前有浮声，则后须切响。一简之内，音韵尽殊；两句之中，轻重悉异”❷，重视声音上的错落有致、唇吻流利。永明文学的革新意味着将文本的声、韵、调作为评判标准，讲求“好诗圆美流转如弹丸”❸，这是以情志、文辞为核心的传统美学未曾关注到的方面。值得注意的是，永明声律的审美革新，其本质是对前代文化权威的挑战与颠覆。

永明之前，“谢灵运体”是影响极大的文学范式，其体文辞富艳颇得美誉。而沈约等永明文人开启了以声律“商榷前藻”的批评方式，使谢灵运诗文因好用双声叠韵落得“疏慢阐缓”之讥。❹自衣冠南渡以来，高门士族以“洛阳声咏”为尊，反对“楚言”，从声音层面设定出了一种文化权威，高门子弟多注重语音学习来展现地位、区分寒族。如羊戎说话好为双声，武人出身的王玄谟不识音韵。可见，永明声律的革新是一场由高门士族、新兴士族以及皇室宗亲共同主导的文化运动，以期树立新的审美标准，掌握文化话语。

刘勰及其《文心雕龙》受到永明新声的深刻影响。刘勰

❶ ［梁］萧子显：《南齐书·陆厥传》，中华书局，1972，第898页。
❷ ［梁］沈约：《宋书·谢灵运传》，中华书局，1974，第1779页。
❸ ［唐］李延寿：《南史·王筠传》，中华书局，1975，第609页。
❹ 李晓红：《永明声律审美的继古与新变——兼及谢灵运文学史地位之失落》，《中山大学学报（社会科学版）》，2016，第5期。

转译经文，整理佛典，具有极强的音韵素养。同时，四声说的代表人物周颙和庄严旻都与僧祐关系极深，是定林寺的常客。《文心雕龙·声律》篇认可并总结了永明声律的成果，其中的观点和立场几乎与沈约等人一致。黄侃曾说："彦和生于齐世，适当王沈之时，又《文心》初成，将欲取定沈约，不得不枉道从人，以期见誉……嗟乎！学贵随时，人忌介立，舍人亦诚有不得已者乎！"❶黄侃虽感慨刘勰迎合时风权贵的动机，但其文受到永明风气影响是无疑的。

其次，永明时期骈文的创作得到了进一步发展，更加重视用典的精工切要。傅亮是刘宋时期著名的文笔之臣，其诏令奏议皆有典雅美誉，但是其文藻不像永明以后那般精致繁富。王融的文章以文藻富丽为名，其最负盛名的《三月三日曲水诗序》被评为"词涉比偶，而壮气不没"❷，这篇文章从头到尾都是由各种典故连接而成，潜气内转，极少用虚词转折递进，多以典故内部的纷繁含义推进论说。这样的骈体书写在当时影响深远并且地位极高，《南齐书·王融传》就记载了北魏士人久闻《曲水诗序》盛名的故事。著名的文笔大家任昉也经历了永明时期。用典细密且自然融通是他书写的一大特点，总览其所作文章，用典来源丰富多样，措辞裁剪巧妙，对仗工整，这些形式技巧共同构建出了骈文的华词丽藻。

骈体的文辞形态在永明时代得到进一步发展，被今人视

---

❶ 黄侃：《文心雕龙札记》，上海古籍出版社，2000，第118页。

❷ ［明］张溥著，殷孟伦注：《汉魏六朝百三家集题辞注》，人民文学出版社，1960，第193页。

为叠床架屋的手法在当时代表着华丽的精英美学。刘勰《文心雕龙》亦是在这种文化语境下书写的，除了其文本身用骈体写就，书中《丽辞》《镕裁》《比兴》《事类》等篇章皆是针对当时文学新变而进行的回应。

值得注意的是，《文心雕龙》并非一味地迎合永明新风，刘勰拥有强烈的弘扬文道的理想。他亦批评时弊，认为时风"去圣久远，文体解散，辞人爱奇，言贵浮诡，饰羽尚画，文绣鞶帨，离本弥甚，将遂讹滥"（《文心雕龙·序志》），近体之文过分追求新奇藻饰，文章体格卑下，因此他主张创作立足儒家根本，为文征圣宗经，以经书正统的笔法纠正时弊。

永明时代，文学集团十分活跃且政治色彩浓郁，士族与政要以文学为旗号形成了一种供需关系。宗室重臣以文章技能为筛选条件，拉拢特定士族势力；士族各阶层则通过倚靠皇族勋贵获得进取机会。自东晋以来，南朝高门大族垄断文学权力，"好属文"成为其家族的重要传统，而新兴的次级士族为争夺话语权也多习文。在这样的政治文化生态下，刘勰创作《文心雕龙》不仅寄托个人的文学理想，同时也有表达立场、展示才能的政治意图。《梁书》本传载《文心雕龙》完成后"未为时流所称"，刘勰"自重其文，欲取定于沈约"，但当时沈约"贵盛，无由自达"，刘勰只能"负其书，候约出，干之于车前，状若货鬻者"。此事辛酸无奈，但也说明了他著书的功利进取之意。

三

《文心雕龙》体大思精，全书以儒典为基调，对南齐之前中国历代文学的特点、发展脉络进行了精当的总结和批评。同时涉及各类文体的书写评述。此书是现存最早、体系最完整的古代文论著作。

《文心雕龙》共有五十篇，最后一篇《序志》是刘勰个人著书的说明介绍，全书三万七千余字，大致分为三个部分。书中前五篇《原道》《征圣》《宗经》《正纬》和《辨骚》，刘勰称之为"文之枢纽"，即全书的总纲目。主要回答两方面问题：文学是什么？文学写作的基础是什么？该部分统论文道并传达根本立场，即以儒家经典为文学源头，以六经作为书写典范。

从第六《明诗》到第二十五《书记》，刘勰称其为"论文叙笔，则囿别区分"。此部分所论囊括三十多种文体，既有诗、赋、乐府等有韵之文，也有诏策、奏议、书启、史传等实用文章。对于每一类文体，刘勰皆溯本索源，解释文体的功能，选取代表作家作品，以此论定文体的书写范式。《文心雕龙》第一部分提出"宗经"原则，第二部分则从诸文体的实践中贯彻"取镕经意"，在分体文学史中纠正"文体讹滥"的时弊。

从第二十六《神思》到第四十九《程器》，刘勰称其为"割情析采"，即讨论文章写作原则与技巧。参考詹锳的梳理，其中又涉及三个方面，其一，《神思》至《镕裁》七篇属于创作论，"笼圈条贯"归纳基本的文学理论，为文人提供理论指导；其二，《声律》至《指瑕》九篇属于修辞手法的讨论；其三，《养气》至《程器》八篇则关注文人修养和社会品评。

《文心雕龙》逻辑严谨，内容丰富，观点精审。如针对晋宋文学之变所提出的"庄老告退，而山水方滋"（《文心雕龙·明诗》），面对曹丕曹植之优劣而提出的"文帝以位尊减才，思王以势窘益价"（《文心雕龙·才略》），等等，诸多论点皆影响深远。全书贯彻"圣人矩矱"论文评文，从抽象到具体，陶铸出一个由道至文、由文显人的庞大自洽体系。万奇指出贯穿全书的内在理路是"道→圣→文（经）→体→术"，可谓"首尾一体"。❶

《文心雕龙》是中华传统文化的宝藏，此书虽然诞生于南齐之时，所论为千年前的文章之道，但时至今日仍具有蓬勃的生命力，是我们回归中华文学传统、树立文化自信的重要基石。对《文心雕龙》的研读，有利于推进新时代中国传统文学批评体系的构建。

我国诗文传统源远流长，形成了一套独特的批评体系和审美范式。同时，文论材料所及范围相当广泛，除了集部文献之外，还有大量只言片语散布在经、史、子诸部。因此，中国传统文论并不单是文学审美的简单表达，而是一种更加宏大的文化意识。中国传统文论中诸如"气""道""神"等概念与哲学思想关系非常密切。同时，中国传统文论侧重对阅读感受的阐释，而不太关注书写体式等具象化的逻辑内容，因此，产生了诸如"富艳""绮靡""清华"等大量感官性的专有词汇。所以，近代以来中国传统文论一直被诟病

---

❶ 万奇：《往者虽旧，余味日新：〈文心雕龙〉的现代意义》，《光明日报》，2024年2月19日。

缺乏系统性和理论性。

20世纪初，郭绍虞等学人受到英国文学史书写的影响，引入西方文论模式，中国文学批评作为一个学科正式出现。20世纪初是我国摆脱封建残余、努力实现现代化的历史时期，是故诸多意识形态和文化传统被打破重构，西体中用"开眼看世界"，这种行为具有特定的时代价值。

然而世界环境是运动发展的，若从学术角度来看，我们不得不承认中国文学批评学科在移植西方文论体系时存在削足适履之弊端。在新时代的历史需求下，中华民族的伟大复兴必然意味着传统文化守正创新，这是树立民族自信心，凝聚共同体意识的重要路径，因此我们需要建立一套适合本国语境的文学话语体系。而严谨且科学的学术研究需要可靠的文献支撑，《文心雕龙》作为我国现存最早且最系统的文论著作，其在文学范畴、术语、命题等研究方面皆具有非凡的典范意义。

在新时代下，我们构建中国传统文论体系亟须解决的一个难点就是阐释大量"玄而又玄"的术语词汇。《文心雕龙》因其宏大全面的书写体例，吸纳了丰富的评论术语，并能提供创作实践的具体例证，这为研究提供了相当重要的文献支持。其中如神思、风骨、文气等概念均非孤立存在，而在书中均可以找到相互对应的文本案例，因此可以说，《文心雕龙》是我们进入文论学习与研究的重要抓手。

同时，《文心雕龙》的文学观念也有助于深化理解中国文学史的本质与脉络。《文心雕龙》强调文学的实用功能，贯彻自先秦以来的儒家文学概念。其对文本的评价不停留在纯粹情致的审美上，同时也关注文本的社会功能，这些基本立场皆是与西方文论龃龉、矛盾的方面。正因如此，在纯文学审美式的西方文学体系下，我国传统语境中的诸多文体被排斥在了文学史书写之外。诸如奏议、诏策等曾是"经国之大业"的文章在现代却鲜少提及，纯文学观念逐渐遮蔽了传统文学丰富的内涵。因此，理解《文心雕龙》的文学观念，实有利于开阔中国文学研究视野。在新时代重审《文心雕龙》，或许能为中华传统文化事业提供一块关于文学理论的闪耀拼图。

四

《文心雕龙》版本众多，写抄本、单刻本、音注本、评注本等种类多样，现选取代表版本简述如下。

敦煌唐写本残卷，现存卷二至卷十四，草体字，册叶装，一页二十行至二十二行不等，行二十至二十三字不等。敦煌旧物，现藏大英博物馆。

元至正十五年（1355）刊本，共十卷，现藏上海图书馆，上海古籍出版社出版影印本。此本是《文心雕龙》现存最早的刻本，元至正十五年刊于嘉兴郡学，卷首有钱惟善序。中缝上鱼尾之上计字数，下鱼尾之下记刻工杨青、谢茂等姓名。每半叶十行，行二十字。

明弘治冯允中刊本，共十卷，现藏中国国家图书馆。弘治十七年（1504）刻于吴门，卷首有冯允中《重刊文心雕龙序》，卷第十末刻"吴人杨凤缮写"六字。每半叶十行，行二十字，黑口，左右双边，单鱼尾，中缝中记卷次。此为明代最早刻本。

明嘉靖汪一元刊本，共十卷，现藏中国国家图书馆，嘉靖十九年（1540）刻于新安，卷首有新安方元祯序，半叶十行二十字，白口，四周单边，下栏右有刻工姓名。

明嘉靖佘诲刻本，共十卷，现藏中国国家图书馆。嘉靖二十二年（1543）刻，卷首有佘诲《刻文心雕龙序》，半叶十行二十字，白口，左右双边，单鱼尾。

明万历张之象本，共十卷，现藏中国国家图书馆。万历七年（1579）刻，卷首有张之象序，后附《梁书》刘勰本传，半叶十行十九字，白口，左右双边，每卷末有校者姓名。万历张本不止一刻，详细可参杨明照《文心雕龙校注》附录。

明万历王惟俭训故本，《文心雕龙训故》共十卷，现藏中国国家图书馆。万历三十七年（1609）刻，卷首有王氏序，后附《南史·刘勰传》、凡例，卷末有杨慎与张含书，并王氏识语，半叶十行二十字，白口，四周单边。每卷末注写刻人姓名。

明梅庆生万历四十年（1612）本，共十卷，现藏台湾省图书馆。卷首有曹学佺、顾起元、冯允中、方元祯、程宽、叶联芳、乐应奎、佘诲八家序。卷末附刻都穆、朱谋㙔跋文。半叶九行十八字。

明陈长卿覆刻梅庆生天启二年（1622）校定本，共十卷，现藏哈佛大学图书馆。卷端书为"杨升庵先生批点文心雕龙"，侧下方有"古吴陈长卿梓"字样。卷首有宋毅隶书顾起元序，后附目录、《文心雕龙》雠校姓氏、音注雠校姓氏、杨慎与张含书、梅庆生识语、都穆跋文、朱谋㙔跋文、《梁书》刘勰本传、凡例。半叶九行十八字。

清乾隆六年（1741）姚培谦养素堂本，共十卷，现藏上海图书馆，浙江大学出版社出版影印本。卷端刻题名"文心雕龙辑注"，侧刻"养素堂藏板"，卷首有黄叔琳序，后附例言五条，《文心雕龙》原校姓氏、《南史》本传。每卷卷首有黄叔琳辑注与参订人姓名，每卷末有校者姓名。每半叶九行十九字，左右双边，双黑鱼尾，版心刻有卷次、篇名及页码，天头有黄叔琳评语，黄叔琳注文双行附正文后。

清道光两广节署本，共十卷，朱墨套印，道光二十三年（1843）刻，陕西省图书馆、德国巴伐利亚州立图书馆有藏本。卷首有黄叔琳序，序末有纪昀朱批注文。后附例言六条、《南史》本传、《文心雕龙》元校姓氏，半叶十行二十一字，天头有黄叔琳、纪昀评。左右双边，双黑鱼尾，版心刻有卷次、篇名、页码，黄叔琳注文双行，附正文后。

清张松孙辑注本，共十卷，乾隆五十六年（1791）刻，现藏哈佛大学图书馆。卷首有张松孙序，序后为凡例八条、《梁书·刘勰传》、杨慎与张含书并梅氏识语、元校姓氏（沿用黄本）及目录。每半叶九行十八字，黄注多所削删，双行附于正文当句下。此本虽参照梅氏天启本、黄氏辑注本刊，但间有不同。

其中乾隆六年养素堂黄叔琳辑注本是《文心雕龙》清中叶以来流传最广的版本，杨明照评此本"嗣后覆刻甚多，其佳者几于乱真"。黄氏辑注本不仅拥有丰富的注文，便于后世读者理解，同时正文严谨，参校多方，吸纳了明代诸如王惟俭、杨慎等人校勘注释的成果，亦参考了何焯的评述意见，是《文心雕龙》诸版本的集大成者。今天熟知的范文澜、杨明照等人的校注本皆以此本为基础，可谓影响深远。当然，此本也有疏漏之处，纪昀评："此书校本实出先生，其注及评则先生客某甲所为。先生时为山东布政使，案牍纷繁，未暇遍阅，遂以付之姚平山，晚年悔之已不可及矣。"其注文如"偏枯"，仅仅以索隐"偏枯"字句为注，仍未解其意。另外，其中校语多沿用梅氏本原文，或并非黄氏亲见原本而得。但不可否认的是，黄氏辑注本仍是目前"龙学"研究非常重要的版本。

整理说明

一、本书底本为上海图书馆藏清乾隆六年养素堂黄叔琳辑注本，参校本分别是上海图书馆藏元至正本（简称"元本"），以及哈佛大学藏明陈长卿覆刻梅庆生天启二年校定本（简称"天启本"）。

二、本书为《文心雕龙》黄叔琳辑注的简体横排本，以干净整洁呈现刻本面貌为整理原则，不做集注，只做校勘。

三、底本中的异体字、因避讳产生的缺笔字等径改为规范字形，不出校记。如底本"五言腾踊"之"踊"，元本作"踴"，一律以"踊"字录入。个别具体语境中的特殊用字，酌情保留繁体、异体字形。

四、异文若底本正文有标识，不额外出注。如底本"旁通而无滞"，"滞"字元本、天启本作"涯"，正文当句之下有注文："一作'涯'，从《御览》改。"不出注。

五、异文虽有明显疏漏，但不影响正文含义的，不一一出注。如底本"按《那》之卒章"，"按"字元本作"桉"，不影响理解，不出注；如底本"也"字，元本、天启本作"耳"，句尾虚词，不影响含义，不出注。

六、本次整理过录德国巴伐利亚图书馆藏清道光本纪昀评语，纪评附于正文之中。

七、本书正文部分省去各卷首作者、校注人、参订人姓名。

黄叔琳序

刘舍人《文心雕龙》一书，盖艺苑之秘宝也，观其苞罗群籍，多所折衷，于凡文章利病，抉摘靡遗；缀文之士，苟欲希风前秀，未有可舍此而别求津逮者。若其使事遣言，纷纶葳蕤，罕能切究。明代梅子庚氏为之疏通证明，什仅四三耳。略而弗详，则创始之难也。又句字相沿既久，别风淮雨，往往有之。虽子庚自谓校正之功五倍于杨用修氏，然中间脱讹，故自不乏，似犹未得为完善之本，余生平雅好是书，偶以暇日，承子庚之绵蕞，旁稽博考，益以友朋见闻，兼用众本比对，正其句字。

纪评：《宋史·艺文志》有辛氏《文心雕龙注》，书虽不传，亦宜引为缘起，不得以子庚为创始也。

人事牵率，更历寒暑，乃得就绪；覆阅之下，差觉详尽矣。适云间姚子平山来藩署，因共商付梓。方今文治盛隆，度越先古，海内操奇觚、弄柔翰者，咸有腾声飞实之思。窃以为刘氏之绪言余论，乃斯文之体要存焉，不可一日废也。夫文之用在心，诚能得刘氏之用心，因得为文之用心，于以发圣典之菁英，为熙朝之黼黻，则是书方将为鱼兔之筌蹄，而又况于琐琐笺释乎哉！时乾隆三年，岁次戊午，秋九月，北平黄叔琳书。

纪评：此书校本实出先生，其注及评则先生客某甲所为。先生时为山东布政使，案牍纷繁，未暇遍阅，遂以付之姚平山，晚年悔之已不可及矣。长山聂松严云：此注不出先生手，旧人皆知之，然或以为出卢绍弓则未确。绍弓馆先生家在乾隆庚午辛未间，戊午岁方游京师，未至山东也。

例　言 五条

一、此书与《颜氏家训》余均有节抄本，颜书已刻在前，今此书仍录全，文中加圈点则系节抄之旧，可一览而得其要。

二、诸本字句互有异同，择其义之长者为用之，仍于本句下注明"一作某"，或"元作某字，从某改"，或"元脱，从某补"。另刻元校姓氏一纸于卷首。

三、《隐秀》一篇脱落甚多，诸家所刻俱非，全文从何义门校正本补入。

纪评：此篇出于伪托，义门为阮华山所欺耳。

四、梅子庚音注流传已久，而嫌其未备，故重加考订增注什之五六，尚有阙疑数处，以俟来哲更详之。

五、此书分上下二篇，其中又自析为四十九篇，合《序志》一篇，篇共五十。今依元本分十卷，注释例于每篇之末，偶有臆见附于上方。其参考注之得失，则顾子尊光、金子雨叔、张子实甫、陈子亦韩、姚子平山、王子延之、张子今涪及诸同学之力居多。

文心雕龙元校姓氏

杨　慎字用修　　焦　竑字弱侯　　朱谋㙔字郁仪

曹学佺字能始　　王一言字民法　　许天叙字伯伦

谢兆申字耳伯　　孙汝澄字无挠　　徐　㷆字兴公

沈天启字生予　　柳应芳字陈父　　俞安期字羡长

王嘉弼字青莲　　王嘉丞字性凝　　张振豪字俊度

叶　遵字循甫　　许延祖字无念　　钟　惺字伯敬

商家梅字孟和　　钦叔阳字愚公　　龚方中字仲和

许延禩字无射　　郑胤骥字闲孟　　陈阳和字道育

程嘉燧字孟阳　　李汉煃字孔章　　徐应鲁字宗孔

曾光鲁字古狂　　孙良蔚字文若　　来逢夏字景禹

王嘉宾字仲观　　后学儒字醇季　　梅庆生字子庚

《南史》本传

刘勰字彦和，东莞莒人也。父尚，越骑校尉。勰早孤，笃志好学，家贫不婚娶，依沙门僧祐居，遂博通经论，因区别部类，录而序之，定林寺经藏勰所定也。

梁天监中，兼东宫通事舍人，时七庙飨荐已用蔬果，而二郊农社犹有牺牲，勰乃表言二郊宜与七庙同改。诏付尚书议，依勰所陈。迁步兵校尉，兼舍人如故，深被昭明太子爱接。

初，勰撰《文心雕龙》五十篇，论古今文体，其序略云："予齿在逾立，尝夜梦执丹漆之礼器，随仲尼而南行，寤而喜曰：大哉，圣人之难见也，乃小子之垂梦欤！自生灵以来，未有如夫子者也。敷赞圣旨，莫若注经，而马、郑诸儒弘之已精，就有深解，未足立家。唯文章之用，实经典枝条，五礼资之以成，六典因之致用。于是搦笔和墨，乃始论文。其为文用四十九篇而已。"既成，未为时流所称。勰欲取定于沈约，无由自达，乃负书候约于车前，状若货鬻者。约取读，大重之，谓深得文理，常陈诸几案。

勰为文长于佛理，都下寺塔及名僧碑志，必请勰制文。敕与慧震沙门于定林寺撰经证。功毕，遂求出家，先燔须发自誓，敕许之。乃变服改名慧地云。

卷
一

原道第一

纪评：据《时序》篇，此书实成于齐代，今题曰梁，盖后人所追题，犹《玉台新咏》成于梁，而今本题陈徐陵耳。

纪评：自汉以来论文者罕能及此，彦和以此发端，所见在六朝文士之上。

纪评：文以载道，明其当然；文原于道，明其本然，识其本乃不逐其末，首揭文体之尊，所以截断众流。

文之为德也大矣，与天地并生者何哉？夫玄黄色杂，方圆体分，日月叠璧，以垂丽天之象；山川焕绮，以铺理地之形，此盖道之文也。仰观吐曜，俯察含章，高卑定位，故两仪既生矣。惟人参之，性灵所钟，是谓三才；为五行之秀，实天地之心。一本"实"上有"人"字，"心"下有"生"字。心生而言立，言立而文明，自然之道也。傍及万品，动植皆文。龙凤以藻绘呈瑞，虎豹以炳蔚凝姿；云霞雕色，有逾画工之妙；草木贲华，无待锦匠之奇。夫岂外饰？盖自然耳。至于林籁结响，调如竽瑟；泉石激韵，和若球锽。故形立则章成矣，声发则文生矣。夫以无识之物，郁然有彩，有心之器，其无文欤！人文之元，肇自太极，幽赞神明，《易》象惟先。庖牺画其始，仲尼翼其终，而《乾》《坤》两位，独制《文言》。言之文也，天地之心哉！

纪评：齐梁文藻，日竞雕华，标自然以为宗，是彦和吃紧为人处。

纪评：此解《文言》，不免附会。

黄评：解《易》者未发此义。

若乃河图孕乎八卦，洛书韫乎九畴，玉版金镂之实，丹文绿牒之华，谁其尸之？亦神理而已。自鸟迹代绳，文字始炳，炎皞遗事，纪在《三坟》，而年世渺邈，声采靡追。唐虞文章，则焕乎始冯本作"为"。盛。元首载歌，既发吟咏之志；益稷陈谟，元作"谋"，杨改。亦垂敷奏之风。夏后氏兴，业峻鸿绩，九序惟歌，勋德弥缛。逮及商周，文胜其质，雅颂所被，英华日新。文王患忧，繇辞炳曜，符采复隐，精义坚深。重以公旦多材，振元作"褥"，朱改。其徽烈，剬诗缉颂，斧藻群言。至夫子继圣，独秀前哲，镕钧六经，必金声而玉振；雕琢情性，组织辞令，木铎起❶而千里应，席珍流而万世响，写天地之辉光，晓生民之耳目矣。

纪评：何晏《论语注》引孔安国之说，谓河图即八卦，与此"孕乎八卦"语相合，知五十五点之伪图，彦和未见也。"洛书配九宫"，北齐卢辨注《大戴礼》已有是语，则其说起于南北朝，故彦和亦云然。"褥"疑作"缛"，《说文》"缛，繁采色也"，《玉篇》"缛，饰也"。

纪评：剬即剸字，《说文》训为齐，言切割而使之齐，

---

❶ "起"，元本作"启"。

与诗义无涉，古帖制字多书为制，此剬字疑为制字之讹，《史记·五帝本纪》"依鬼神以剬义"，注曰："剬有制义。"是三字相乱已久，不必定用本训也。此即载道之说。

爰自风姓，暨于孔氏，玄一作"元"。圣创典，素王述训，莫不原道心以敷章，"以敷"一作"裁文"，从《御览》改。研神理而设教，取象乎河洛，问数乎蓍龟，观天文以极变，察人文以成化；然后能经纬区宇，弥纶彝宪，发辉疑作"挥"。事业，彪炳辞义。故知道沿圣以垂文，圣因文而明道，旁通而无滞，一作"涯"，从《御览》改。日用而不匮。《易》曰：鼓天下之动者"者"字从《御览》增。存乎辞。辞之所以能鼓天下者，乃道之文也。

赞曰：道心惟微，神理设教。光采玄圣，炳耀仁孝。龙图献体，龟书呈貌。天文斯观，民胥以效。

元黄《易》：夫元黄者，天地之杂也，天元而地黄。

纪评：此等皆童而习之之典，能读《文心雕龙》者，不患其不知，此数条不免于赘设。

方圆《大戴礼记》：天道曰圆，地道曰方。

日月叠璧《易·坤灵图》：至德之萌，日月若联璧。

炳蔚《易》：大人虎变，其文炳也。又曰：君子豹变，其文蔚也。

庖牺画其始《易·系辞》：包牺氏之王天下也，仰则观象于天，俯则观法于地，观鸟兽之文与地之宜，近取诸身，远取诸物，于是始作八卦，以通神明之德，以类万物之情。

仲尼翼其终《易通卦验》：孔子作《上彖》《下彖》

《上象》《下象》《上系》《下系》《文言》《说卦》《序卦》《杂卦》为《十翼》。

河图《易正义》：伏羲氏有天下，龙马负图以出于河，遂法之画八卦。

纪评："河图"不应以《正义》为根。

洛书《周书·洪范》：天乃锡禹《洪范》、九畴。注：《易》言河出图，洛出书，圣人则之，盖治水功成，洛龟呈瑞。

玉版王子年《拾遗记》：帝尧在位，圣德光洽，河洛之滨得玉版，方尺，图天地之形。

丹文绿牒《宋书·志序》：握河括地绿文赤字之书，言之详矣。

纪评："玉版""丹文""绿"字散见纬书，《拾遗记》《宋书》皆非根柢。

鸟迹许氏《说文序》：皇帝之史苍颉，见鸟兽蹄远之迹，知分理之可相别异也，初作书契。

代绳见《征圣》篇"象夬"注。

三坟书久亡。元吴莱《三坟辨》：《三坟》书，近出伪书也。世或传，大抵言伏羲本三坟而作《连山》，神农本气坟而作《归藏》，黄帝本形坟而作《乾坤》。无卦爻，有卦象，文鄙而义陋，与周官太卜所掌异焉。

纪评：此宜先注"三坟"而以书亡伪注之说附于后，且书出毛渐，宋人已言之，不得引元人之说。

元首载歌见《章句》篇。

陈谟《书》有《益稷》篇。

九序惟歌《书·大禹谟》篇文。

弥缛王充《论衡》：德弥盛者，文弥缛。

文王忧患《易传》：夏商之末，易道中微，文王拘于羑里，系以爻辞，易道复兴。

繇辞繇音宙。杜预《左传》注：繇，卜兆辞也。《续文章缘起》：繇，夏后作铸鼎繇。繇，卜辞也。

剬诗缉颂剬，《韵会》：多官切，整饬貌。《书》：周公居东二年，乃为诗以贻王，名之曰《鸱鸮》，王亦未敢诮公。《国语》：周公之为颂曰：思文后稷，克配彼天。

纪评：此言"缉颂"不言"作颂"，引《国语》非是。

斧藻扬子《法言》：吾未见好斧藻其德，若斧藻其楶者。

镕钧《董仲舒传》：犹泥之在钧，唯甄者之所为；犹金之在镕，唯冶者之所铸。颜师古曰：钧，造瓦之法，其中旋转者。镕，谓铸器之模范也。

千里应《易·系辞》：君子居其室，出其言善，则千里之外应之。

席珍《礼记》：儒有席上之珍以待聘。

风姓《史记》：伏羲氏以风为姓。

元圣班固《典引》：县象暗而恒文乖，彝伦斁而旧章阙，故先命元圣，使缀学立制。注：元圣，孔子也。

纪评：此"元圣"当指伏羲诸圣，若指孔子，于下句为复，且孔子亦非僻典也。

素王《拾遗记》：夫子未生时，有麟吐玉书于阙里，文云：水精之子，继衰周而为素王。

征圣第二

纪评：此篇却是装点门面，而推到究极，仍是宗经。

夫作者曰圣，述者曰明。陶铸性情，功在上哲。夫子文章，可得而闻，则圣人之情，见乎文辞矣。先王圣化，布在方册，夫子风采，溢于格言。是以远称唐世，则焕乎为盛；近褒周代，则郁哉可从。此政化贵文之征也。郑伯入陈，以文一作"立"。辞为功；宋置折俎，以多文元作"方"，孙改。举礼。此事迹贵文之征也。褒美子产，则云言以足志，文以足言；泛论君子，则云情欲信，辞欲巧。此修身贵文之征也。

纪评：此一段证实征圣，然无紧要。

然则志元作"忠"，谢改。足而言文，情信而辞巧，乃含章之玉牒，秉文之金科矣。夫鉴周日月，妙极机疑作"几"。神；文成规矩，思合符契。或简言以达旨，或博文以该情，或明理以立体，或隐义以藏用。故《春秋》一字以褒贬，丧服举轻以包重，此简言以达旨也。《邠诗》联章以积句，《儒行》缛说以繁辞，此博文以该情也。书契断决以象《夬》，文章昭晰以象《离》，此明理以立体也。四象精义以曲隐，五例微辞以婉晦，此隐义以藏用也。故知繁略殊形，隐显异术，抑引随时，变通会适，征之周孔，则文有师矣。

黄评：繁简隐显，皆本乎经，后来文家偏有所尚，互相排击，殆未寻其根源欤！

纪评：八字精微。所谓文无定格，要归于是。

是以子元脱，杨补。政论文，必征于圣；稚圭劝学，四字元脱，杨补。必宗于经。《易》称辨物正言，断辞则备；《书》云辞尚体要，弗惟好异。故知正言所以立辩，体要所以成辞；辞成无好异之尤，辩立有断辞之义。虽精义曲隐，无伤其正言；微辞婉晦，不害其体要。体要与微辞偕通，正言共精义并用；圣人之文章，亦可见也。

纪评：通人之论。作文如此，乃无死句；论文如此，乃为神解。

颜阖以为仲尼饰羽而画，徒《庄子》作"从"。事华辞。虽欲訾圣，"訾"字一作"此言"二字，误。弗可得已。然则圣文之雅丽，固衔华而佩实者也。天道难闻，犹或钻仰，文章可见，胡宁勿思？若征圣立言，则文其庶矣。

赞曰：妙极生知，睿哲惟宰。精理为文，秀气成采。鉴悬日月，辞富山海。百龄影徂，千载心在。

文辞为功《左传》：郑子产献捷于晋，晋人问陈之罪，子产对之。仲尼曰：志有之，言以足志，文以足言。晋为伯，郑入陈，非文辞不为功，慎辞哉。

多文举礼《左传》：宋人享赵文子，司马置折俎，礼也。仲尼使举是礼也，以为多文辞。注：举，谓记录之也。

情欲信，辞欲巧《礼记·表记》篇文。

玉牒左思《吴都赋》：玉牒石记。注：玉牒石记皆典策类也。

金科扬雄《剧秦美新》：金科玉条。注：谓法令也。言金玉，佞辞也。

纪评：注为王莽而言，此引以赞孔子，则不必存"佞辞"一句。当引李善注曰"言金玉，贵之也"。

几神《易》：惟几也，故能成天下之务；惟神也，故不疾而速，不行而至。

褒贬杜预《春秋序》：《春秋》以一字为褒贬。

丧服举轻包重如举缌不祭，则重于缌之服，其不祭不言可知；举小功不税，则重于小功者，其税可知，皆语约而义该也。

邠诗《诗·传》：周成王立，年幼不能莅阼，周公以冢宰摄政。乃述后稷公刘之化，作诗以戒，谓之《豳风》。

纪评：《诗·传》非根柢。

儒行《礼记·儒行》篇：哀公问曰：敢问儒行？孔子曰：遽数之不能终其物，悉数之乃留，更仆未可终也。

象夬《易·系辞》：上古结绳而治，后世圣人易之以书契。百官以治，万民以察，盖取诸夬。

象离《易》：离，丽也，日月丽乎天，百谷草木丽乎土，重明以丽乎正，乃化成天下。项安世曰：日月丽乎天而成明，百谷草木丽乎土而成文，故离为文又为明。

四象《易·系辞》：易有四象，所以示也。朱子《本义》：四象，谓阴阳老少。

纪评：彦和之时，尚不以阴阳老少为"四象"，此真郢书而燕说矣。

五例《春秋序》：为例之情有五，一曰微而显，二曰志而晦，三曰婉而成章，四曰尽而不污，五曰惩恶而劝善。

纪评：此杜预《春秋传序》，不可谓之《春秋序》。

子政《汉书》：刘向，字子政。

稚圭《汉书》：匡衡，字稚圭，成帝即位，上疏劝经学。

颜阖《庄子》：哀公问于颜阖曰：吾以仲尼为贞干，国其有瘳乎？曰：仲尼方且饰羽而画，从事华辞，夫何足以上民？

┃ 宗经第三 ┃

纪评：本经术以为文亦非六代文士所知，大谢喜用经语，不过割剥字句耳。

三极彝训，其书言经。经也者，恒久之至道，不刊之鸿教也。故象天地，效鬼神，参物序，制人纪；洞性灵之奥区，极文章之骨髓者也。皇世《三坟》，帝代《五典》，重以《八索》，申以《九邱》；岁历绵暧，条流纷糅。自夫子删❶述，而大宝咸一作"启"。耀。于是

———————————

❶ "删"，元本作"刊"。

《易》张十翼，《书》标七观，《诗》列四始，《礼》正五经，《春秋》五例。义既极乎性情，辞亦匠于文理，故能开学养正，昭明有融。然而道心惟微，圣谟元作"谋"，改"谟"。卓绝，墙宇重峻，而吐纳自深。譬万钧之洪钟，无铮铮之细响矣。

夫❶《易》惟谈天，"夫"字从《御览》增。入一作"人"，从《御览》改。神致用；故《系》称旨远辞文，元作"高"，孙改。言中事隐，韦编三绝，固哲人之骊渊也。《书》实记言，而训诂茫昧，通乎《尔雅》，则文意晓然。❷故子夏叹《书》，昭昭若日月之明，离离如星辰之行，言昭灼也。《诗》主言志，训诂同《书》，摛《风》裁兴，藻辞谲喻，温柔在诵，故最附深衷矣。❸《礼》以❹一作"贵"。立体，一本下有"弘用"二字。据事剬❺范，章条纤曲，执而后显，采摭生❻疑作"片"。言，莫非宝也。

纪评：此"剬"字如从本训亦不可通，知必当为"制"也。

纪评："生"字疑"圣"字之讹。

《春秋》辨理，四句一十六字元脱，朱按《御览》补。

---

❶ "夫"，元本脱。
❷ "而训诂"至"晓然"，天启本作"然览文如诡，而寻理即畅"。
❸ "深衷矣"，天启本脱"矣"，下有"而训诂茫昧，通乎《尔雅》，则文意晓然"句。
❹ "以"，元本作"季"，天启本作"记"。
❺ "剬"，天启本作"制"。
❻ "生"，天启本作"王"。

一字见义❶；五石六鹢，以详略成文；雉门两观，以先后显旨。其婉章志晦，谅以邃矣。《尚书》则览文如诡，而寻理即畅；《春秋》则观辞立晓，而访义方隐。❷此圣人殊致，表里之异体者也。

纪评：四语括尽两经，然此上疑脱数句。

至根柢槃深，枝叶峻茂，辞约而旨丰，事近而喻远，是以往者虽旧，余味日新，后进追取而非晚，元作"晓"。前修文一作"运"。用而未先，可谓太山遍雨，河润千里者也。

故论说辞序，则《易》统其首；一作"旨"。诏策章奏，则《书》发其源；赋颂歌赞，则《诗》立其本；铭诔箴祝，则《礼》总其端；纪传铭朱云当作"移"。檄，则《春秋》为根。并穷高以树表，极远以启疆，所以百家腾跃，终入环内者也。

若禀经以制式，酌雅以富言，是仰山而铸铜，煮海而为盐也。故文能宗经，体有六义：一则情深而不诡，二则风清而不杂，三则事信而不诞，四则义直而不回，五则体约而不芜，六则文丽而不淫。扬子比雕玉以作器，谓五经之含文也。夫文以行立，行以文传，四教所先，符采相济。励德树声，莫不师圣，而建言修辞，鲜克宗经。是以楚艳汉侈，流弊不还，正末归本，不其懿欤？

纪评：此亦强为分析，似钟嵘之论诗动曰"源出某某"。

---

❶ "见义"句下，天启本有"故观辞立晓，而访义方隐"句。
❷ "尚书"至"方隐"句，天启本脱。

黄评：承学之徒，辄轻言西汉而后无文章，直至韩退之始起八代之衰耳，亦思八代中固有具如许眼力，能为如许评论者乎？

纪评：此自善论文耳，如以其文论之，则不脱六代俳偶之习也，此评不允。

赞曰：三极彝道，训深稽古。致化归一，分教斯五。性灵镕匠，文章奥府。渊哉铄乎，群言之祖。

三极《易》：六爻之动，三极之道也。孔颖达疏：是天地人三才至极之道。

三坟五典，八索九邱孔安国《尚书序》：伏羲、神农、皇帝之书谓之《三坟》，言大道也。少昊、颛顼、高辛、唐虞之书，谓之《五典》，言常道也。八卦之说谓之《八索》，求其义也。九州之志谓之《九邱》。邱，聚也。言九州所有，土地所生，风气所宜，皆聚此书也。

纪评：宜先引《左传》于前。

纷糅《楚辞·九辩》：惟其纷糅而将落兮。注：纷糅，众杂也。

十翼见《原道》篇。

七观《尚书大传》："六誓"可以观义，"五诰"可以观仁，《甫刑》可以观诚，《洪范》可以观度，《禹贡》可以观事，《皋陶》可以观治，《尧典》可以观美。

四始《诗序注》：《关雎》者风之始，《鹿鸣》者小雅之始，《文王》者大雅之始，《清庙》者颂之始。《诗纬·泛历枢》：大明在亥，水始也。四牡在寅，木始也。嘉鱼在巳，火始也。鸿雁在申，金始也。

五经《礼记·祭义》：礼有五经，莫重于祭。五经，谓吉凶军宾嘉。

五例见《征圣》篇。

养正《易》：蒙以养正，圣功也。

万钧《西京赋》：洪钟万钧。注：三十斤曰钧。

铮铮《刘盆子传》：铁中铮铮。《说文》曰：铮铮，金声也。铁之铮铮，言微有刚利也。

入神致用《易》：精义入神，以致用也。

旨远辞文，言中事隐《易·系辞》：其旨远，其辞文，其言曲而中，其事肆而隐。

韦编《汉书》：孔子晚而好易，读之韦编三绝，故为之传。

骊渊《庄子》：夫千金之珠，必在九重之渊，而骊龙颔下。

尔雅《尔雅序》：《尔雅》者，所以通训诂之指归，叙诗人之兴咏，总绝代之离辞，辨同实而异号者也。《释诂》一篇周公所作。《释言》以下或言仲尼所增，子夏所足，叔孙通所益，梁文所补。

子夏叹书《尚书大传》：子夏读《书》毕，见于夫子。夫子问焉，子何为于《书》？子夏对曰：《书》之论事也，昭昭如日月之代明，离离若参辰之错行，上有尧舜之道，下有三王之义，商所受于夫子，志之于心，弗敢忘也。

谲喻《诗序》：主文而谲谏，言之者无罪，闻之者足以戒。

五石六鹢《春秋》：僖公十六年正月，陨石于宋五，六鹢退飞过宋都。《公羊传》：曷为先言殒而后言石？殒石记闻，闻其磌然，视之则石，察之则五。曷为先言六而后言鹢退飞？记见也。视之则六，察之则鹢，徐而察之则退飞。

雉门两观《春秋》：定公二年五月，雉门及两观灾。冬十月，新作雉门及两观。《公羊传》：雉门及两观灾何？两观微也。然则曷为不言雉门灾及两观？主灾者两观也。时灾者两观，则曷为后言之？不以微及大也。

婉章志晦见"五例"注。

大山遍雨，河润千里《公羊传》：触石而出，肤寸而合，不崇朝而遍雨乎天下者，唯太山尔。河海润于千里，《春秋考异邮》：河者，水之气，四渎之精，所以流化，故曰河润千里。

扬子《汉书》：扬雄字子云，著《法言》。

纪评："扬子"不必另注一条。

雕玉《法言》：玉不雕，璠玙不作器；言不文，典谟不作经。

黄云：是篇梅本"《书》实记言"以下有"而训诂茫昧，通乎《尔雅》，则文意晓然"云云，无"然览文"以下十字。"章条纤曲"下有"执而后显，采摭生辞，莫非宝也。《春秋》辨理"云云，注：四句十六字元脱，朱从《御览》补。无"观辞立晓"以下十二字。"谅以邃矣"下有"《尚书》则览文如诡，而寻理即畅；《春秋》则观辞立晓，而访义方隐"云云。按：《尔雅》本以释《诗》，无关《书》之训诂，且五经分论，不应独举《书》与《春秋》，赘以览文云云。郁仪所补四句，辞亦不类，宜从王惟俭本。

纪评：此注云从王本而所从仍是梅本。

纪评：《尔雅》释《书》者不一。

纪云：癸巳三月，与武进刘青垣编修在四库全书处，以《永乐大典》所载旧本校勘，正与梅本相同，知王本为明人臆改。

正纬第四

纪评：此在后世为不足辨论之事，而在当日则为特识。康成千古通儒，尚不免以纬注经，无论文士也。

夫神道阐幽，天命微显，马龙出而大《易》兴，神龟见而《洪范》耀。故《系辞》称河出图，洛出书，圣人则之，斯之谓也。但世夐文隐，好生矫诞，真虽存矣，伪亦凭焉。夫六经彪炳，而纬候稠叠；《孝》《论》昭晰，元作"哲"，许改。而钩谶葳蕤。按经验纬，其伪有四：盖纬之成经，其犹织综，丝麻不杂，布帛乃成；今经正纬奇，倍摘千里，其伪一矣。

纪评：摘疑作适，倍适犹曰背驰。

经显，圣训也；纬隐，神教也。圣训宜广，神教宜约，而今纬多于经，神理更繁，其伪二矣❶。有命自天，

---

❶ "伪"，元本脱。"矣"，元本作"也"。

乃称符谶，而八十一篇，皆托于孔子，则是尧造绿[1]图，昌制丹书，其伪三矣。商周以前，图录频见；春秋之末，群经方备，先纬后经，体乖织综，其伪四矣。伪既倍_{疑作}"掊"。摘，则义异自明。

纪评：此"倍摘"疑作"备摘"。

经足训矣，纬何豫焉？原夫图箓之见，乃昊天休命，事以瑞圣，义非配经。故河不出图，夫子有叹，如或可造，无劳喟然。然昔康王《河图》，陈于东序，故知前世符命，历代宝传，仲尼所撰，序录而已。

纪评：此驳分明。

于是伎数之士，附以诡术，或说阴阳，或序灾异，若鸟鸣似语，虫叶成字，篇条滋蔓，必假孔氏，通儒讨核，谓起哀平，东序秘宝，朱紫乱矣。至于光武之世，笃信斯术，风化所靡，学者比肩，沛献集纬以通经，曹褒撰谶以定礼，乖道谬典，亦已甚矣。是以桓谭疾其虚伪，尹敏戏_{疑作"巇"。}其深瑕，张衡发其僻谬，荀悦明其诡诞，四贤博练，论之精矣。若乃羲农轩皞之源，山渎钟律之要，白鱼赤乌之符，黄金紫玉之瑞，_{元作"理"，孙改。}事丰奇伟，辞富膏腴，无益经典，而有助文章。是以后来辞人，采摭英华，平子恐其迷学，奏令禁绝；仲豫惜其杂真，未许煨燔；前代配经，故详论焉。

纪评：至今引用不废为此故也。

赞曰：荣河温洛，是孕图纬。神宝藏用，理隐文贵。

---

❶ "绿"，天启本作"录"。

世历二汉，朱紫腾沸。芟夷谲诡，糅其雕蔚。

　　纬候《后汉·方术传》：纬候之部。纬，七纬也。候，尚书中候也。

　　葳蕤司马相如《封禅文》：纷纶葳蕤。注：言众多也。

　　八十一篇《隋·经籍志》：《河图》九篇，《洛书》六篇，云自黄帝至周文王所受本文。又三十篇，云九圣之所增演。又七经纬三十六篇，并云孔氏所作，合为八十一篇。

　　绿图《河图挺佐辅》：黄帝至于翠妫之川，鲈鱼折溜而至，兰叶朱文，以授黄帝，名曰绿图。

　　丹书《尚书帝命验》：季秋之月甲子，赤爵衔丹书止于酆，集于昌户。其书曰：敬胜怠者吉，怠胜敬者灭。《大戴礼》：武王召尚父问曰：黄帝、颛顼之道存乎？尚父曰：在丹书。王欲闻之则斋矣。

　　图箓《后汉·方术传》：光武尤信谶言，士之赴趣时宜者，皆驰骋穿凿，争谈之也。故王梁、孙咸名应图箓，越登槐鼎之任，郑兴、贾逵以附同称显，桓谭、尹敏以乖忤沦败。又《谢夷吾传》：综校图箓。

　　东序《书·顾命》：河图在东序。

　　符命《扬雄传》：爱清静，作符命。《翰林志》：董景真曰：吾闻帝王之兴，必有符命。

　　历代宝传《书·顾命》传：河图八卦，伏羲王天下，龙马出河，遂则其文，以画八卦，谓之河图，历代传宝之。

　　序灾异《隋·经籍志》：汉末郎中郗萌集图纬谶杂占为五十卷，谓之《春秋灾异》，宋均、郑元并为谶律之注。然其文辞浅俗，颠倒舛谬，不类圣人之旨。

鸟鸣似语《左传》：鸟鸣于亳社，如曰嘻嘻。甲午，宋大灾，宋伯姬卒。

虫叶成字《汉书》：昭帝时，上林柳树断。一朝起立，生枝叶，有虫食叶成文字，曰：公孙病已立。宣帝本名病已，盖帝将膺大位之征。

假孔氏《隋·经籍志》：说者曰：孔子既叙六经以明天人之道，知后世不能稽同其意，故别立纬及谶以遗来世。其书出于前汉。

起哀平《书·洪范》疏：纬候之书，不知谁作，通人讨核，谓起哀平。

秘宝班固《典引》：御东序之秘宝，以流其占。

光武《东观汉记》：光武避正殿读谶，坐庑下，浅露中风，苦咳也。

风化所靡《隋·经籍志》：光武以图谶兴，遂盛行于世。诏东平王苍正五经章句，皆命从谶。俗儒趋时，益为其学，篇卷第目，转相增广，言五经者皆凭谶为说。

沛献《后汉书》：沛献王辅好经书，善说《京氏易》《孝经》《论语传》及图谶，作《五经论》，时号之曰《沛王通论》。

曹褒《后汉书》：曹褒受命次序礼事，依准旧典，杂以五经谶记之文，撰次天子至于庶人冠婚吉凶终始制度，以为百五十篇。

桓谭《后汉书》：帝方信谶，多以决定嫌疑。桓谭上疏曰：观先王之记述，咸以仁义正道为本，非有奇怪虚诞之事。

尹敏《后汉书》：帝令尹敏校图谶，敏对曰：谶书非圣人所作，其中多近鄙别字，颇类世俗之辞，恐疑误后生。

张衡《后汉书》：自中兴以后，儒者争学图纬。张衡上疏曰：立言于前，有征于后，谓之谶书。自汉取秦，莫或称谶。若夏侯胜、眭孟之徒，以道术立名，其所述著，无谶一言。刘向父子领校秘书，阅定九流，亦无谶录。成哀之后，乃始闻之。殆必虚伪之徒，以要世取资，宜收藏图谶，一禁绝之，则朱紫无所眩，典籍无暇玷矣。

荀悦《后汉书》：荀悦作《申鉴·俗嫌篇》曰：世称纬书仲尼所作，臣叔父爽辨之，盖发其伪也。有起于中兴之前，终张之徒之作乎。

山渎颜延之《曲水诗序》：晷纬昭应，山渎效灵。

钟律《汉·艺文志》：有《钟律灾应》《钟律丛辰日苑》《钟律消息》。

白鱼赤乌《史记》：武王渡河，中流，白鱼跃入王舟中，王俯取以祭。既渡，有火自上复于下，至于王屋，流为乌，其色赤，其声魄云。

黄金《礼斗威仪》：君乘金而王，其政平，则黄金见深山。

紫玉《雒书》：王者不藏金玉，则紫玉见于深山。

未许煨燔荀悦辨纬书为伪，或曰燔之。曰：仲尼之作则否，有取焉则可，曷其燔。

纪评：此亦《申鉴》之文，漏其书名。

荣河《尚书中候》：帝尧即政，荣光出河，休气四塞。

温洛《易乾凿度》：帝盛德之应，洛水先温，九日乃寒。

辨骚第五

纪评：词赋之源出于《骚》，浮艳之根亦滥觞于《骚》，"辨"字极为分明。

纪评：《离骚》乃《楚词》之一篇，统名《楚词》为《骚》，相沿之误也。

自《风》《雅》寝声，莫或抽绪，奇文郁起，其《离骚》哉！固已轩翥诗人之后，奋飞辞家之前，岂去圣之未远，而楚人之多才乎！

昔汉武爱《骚》，而淮南作《传》，以为《国风》好色而不淫，《小雅》怨诽 元作"谤"，许改。而不乱。若《离骚》者，可谓兼之。蝉蜕秽浊之中，浮游尘埃之外，皭然涅而不缁，虽与日月争光可也。班固以为露才扬己，忿怼沉江；羿浇二姚，与《左氏》不合；昆仑悬 一作"玄"。圃，非经义所载。然其文辞丽雅，为词赋之宗，虽非明哲，可谓妙才。王逸以为诗人提耳，屈原婉顺，《离骚》之文，依经立义。驷❶虬乘鹥，则时乘六龙；昆仑流沙，则《禹贡》敷土。名儒辞赋，莫不拟其仪表，所谓金相玉质，百世无匹者也。及汉宣嗟叹，以为皆合

---

❶ "驷"，天启本作"驷"。

经术；扬雄讽味，亦言体同《诗》《雅》。❶四家举以方经，而孟坚谓不合传，褒贬任声，抑扬过实，可谓鉴而弗精，玩而未核者也。

　　将核其论，必征言焉。故其陈尧舜之耿介，称汤武之祗敬，典诰之体也；讥桀纣之猖披，伤羿浇之颠陨，规讽之旨也；虬龙以喻君子，云蜺以譬谗邪，比兴之义也；每一顾而掩涕，叹君门之九重，忠怨之辞也。观兹四事，同于《风》《雅》者也。至于托云龙，说迂怪，丰隆求宓妃，鸩鸟媒娀女，诡异之辞也；康回倾地，夷羿弹^{元作"蔽"，孙改。}日，木夫^{元作"天"，谢改。}九首，土伯三目，^{元作"足"，朱改。}谲怪之谈也；依彭咸之遗则，从子胥以自适，狷狭之志也；士女杂坐❷，乱而不分，指以为乐，娱酒不废，沉湎日夜，举以为欢，荒淫之意也。摘此四事，异乎经典者也。故论其典诰则如彼，语其夸诞则如此。固知《楚辞》者，体慢^{元作"宪"，朱据宋本《楚辞》改。}于三代，而风雅于战国，乃《雅》《颂》之博徒，而词赋之英杰也。观其骨鲠所树，肌肤所附，虽取镕经意，亦自铸伟辞。故《骚经》《九章》，朗丽以哀志；《九歌》《九辩》，绮靡以伤情；《远游》《天问》，环诡而惠巧；《招魂》《招隐》，^{冯云"招隐"《楚辞》本作"大招"，下云"屈宋莫追"，疑"大招"为是。}耀艳而深华；《卜居》标放言之致，《渔父》寄独往之才。故能气

---

❶ "同诗雅"至下文"自铸伟辞"，天启本脱。
❷ "坐"，元本作"座"。

往辙古，辞来切今，惊采绝艳，难与并能矣。

自《九怀》以下，遽蹑其迹，而屈宋逸步，莫之能追。故其叙情怨，则郁伊而易感；述离居，则怆怏而难怀；论山水，则循声而得貌；言节候，则披文而见时。是以枚、贾追风以入丽，马、扬沿波而得奇，其衣被词人，非一代也。故才高者菀其鸿裁，中巧者猎其艳辞，吟讽者衔其山川，童蒙者拾其香草。若能凭轼以倚《雅》《颂》，悬辔以驭楚篇，酌奇而不失其真，玩华而不坠其实，则顾盼可以驱辞力，咳唾可以穷文致，亦不复乞灵于长卿，假宠于子渊矣。

黄评：酌奇玩华而失坠真实者，李昌谷之歌诗也，故曰：少加以理则可奴仆命《骚》。

赞曰：不有屈原，岂见《离骚》？惊才风逸，壮志烟高。山川无极，情理实劳。金相玉式，艳溢锱毫。元作"绝益称豪"，朱考宋本《楚辞》改。

离骚《屈原列传》：原名平，楚之同姓也。为楚怀王左徒，王甚任之。上官大夫谗之，王怒而疏屈平，故忧愁幽思而作《离骚》。"离骚"者，犹离忧也。

轩翥 班固《典引》：甘露宵零于丰草，三足轩翥于茂树。注：轩翥，飞貌。

纪评："班固"一条失注，"王逸"一条亦失注，此并列在《楚词》而失之目晓。

楚人多才《左传》：惟楚有才，晋实用之。

淮南《汉书》：淮南王安好书，武帝使为《离骚传》，旦受诏，日食时上。

蝉蜕《淮南子》：蝉饮而不食，三十日而蜕。

羿浇《离骚》：羿淫游以佚田兮，又好射夫封狐。浇身被服强圉兮，纵欲而不忍。注：羿，有穷之君，夏时诸侯也。因夏衰乱，代之为政。娱乐田猎。信任寒浞，使为国相。浞杀羿而取羿妻，生浇，强梁多力，纵放其欲，不能自忍也。

二姚《离骚》：及少康之未家兮，留有虞之二姚。注：有虞，国名。姚姓，舜后也。昔寒浞使浇杀夏后相，少康逃奔有虞，虞因妻以二女。

昆仑悬圃《天问》：昆仑悬圃，其居安在？注：昆仑，山名，其巅曰悬圃。

王逸《后汉书》：王逸字叔师，为侍中，著《楚辞章句》行于世。

驷虬乘鷖《离骚》：驷玉虬以乘鷖兮，溘埃风余上征。

时乘六龙《易·乾》象辞。

昆仑流沙《禹贡》：昆仑析支渠搜。又曰：余波入于流沙。《离骚》：忽吾行此流沙兮。

陈尧舜《离骚》：彼尧舜之耿介兮，既遵道而得路。

称汤武《离骚》：汤禹俨而祗敬兮，周论道而莫差。

讥桀纣《离骚》：何桀纣之昌被兮，夫惟捷径以窘步。

虬龙《涉江》：驾青虬兮骖白螭。注：虬螭，神兽，宜于驾乘，以喻贤人清白可信任也。

云蜺《离骚》：飘风屯其相离兮，帅云蜺而来御。注：飘风，无常之风，以兴邪恶。云蜺，恶气，以喻佞人。

掩涕《离骚》：长太息以掩涕兮。

君门《九辩》：岂不郁陶而思君兮，君之门以九重。注：阊阖启闭，道路塞也。

云龙《离骚》：驾八龙之婉婉兮，载云旗之委蛇。注：言己德如龙，可制御八方；己德如云雨，能润施万物也。

丰隆求宓妃《离骚》：吾令丰隆乘云兮，求宓妃之所在。注：丰隆，云师，一曰雷师。宓妃，神女也，以喻隐士。

鸩鸟媒娀女《离骚》：望瑶台之偃蹇兮，见有娀之佚女。吾令鸩为媒兮，鸩告余以不好。注：有娀，国名，谓帝喾之妃，契母简狄也。配圣帝，生贤子，以喻贞贤也。鸩，运日也。羽有毒可杀人，以喻谗贼。言我使鸩鸟为媒，以求简狄。其性谗贼，还诈告我，言不好也。

康回倾地《天问》：康回凭怒，地何故以东南倾？注：康回，共工名。怒触不周山，地柱折，故倾。

夷羿弹日《天问》：羿焉弹日，乌焉解羽。注：《淮南》言尧时十日并出，草木焦枯，尧命羿仰射十日，中其九日。日中九乌皆死，堕其羽翼。《说文》：弹，射也。

木夫九首《招魂》：一夫九首，拔木九千些。注：有丈夫一身九头，强梁多力，从朝至暮，拔大木九千株也。

土伯三目《招魂》：土伯九约，其角觺觺些；参目虎首，其身若牛些。注：土伯，后土之侯伯也。其貌如虎，而有三目，身又肥大，状如牛也。

彭咸《离骚》：愿依彭咸之遗则。注：彭咸，殷贤大夫，谏其君不听，投水而死。则，法也。

子胥《橘颂》：浮江淮而入海兮，从子胥而自适。

士女杂坐，乱而不分《招魂》句。注：言恣意调戏，乱而不分别也。

娱酒不废，沉湎日夜《招魂》句。注：言昼夜以酒相乐也。

博徒《信陵君传》：公子闻赵有处士毛公，藏于博徒。

九章王逸曰：屈原放于江南之野，复作《九章》。章者，著明也，言己所陈忠信之道甚著明也。

九歌王逸曰：昔楚南郢之邑，其俗信鬼而好祀，其祠必作歌乐鼓舞，屈原因为作《九歌》之曲，托以讽谏。

九辨王逸曰：宋玉，屈原弟子，闵惜其师忠而放逐，故作《九辩》以述其志。

远游王逸曰：《远游》者，屈原之所作也。屈原履方直之行，不容于世，遂叙妙思，托配仙人，与俱游戏。

天问王逸曰：《天问》者，屈原之所作也。屈原放逐，忧心愁悴，彷徨山泽，经历陵陆，见楚有先王之庙及公卿祠堂，图画天地山川神灵，及古贤圣怪物行事，因书其壁，呵而问之，以渫愤懑，舒写愁思。

招魂王逸曰：宋玉怜哀屈原厥命将落，作《招魂》，欲以复其精神，延其年寿。

大招王逸曰：《大招》者，屈原之所作也。或曰景差，疑不能明也。屈原放流，恐命将终，所行不遂，故愤然大招其魂。又曰《招隐士》者，淮南小山之所作也。小山之徒，闵伤屈原，虽身沉没，名德显闻，与隐处山泽无异，故作《招隐士》之赋，以章其志也。

卜居王逸曰：《卜居》者，屈原之所作也。原放弃，乃往太卜之家，卜已居世，何所宜行。

渔父 王逸曰：《渔父》者，屈原所作也。渔父避世时遇屈原，怪而问之，遂相应答。

九怀 王逸曰：《九怀》者，王褒之所作也。怀者，思也。褒读屈原之文，追而愍之，故作《九怀》以裨其词，遂列于篇。褒字子渊。

枚贾马扬 《汉·艺文志》：楚臣屈原离谗忧国，作赋以讽，有恻隐古诗之义。其后宋玉、唐勒，汉兴枚乘、司马相如，下及扬子云，竞为侈丽闳衍之辞，没其讽谕之义。又《贾谊传》：谊为长沙王太傅，意不自得，及渡湘水，为赋以吊屈原。

乞灵 《左传》：愿乞灵于臧氏。

长卿 《汉书》：司马相如，字长卿。

假宠 《左传》：君若苟无四方之虞，则愿假宠以请于诸侯。

卷二

明诗第六

　　大舜云：诗言志，歌永言。圣谟❶所析，义已明矣。是以在心为志，发言为诗，舒文载实，其在兹乎！诗者，持也，持人情性；三百之蔽，义归无邪，持之为训，有符焉尔。

　　纪评：此虽习见之语，其实诗之本原莫逾于斯，后人纷纷高论，皆是枝叶工夫。

　　纪评："大舜"九句是发乎情，"诗者"七句是止乎礼义。

　　人禀七情，应物斯感，感物吟志，莫非自然。昔葛天氏乐辞云，《玄鸟》在曲；黄帝《云门》，理不空绮。朱云当作"弦"。至尧有《大唐》一作"章"。之歌，舜造《南风》之诗，观其二文，辞达而已。及大禹成功，九序惟歌；太康败德，五子咸怨；顺美匡恶，其来久矣。自商暨周，《雅》《颂》圆备，四始彪炳，六义环深。子夏监绚素之章，子贡悟琢磨之句，故商赐二子，可与言诗。自王泽殄竭，风人辍采；春秋观志，讽诵旧章，酬酢以为宾荣，吐纳而成身文。逮楚国讽怨，则《离骚》为刺；秦皇

----

　　❶ "谟"，元本作"谋"。

灭典，亦造《仙诗》。

汉初四言，韦孟首唱，匡谏之义，继轨周人。孝武爱文，《柏梁》列韵，严马之徒，属辞无方。至成帝品录，三百余篇，朝章国采，亦云周备；而辞人遗翰，莫见五言，所以李陵、班婕妤，见疑于后代也。

纪评：观此则以苏李为伪，不始于东坡矣。

按《召南·行露》，始肇半章；孺子《沧浪》，亦有全曲；《暇豫》优歌，远见春秋；《邪径》童谣，近在成世。阅时取证，一作"征"。则五言久矣。

纪评：此与钟嵘之说亦大同小异。

又《古诗》佳丽，或称枚叔，其《孤竹》一篇，则傅毅之词。比采一作"类"。而推，两汉之作乎？观其结体散文，直而不野，婉转附物，怊怅切情，实五言之冠冕也。至于张衡《怨篇》，清典一作"曲"，从《纪闻》改。可味；《仙诗》《缓歌》，雅有新声。

纪评："类"字是。

纪评："直而不野"，括尽汉人佳处。

纪评：是"清曲"，"曲"字作"婉"解。

暨建安之❶初，五言腾踊。文帝陈思，纵辔以骋节；王徐应刘，望路而争驱。并怜风月，狎池苑，述恩荣，叙酣宴，慷慨以任气，磊落以使才。造怀指事，不求纤密之巧；驱辞逐貌，唯取昭晰之能，此其所同也。乃正始明

---

❶ "之"，元本、天启本脱。

道，诗杂仙心；何晏之徒，率多浮浅。唯嵇志❶清峻，阮旨遥深，故能标焉。若乃应璩《百一》，独立不惧，辞谲义贞，亦魏之遗直也。

黄评：的是建安。

晋世群才，稍入轻绮。张潘左陆，比肩诗衢，采缛于正始，力柔于建安，或析文以为妙，或流靡以自妍，此其大略也。江左篇制，溺乎玄风，嗤笑徇务之志，崇盛亡机之谈。袁孙已下，虽各有雕采，而辞趣一揆，莫与争雄；所以景纯《仙》篇，挺拔而为俊矣。宋初文咏，体有因革，庄老告退，而山水方滋；俪采百字之偶，争价一句之奇，情必极貌以写物，辞必穷力而追新，此近世之所竞也。

故铺观列代，而情变之数可监；撮举同异，而纲领之要可明矣。若夫四言正体，则雅润为本；五言流调，则两"则"字从《御览》增。清丽居宗；华实异用，唯才所安。故平子得其雅，叔夜含其润，茂先凝其清，景阳振其丽；兼善则子建仲宣，偏美则太冲公幹。然诗有恒裁，思无定位，随性适分，鲜能通圆。若妙识所难，其易也将至；忽之为易，其难也方来。至于三六杂言，则出自篇什；离合之发，则明❷于图谶；回文所兴，则道原为始；联句共韵，则《柏梁》余制。巨细或殊，情理同致，总归诗囿，故不繁云。

---

❶ "志"，天启本作"旨"。
❷ "明"，天启本作"萌"。

黄评：谢客为之倡。

纪评：齐梁以后，此风又变，惟以涂饰相尚，侧艳相矜，而诗弊极焉。

纪评：此论却局于六朝习径，未得本原。夫雅润、清丽，岂诗之极则哉！

赞曰：民生而志，咏歌所含。兴发皇世，风流二《南》。神理共契，政序相参。英华弥缛，万代永耽。

葛天氏乐词，玄鸟在曲《吕氏春秋》：葛天氏之乐，三人掺牛尾投足以歌八阕：一曰《载民》，二曰《玄鸟》，三曰《遂草木》，四曰《奋五谷》，五曰《敬天常》，六曰《达帝功》，七曰《依地德》，八曰《总万物之极》。

云门《周礼》：大司乐奏黄钟，歌大吕，舞云门，以祀天神。《史》：黄帝命大容作《云门》《大卷》乐。

大唐之歌《尚书大传》：维五纪，奏钟石，论人声，及乃鸟兽咸变于前，秋养耆老而春食孤子，乃勃然韶乐兴于大麓之野。执事还归二年，谇然，乃作《大唐》之歌。一作《大章》。《汉·礼乐志》：尧作《大章》。

南风《家语》：舜弹五弦之琴，造《南风》之诗，其诗曰：南风之薰兮，可以解吾民之愠兮；南风之时兮，可以阜吾民之财兮。

九序见《虞书》。

五子见《夏书》。

顺美《孝经》：将顺其美，匡救其恶。

四始见《宗经》篇。

六义《毛诗序》：诗有六义焉：一曰风，二曰赋，三曰比，四曰兴，五曰雅，六曰颂。

王泽殄竭班固赋：王泽竭而诗不作。

观志《左传》：郑伯享赵孟于垂陇，七子从。赵孟曰：七子从君以宠武也，请皆赋以卒君贶，武亦以观七子之志。

宾荣《左传》：诗以言志，志诬其上而公怨之，以为宾荣，其能久乎？

身文《左传》：言，身之文也。

仙诗《史记》：秦始皇使博士为《仙真人》诗，令乐人弦歌之。

韦孟《汉书》：韦孟为楚元王傅。傅子夷王及孙王戊。戊荒淫不遵道，孟作诗讽谏。

柏梁任昉《文章缘起》：七言诗，汉武帝柏梁殿联句。

严《严助传》：助，会稽吴人，严夫子子也。注：夫子，严忌也。《艺文志》：庄夫子赋二十四篇。注：名忌，吴人。常侍郎庄忽奇赋十一篇。注：忽奇者或言庄夫子子，或言族家子，庄助昆弟也。严助赋三十五篇。

马司马相如，见前。

成帝品录《汉·艺文志》：成帝诏刘向校经传诸子诗赋，每一书已，向辄条其篇目，撮其指意，录而奏之。歌诗二十八家，三百一十四篇。

五言钟嵘《诗品》：夏歌曰：郁陶乎余心。《楚辞》曰：名余曰正则。虽诗体未全，然是五言之滥觞也。逮汉李陵，始著五言之句矣。

李陵《诗品》：汉都尉李陵诗，其源出于《楚辞》，文多凄怨者之流。陵名家子，有殊才，生命不谐，声颓身丧。使陵不遭辛苦，其文亦何能至此。

倢伃《诗品》：汉倢伃班姬诗，其源出于李陵。《团扇》短章，辞旨清捷，怨深文绮，得匹妇之致。侏儒一节，可以知其工矣。

行露"谁谓雀无角"云云，四句皆五言。

暇豫《国语》：骊姬通于优施，欲害申生，而难里克。优施乃饮里克酒，中饮，优施起舞曰：暇豫之吾吾，不如乌乌。人皆集于菀，己独集于枯。

邪径《汉·五行志》：成帝时歌谣曰：邪径败良田，谗口害善人。桂树华不实，黄雀巢其颠。故为人所羡，今为人所怜。

枚叔《古诗十九首》《文选注》并云"古诗"，盖不知作者。或云枚乘，然诗云"驱车上东门"，又云"游戏宛与洛"，此辞兼东都，非尽是乘明矣。徐陵《玉台新咏》谓《青青河畔草》《西北有高楼》《涉江采芙蓉》《庭中有奇树》《迢迢牵牛星》《东城高且长》《明月何皎皎》七首是乘作。乘字叔。

孤竹《后汉书》：傅毅字武仲。《孤竹》一篇，谓十九首《冉冉孤生竹篇》也。

张衡怨篇其辞曰：猗猗秋兰，植彼中阿。有馥其芳，有黄其葩。虽曰幽深，厥美弥嘉。之子云遥，我劳如何。

仙诗缓歌张衡《同声歌》：素女为我师，仪态盈万方，众夫所希见，天老教轩皇。

纪评：《仙诗》缓歌今已无考，不得以"素女""天老"字附会"仙"字。

建安《后汉·献帝纪》：建安元年，春正月癸酉，郊祀上帝于安邑，大赦天下，改元建安。下所云文帝、陈思、王、徐、应、刘，俱当时作诗者也。

文帝陈思《诗品》：魏文帝诗其源出于李陵，颇有仲宣之体。陈思王植诗源出于《国风》，骨气奇高，词采华茂，情兼怨雅，体被文质，粲溢今古，卓尔不群。故孔氏之门如用诗，则公幹升堂，思王入室，景阳潘陆，自可坐于廊庑之间矣。

王徐应刘《魏志》：王粲字仲宣，徐幹字伟长，应玚字德琏，刘桢字公幹。魏文帝《与吴质书》：伟长怀文抱质，恬淡寡欲，有箕山之志，可谓彬彬君子矣。德琏常斐然有述作之意，其才学足以著书，美志不遂，良可痛惜。公幹有逸气，但未遒耳，五言诗之善者，妙绝时伦。仲宣独自善于辞赋，惜其体弱，不足起其文，至其所善，古人无以远过。

正始《魏志》：齐王芳改元正始。

诗杂仙心言其皆宗老庄。

何晏《典略》：何晏字平叔。钟嵘曰：平叔《鸿雁》之篇，风规见矣。

嵇《晋书》：嵇康字叔夜。钟嵘曰：嵇康诗颇似魏文，过为峻切，讦直露才，伤渊雅之志。然托喻清远，良有鉴裁，亦未失高流矣。

阮《晋书》：阮籍字嗣宗。钟嵘曰：阮籍诗其源出于《小雅》，无雕虫之功。而咏怀之作，可以陶性灵，发幽思，言在耳目之内，情寄八荒之表，洋洋乎会于风雅，使人忘其鄙近。

自致远大，颇多感慨之词。厥旨渊放，归趣难求。

应璩百一《魏志》：应璩字休琏。《魏氏春秋》：齐王芳即位，曹爽辅政，多违法度，璩作《百一诗》以讽。序云：时谓爽曰：公闻周公巍巍之称，安知百虑有一失乎，故以"百一"名篇。

张潘左陆《诗评序》：晋太康中，三张、二陆、两潘、一左，勃尔复兴，踵武前王，风流未沫，亦文章之中兴也。按：三张，载字孟阳，协字景阳，亢字季阳。王注引张华误。二陆，机字士衡，云字士龙。两潘，岳字安仁，尼字正叔。一左，思字太冲。

玄风沈约《宋书》：在晋中兴，玄风独扇，为学穷于柱下，博物止乎七篇。驰骋文辞，义殚于此。自建武暨于义熙，历载将百，虽缀响联词，波属云委，莫不寄言上德，托意玄珠，遒丽之词，无闻焉耳。

嗤笑干宝《晋纪总论》：学者以庄老为宗，而黜六经；谈者以虚薄为辩，而贱名检；当官者以望空为高，而笑勤恪。

袁《晋书》：袁宏字彦伯，有逸才。钟嵘曰：彦伯咏史，虽文体未遒，而鲜明紧健，去凡俗远矣。

孙《晋书》：孙统字承公，弟绰字兴公，并任诞不羁，而善属文。旧注引孙楚，楚卒于惠帝初，不得为江左也。

景纯臧荣绪《晋书》：郭璞字景纯，著《游仙诗》十四篇。

宋初《宋书》：仲文始革孙许之风，叔源大变太元之气。爱逮宋氏，颜谢腾声，灵运之兴会标举，延年之体裁明密，并方轨前哲，垂范后昆。

山水谓颜谢腾声，如《选》诗游览诸作也。

茂先《晋书》：张华字茂先。

景阳《诗品》：晋张协诗雄于潘岳，靡于太冲，风流调达，实旷代之高手；词彩葱蒨，音韵铿锵，使人味之，亹亹不倦。

子建仲宣《诗品》：王粲诗其源出于李陵，发愀怆之词，文秀而质羸。在曹刘间别构一体，方陈思不足，比魏文有余。

太冲公幹《诗品》：左思诗其源出于公幹，文典以怨，颇为精切，得讽谕之致，虽野于陆机，而深于潘岳。谢康乐常言左太冲诗、潘安仁诗，古今难比。

三六杂言《文章缘起》：三言诗晋夏侯湛所作，六言诗汉谷永作。

出自篇什挚虞《文章流别》：诗之流也，有三言四言五言六言七言九言。古诗率以四言为体，而时一句二句杂在四言之间，后世演之，遂以为篇。三言者"振振鹭""鹭于飞"之属是也，五言者"谁谓雀无角"之属是也，六言者"我姑酌彼金罍"之属是也，七言者"交交黄鸟止于桑"之属是也，九言者"泂酌彼行潦挹彼注兹"之属是也。

离合《文章缘起》：孔融作四言离合诗。

图谶孔子作《孝经》及《春秋河洛》成，告备于天，有赤虹下，化为黄玉，长三尺，上刻文云：宝文出，刘季握；卯金刀，在轸北；字禾子，天下服。合卯金刀为刘，禾子为季也。

回文所兴，道原为始"道原"未详，旧注引贺道庆，然道庆四言回文之前已有《璇玑图》诗，不可谓之始矣。唐武后《璇玑图序》：前秦苻坚时，扶风窦滔妻苏氏名蕙字若兰，滔镇襄阳，绝苏氏音问，苏氏因织锦为回文。五彩相宣，纵广八寸，题诗二百余首，计八百余言，纵横反覆，皆为文章。又《杂体诗序》：晋傅咸有回文反覆诗二首，反覆其文以示忧心展转也。是又在窦妻前。

纪评：《璇玑图》至唐始显，武后之序可证，不得执以驳前人。

联句见"柏梁"注。

乐府第七

乐府者，声依永，律和声也。钧天九奏，既其上帝；葛天八阕，爰乃皇时。自《咸》《英》以降，亦无得而论矣。至于涂山歌于候人，始为南音；有娀谣乎飞燕，始为北声；夏甲叹于东阳，东音以发；殷整_{元作"氂"。}思于西河，西音以兴。音声推移，亦不一概矣。匹_{元作"及"，许改。}夫庶妇，讴吟土风，诗官采言，乐盲❶_{元作"育"，许改。}被律，志感丝篁，气变金石。是以师旷觇风于盛衰，季札鉴微于兴废，精之至也。夫乐本心术，故

---

❶ "盲"，天启本作"胥"。

响浃肌髓，先王慎焉，务塞淫滥。敷训胄子，必歌九德，故能情感七始，化动八风。

纪评："务塞淫滥"四字为一篇之纲领。

纪评：八字贯下十余行，非单品秦汉。

自雅声浸微，溺音腾沸，秦燔《乐经》，汉初绍复，制氏纪其铿锵，叔孙定其容与。于是《武德》兴乎高祖，《四时》广于孝文，虽摹《韶》《夏》，而颇袭秦旧，中和之响，阒其不还。暨武帝崇礼，始立乐府，总赵代之音，撮齐楚之气，延年以曼声协律，朱马以骚体制歌。《桂华》杂曲，丽而不经；《赤雁》群篇，靡而非典。河间荐雅而罕御，故汲黯致讥于《天马》也。至宣帝雅颂，诗效《鹿鸣》；迩及元成，稍广淫乐。正音乖俗，其难也如此。暨后郊庙，惟杂雅章，辞虽典文，而律非夔旷。

纪评：《桂华》，《安世房中歌》之一也，尚未至于不经，此论过当；《赤雁》等篇，亦不得目之曰靡，论亦过高。盖深恶涂饰，故矫枉过正。

至于魏之三祖，气爽才丽，宰割辞调，音靡节平。观其《北上》众引，《秋风》列篇，或述酣宴，或伤羁戍；志不出于淫❶荡，辞不离于哀思；虽三调之正声，实韶、夏之郑曲也。

黄评：声诗始判。

纪评：声诗自古本判，不始于此，此评似是而非。

逮于晋世，则傅玄晓音，创定雅歌，以咏祖宗；张

---

❶ "淫"，元本、天启本作"滔"。

华新篇，亦充庭《万》。然杜夔调律，音奏舒雅；荀勖改悬，声节哀急。故阮咸讥其离声，后人验其铜尺，和乐精妙，固表里而相资矣。故知诗为乐心，声为乐体，乐体在声，瞽师务调其器；乐心在诗，君子宜正其文。好乐无荒，晋风所以称远；伊其相谑，郑国所以云亡。故知季札观辞，不直听声而已。

纪评：此乃折出本旨，其意为当时宫体竞尚轻艳发也。观《玉台新咏》，乃知彦和识高一代。

若夫艳歌婉娈，怨志詄❶绝，淫辞在曲，正响焉生？然俗听飞驰，职竞新异，雅咏温恭，必欠伸鱼睨；奇辞切至，则拊髀雀跃。诗声俱郑，自此阶矣。

黄评：二语透宗。

黄评：声诗虽别，亦必无诗淫而声雅者，固知郑声既淫，则诗不待言矣。

纪评：此论以声被词，意亦斥当时之弃古词，此乐府多不可读之根。后人不知其增损，遂乃妄解。

凡乐辞曰诗，诗声曰歌，声来被辞，辞繁难节。故陈思称李延年闲于增损古辞，多者则宜减之，明贵约也。观高祖之咏《大风》，孝武之叹来迟，歌童被声，莫敢不协。子建士衡，咸有佳篇，并无诏伶人，故事谢丝管。俗称乖调，盖未思也。至于斩俞羡长云疑作"轩"。伐❷疑作"岐"。《鼓吹》，汉世《铙》《挽》，虽戎丧殊事，而

---

❶ "詄"，元本作"诀"。

❷ "伐"，天启本作"代"。

并总入乐府，缪袭所致，亦有可算焉。昔子政品文，诗与歌别，故略具乐篇，以标区界。

黄评：唐人用乐府古题及自立新题者，皆所谓无诏伶人也。

纪评：唐伶人所歌皆当时之诗也，此评未确。

纪评："致"，当作"制"。

纪评：观此知《玉台》之杂编必非孝穆之本。

赞曰：八音摛文，树辞为体。讴吟坰野，金石云陛。《韶》响难追，郑声易启。岂惟观乐，于焉识礼。

钩天九奏《史记》：赵简子疾窹，语大夫曰：我之帝所甚乐，与百神游于钩天，广乐九奏万舞，不类三代之乐，其声动人心。

葛天八阕见《明诗》篇。

咸英《乐纬》：黄帝乐曰《咸池》，帝喾乐曰《六英》。

涂山《吕氏春秋》：禹行功，见涂山之女，禹未之遇而巡省南土。女令妾待禹于涂山之阳，作歌曰：候人兮猗。实始作为南音。

有娀《吕氏春秋》：有娀氏有二佚女，为之九成之台，饮食必以鼓。帝令燕往视之，鸣若谥隘，二女爱而争搏之，覆以玉筐。少选，发而视之，燕遗二卵北飞，遂不返。二女作歌，一终曰：燕燕往飞。实始作为北音。

夏甲《吕氏春秋》：夏后氏孔甲田于东阳萯山，天大风晦盲，孔甲迷惑，入于民室。主人方乳，或曰之子是必有殃，后曰：以为余子，孰敢殃之。子长成人，幕动拆橑，斧斫斩其足。孔甲曰：呜呼有疾，命矣夫！乃作《破斧之歌》，实始为东音。

殷整 《吕氏春秋》：周昭王亲将征荆，辛馀靡为王右。王抎于汉中，辛馀靡振王北济，周公乃侯之于西翟。殷整甲徙宅西河，犹思故处，实始作西音。

师旷 《左传》：晋人闻有楚师。师旷曰：不害。吾骤歌北风，又歌南风，南风不竞，多死声，楚必无功。

季札 《左传》：吴公子札来聘，请观周乐。为之歌郑，曰：美哉，其细已甚，民弗堪也，是其先亡乎？为之歌齐，曰：美哉，泱泱乎大风也哉！表东海者其太公乎？国未可量也。

淫滥 《乐记》：流辟、邪散、狄成、涤滥之音作，而民淫乱。

九德 《汉·礼乐志》：周诗既备，而其器用张陈，周官具焉。朝夕习业，以教国子。皆学歌九德，诵六诗，习六舞五声八音之和。故帝舜命夔曰：女典乐，教胄子。

七始 《礼乐志》：七始华始，肃倡和声。注：七始，天地四时人之始。华始，万物英华之始也，以为乐名，如《六英》也。王应麟《玉海》：黄钟、林钟、太簇为天地人之始。姑洗、蕤宾、南吕、应钟为四时之始。

八风 《易纬》：八节之风谓之八风。《左传》：夫舞所以节八音而行八风。杜注：八风，八方之风也。以八音之器播八方之风，手之舞之，足之蹈之，节其制而叙其情。

溺音 《乐记》：子夏曰：今君之所好者其溺音乎？文侯曰：敢问溺音何从出也？子夏曰：郑音好滥淫志，宋音燕女溺志，卫音趋数烦志，齐音敖辟乔志。此四者皆淫于色而害于德，是以祭祀弗用也。

制氏《礼乐志》：汉兴乐家有制氏，以雅乐声律世世在太乐官，但能纪其铿锵鼓舞，而不能言其义。

叔孙《礼乐志》：叔孙通因秦乐人，制宗庙乐。

武德《礼乐志》：《武德舞》，高祖四年作，以象天下乐已行武以除乱也。

四时《礼乐志》：《四时舞》者，孝文所作，以明示天下之安和也。

始立乐府《礼乐志》：武帝定郊祀之礼，乃立乐府，采诗夜诵，有赵、代、秦、楚之讴。按：孝惠二年，夏侯宽已为乐府令，则乐府之立，未必始于武帝也。

延年《汉书·佞幸传》：李延年善歌，为新变声。上欲造乐，令司马相如等作诗颂。延年辄承意弦歌所造诗，为之新声曲。女弟李夫人产昌邑王，縡是贵为协律都尉。

桂华《礼乐志》：《安世乐房中歌》十七章，其七曰《桂华》。

赤雁《礼乐志》：《郊祀歌·象载瑜十八》：太始三年，行幸东海，获赤雁作。

河间荐雅《礼乐志》：河间献王有雅材，以为治道非礼乐不成，因献所集雅乐，天子下太乐官常存肄之，岁时以备数，然不常御。常御及郊庙皆非雅声。

汲黯《史记·乐书》：武帝得神马渥洼水中，歌曲曰：太一贡兮天马下。后伐大宛。得千里马，歌诗曰：天马来兮从西极。汲黯进曰：凡王者作乐，上以承祖宗，下以化兆民，今陛下得马，诗以为歌，协于宗庙，先帝百姓岂能知其音耶？

诗效鹿鸣《王褒传》：宣帝时，天下殷富，数有嘉应，上颇作歌诗，欲兴协律之事。于是益州刺史王襄欲宣风化于众庶，闻王褒有俊才，请与相见，使褒作中和乐职宣布诗，选好事者令依《鹿鸣》之声，习而歌之。

稍广淫乐《礼乐志》：成帝时，郑声尤甚。黄门名倡丙强、景武之属，富显于世，贵戚五侯定陵、富平外戚之家，淫侈过度，至与人主争女乐。

三祖钟嵘《诗品》：魏武帝、魏明帝诗，曹公古直，甚有悲凉之句。叡不如丕，亦称三祖。

哀思淫荡按：魏太祖《苦寒行》"北上太行山"云云，通篇写征人之苦。文帝《燕歌行》"秋风萧瑟天气凉"云云，亦托辞于思妇，所谓或伤羁戍，辞不离于哀思也。他若文帝于谯作孟津诸作，则又或述酣宴，志不出于淫荡之证也。

三调《晋·乐志》：有因丝竹金石，造歌以被之，魏世三调歌辞之类是也。又《唐·乐志》曰：平调、清调、瑟调，皆周房中曲之遗声，汉世谓之三调。又有楚调，汉房中乐也，与前三调总谓之相和调。

傅玄《晋·乐志》：泰始二年，诏郊祀明堂礼乐，权用魏仪，遵周室肇称殷礼之义，但改乐章而已，使傅玄为之词云。

张华《晋·乐志》：使郭夏、宋识等造《正德》《大豫》二舞，其乐章张华所作。

庭万《诗·邶风·简兮》篇：公庭万舞。《公羊传》：万者何，干舞也。何休注：干谓楯也，能为人扞难，而不使害人，故圣王贵之，以为武乐。"万"者其篇名。

杜夔《晋·乐志》：魏武平荆州，获汉雅乐郎河南杜夔，能识旧法，以为军谋祭酒，使创定雅乐。

荀勖、阮咸《晋·乐志》：荀勖以杜夔所制律吕，校太乐、总章、鼓吹八音，与律吕乖错，乃制古尺，作新律吕，以调声韵。勖又作新律，自谓宫商克谐，然论者犹谓勖暗解。时阮咸妙达八音，论者谓之神解。咸常心讥勖新律声高，以为高近哀思，不合中和。每公会乐作，勖意咸谓之不调，以为异己，出咸为始平相。后有田父耕于野，得周时玉尺，勖以校己所治钟鼓金石丝竹，皆短校一米，于此伏咸之妙，征归。

好乐无荒《诗·唐风·蟋蟀》篇。

晋风《左传》：季札观乐，为之歌唐，曰：思深哉！其有陶唐氏之遗民乎？不然何忧之远也。注：晋本唐国。

伊其相谑《诗·郑风·溱洧》篇。

艳歌《乐府》：古艳歌古辞，一曰《妍歌》。

欠伸鱼睨鲍昭《谢见原疏》：大喜猝至，小愿所图，鱼愕鸡睨，且悚且惭。

纪评：鱼睨似是瞠视之貌，鱼目不瞬故也，此注未确。

拊髀雀跃《庄子》：云将东游，过扶摇之枝，而适遭鸿濛。鸿濛方将拊髀雀跃而游。

咏大风《史记》：高帝还归过沛，悉召故人父老子弟纵酒。发沛中儿得百二十人，教之歌。酒酣，高祖击筑，自为歌诗曰：大风起兮云飞扬，威加海内兮归故乡，安得猛士兮守四方。

叹来迟《汉书·外戚传》：李夫人卒，帝思念不已。方士少翁言能致其神，乃夜张灯烛，设帷帐，陈酒肉，而令上居他帐遥望。见好女如李夫人之貌，上愈益相思悲感，为作诗曰：是邪非邪，立而望之，偏何姗姗其来迟！令乐府诸音家弦歌之。

轩岐鼓吹 崔豹《古今注》：《短箫铙歌》，军乐也，黄帝使岐伯作。汉乐有《黄门鼓吹》，天子以燕乐群臣。《短箫铙歌》，《鼓吹》之一章耳。

汉世铙挽 《宋·乐志》：汉鼓吹铙歌十八曲。谯周《法训》：挽歌者，高帝召田横，至尸乡自杀，从者不敢哭，为此歌以寄哀音焉。《古今注》：《薤露》《蒿里》，并丧歌也。言人命如薤上之露，易晞灭也。亦谓人死魂魄归乎蒿里。至孝武时，李延年乃分为二曲，《薤露》送王公贵人，《蒿里》送士大夫庶人，使挽枢者歌之，亦呼为挽歌。

缪袭 《文章志》：缪袭字熙伯，作魏鼓吹曲及挽歌。

诠赋第八

《诗》有六义，其二曰赋。赋者，铺也；铺采摛文，体物写志也。昔邵《吕览》作"召"。公称：公卿献诗，师箴赋。《传》云：登高能赋，可为大夫。《诗序》则同义，《传说》则异体，总其归涂，实相枝干。刘向云明不歌而颂，班固称古诗之流也。

纪评："铺采摛文"，尽赋之体；"体物写志"，尽赋

之旨。

纪评：似"箴"字下脱一"瞍"字。

至如郑庄之赋大隧，士蔿之赋狐裘，结言短韵，词自己作，虽合赋体，明而未融。及灵均唱《骚》，始广声貌。然赋也者，受命于《诗》人，拓疑作"括"。宇❶于《楚辞》也。于是荀况《礼》《智》，宋玉《风》《钓》❷，爰锡名号，与诗画境，六义附庸，蔚成大国。遂许云当作"述"。客主元作"至"。以首引，极声元脱，曹补。貌以穷文，斯盖别诗之原始，命赋之厥初也。

纪评："拓"字不误，开拓之义也。颜延年《宋郊祀歌》："奄受敷锡，宅中拓宇。"李善注引《汉书》虞诩曰："先帝开拓土宇。"

秦世不文，颇有《杂赋》。汉初词人，顺流而作。陆贾扣其端，贾谊振其绪，枚马同其风，王扬骋其势，皋朔元作"翔"，曹改。已下，品物毕图。繁积于宣时，校阅于成世，进御之赋，千有余首，讨其源流，信兴楚而盛汉矣。夫京殿苑猎，述行序志，并体国经野，义尚光大。既履端于倡序❸，亦归余于总乱。序以建言，首引情本；乱❹以理篇，迭致文契。按《那》之卒章，闵马元作"焉"，朱改。称乱，故知殷人辑《颂》，楚人理赋，斯并鸿裁之寰域，雅文之枢辖也。至于草区禽族，庶元作

---

❶ "拓宇"，元本作"招宇"，天启本作"招字"。
❷ "钓"，元本作"钧"。
❸ "倡序"，元本、天启本作"唱叙"。
❹ "乱"，元本作"辞"。

"鹿"，曹改。品杂类，则触兴致情，因变取会；拟诸形容，则言务纤密；象其物宜，则理贵侧附。斯又小制之区畛，奇巧之机要也。

纪评：分别体裁，经纬秩然，虽义可并存，而体不可相假。盖齐梁之际，小赋为多，故判其区畛以明本末。

观夫荀结隐语，事数自环；宋发巧谈，实始淫丽；枚乘《兔❶园》，举要以会新；相如《上林》，繁类以成艳；贾谊《鵩鸟》，致辨于情理；子渊《洞箫》，穷变于声貌；孟坚《两都》，明绚元作"朋约"，朱考《御览》改。以雅赡；张衡《二京》，迅发一作"拔"。以宏富；子云《甘泉》，构深玮之风；延寿《灵光》，含飞动之势。凡此十家，并辞赋之英杰❷也。及仲宣靡密，发端必遒；伟长博通，时逢壮采；太冲安仁，策勋于鸿规；士衡子安，底绩于流制；景纯绮巧，缛理有余；彦伯梗概，情韵不匮，亦魏晋之赋首也。

纪评：《鵩赋》为谈理之始。

原夫登高之旨，盖睹物兴情。情以物兴，故义必明雅；物以情观，故词必巧丽。丽词雅义，符采相胜，如组织之品朱紫，画绘之著玄黄；文虽新而有质，色虽糅而有本，一作"仪"。此立赋之大体也。然逐末之俦，蔑弃其本，虽读千赋，愈惑体要。遂使繁华损枝，膏腴害骨，无

---

❶ "兔"，元本作"菟"，天启本作"兔"。
❷ "英杰"，元本作"流"。

贵风轨，莫益劝戒。此扬子所以追悔于❶雕虫，贻诮于雾
縠者也。

纪评：篇末侧注小赋一边言之，救俗之意也。

纪评：洞见症结，针对当时以发药。

赞曰：赋自《诗》出，分歧异派。写物图貌，蔚似雕
画。析滞必扬，言庸无隘。风归丽则，辞翦美稗。

纪评：此"分歧异派"，非指赋与诗分，乃指"京殿"
一段、"草区"一段言之，而其语仍侧注小赋一边。

召公《国语》：召公曰：故天子听政，使公卿至于列士
献诗，瞽献典，史献书，师箴，瞍赋，矇颂，百工谏。

登高能赋《汉·艺文志》：传曰：不歌而颂谓之赋，登
高能赋，可以为大夫。

古诗之流班固《两都赋序》：赋者，古诗之流也。

郑庄《左传》：郑庄公感颍考叔之言，与武姜隧而相
见。公入而赋大隧之中，其乐也融融。

士蔿《左传》：晋献公使士蔿为夷吾城屈，不慎，置薪
焉。让之，退而赋曰：狐裘龙茸，一国三公，吾谁适从？

未融《左传》：明夷之谦，明而未融。

灵均屈原字。《史记》：屈原名平，忧愁幽思而作《离
骚》。

诗人《艺文志》：春秋之后，聘问歌咏不行于列国。学
诗之士，逸在布衣，而贤人失志之赋作矣。

---

❶ "于"，元本脱。

括宇《西京杂记》：相如曰：赋家之心，包括宇宙，总览人物。《艺文志》：大儒孙卿及楚臣屈原，离谗忧国，作赋以风。

荀况《史记》：荀卿，赵人，名况，著有《礼赋》《智赋》。

纪评：荀子不止《礼赋》。

宋玉宋玉《风赋》见《文选》，《钓赋》见《赋苑》。

杂赋《艺文志》：秦时杂赋九篇。

陆贾《艺文志》：陆贾赋三篇。

贾谊《艺文志》：贾谊赋七篇。

枚《艺文志》：枚乘赋九篇。

马《艺文志》：司马相如赋二十九篇。

王《艺文志》：王褒赋十六篇。

扬《艺文志》：扬雄赋十二篇。

皋《艺文志》：枚皋赋百二十篇。

朔《汉书》：东方朔有《皇太子生禖》《屏风》《殿上柏柱》《平乐观赋》。

成世《两都赋序》：武宣之世，言语侍从之臣，时时间作。或以抒下情而通讽谕，或以宣上德而尽忠孝，雍容揄扬，著于后嗣，亦雅颂之亚也。故孝成之世，论而录之，盖奏御者千有余篇。

兴楚盛汉吴讷《文章辨体》：古今言赋，自《骚》之外，咸以两汉为古，盖非晋魏以还所及。

京殿《文选》：《两都》《二京》《灵光》《景福》之类是也。

苑猎《上林》《甘泉》《长杨》《羽猎》之类是也。

述行《北征》《东征》之类是也。

序志《幽通》《思玄》之类是也。

履端《左传》：先王之正时也，履端于始，归余于终。

总乱王逸《楚辞注》：乱，理也，所以发理词指，总撮其要也。极意陈词，文彩纷华，然后结括一言，以明所起也。

《那》之卒章《国语》：闵马父曰：正考父校商之名颂十二篇于周太师，以《那》为首。其辑之乱曰：自古在昔，先民有作，温恭朝夕，执事有恪。

草区禽族《艺文志》：杂禽兽六畜昆虫赋十八篇；杂器械草木赋三十三篇。

荀结隐语荀子《礼赋》注：言礼之功用甚大，时人莫知，故假为隐语，问之先王。

宋发巧谈《文选》：宋玉有《高唐赋》《神女赋》《好色赋》。

淫丽《艺文志》扬子曰：诗人之赋丽以则，词人之赋丽以淫。

菟园《汉书》：枚乘字叔，游梁，梁客皆善属词赋，乘尤高。菟园，苑名。《赋苑》：有枚乘《菟园赋》。

上林《司马相如传》：相如请为天子游猎之赋，赋奏，天子以为郎。亡是公言上林广大，侈靡多过其实。

鹏鸟《贾谊传》：谊为长沙傅三年，有服飞入谊舍，止于坐隅。服似鸮，不祥鸟也。谊既以适居长沙，长沙卑湿，谊自伤悼，以为寿不得长，乃为赋以自广。

洞箫《王褒传》：太子喜褒所为《甘泉》及《洞箫》

颂，令后宫贵人左右皆诵读之。

两都《后汉书》：班固字孟坚，上《两都赋》，盛称洛邑制度之美。

二京《后汉书》：张衡字平子，永元中，天下承平日久，自王侯以下，莫不逾侈，衡乃拟班固《两都》作《二京赋》，因以讽谏。

甘泉《汉书》：扬雄字子云，正月从上甘泉还，奏《甘泉赋》以风。

灵光《后汉书》：王逸字延寿，字文考，游鲁作《灵光殿赋》。蔡邕亦造此赋，未成，及见延寿所为，遂辍翰。

仲宣伟长《魏志》：王粲字仲宣，徐幹字伟长。《文选》：曹子建《与杨德祖书》曰：昔仲宣独步于汉南，伟长擅名于青土。

太冲臧荣绪《晋书》：左思字太冲，欲作《三都赋》，乃诣著作郎张载访岷邛之事，遂构思十稔，门庭藩溷皆著纸笔，得句即疏之。赋成，张华见而咨嗟，都邑豪贵竞相传写。

安仁《晋书》：潘岳字安仁，弱冠辟司空太尉府，举秀才，高步一时。所著有《耕藉》《射雉》《西征》《秋兴》《闲居》《怀旧》诸赋。

士衡臧荣绪《晋书》：陆机字士衡，与弟云勤学，声溢四表，机妙解情理，作《文赋》。

子安《晋书》：成公绥字子安，少有俊才，口吃。张华一见甚善之，时人以贫贱不重其文。仕至中台郎，著有《啸赋》。

景纯郭璞字景纯。《晋中兴书》曰：璞以中兴王宅江外，乃著《江赋》，述川渎之美。

彦伯《晋阳秋》：袁宏字彦伯，《赋苑》有袁彦伯《东征赋》。

读千赋桓谭《新论》：余素好文，见子云善为赋，欲从之学。子云曰：能读千首赋，则善为之矣。

雕虫雾縠扬子《法言》：或问：吾子少好赋？曰：然。童子雕虫篆刻。俄而曰：壮夫不为也。或曰：雾縠之组丽。曰：女工之蠹矣。

颂赞第九

四始之至，颂居其极。颂者，容也，所以美盛德而述形容也。昔帝喾之世，咸墨为颂，以歌《九韶》。自商已下，文理允备。夫化偃一国谓之风，风正四方谓之雅，容告神明谓之颂。

纪评：此颂之本始。

风雅序人，事兼变正；颂主告神，义必纯美。鲁国元脱，曹补。以公旦次编，商人以前王追录，斯乃宗庙之正歌，非宴飨之常咏也。《时迈》一篇，周公所制；哲人之颂，规式存焉。夫民各有心，勿壅惟口；晋舆元作"兴"，曹改。之称原田，元作"由"，曹改。鲁民之刺裘鞞，直言不咏，短辞以讽，邱明子高，并谍为诵，斯则野诵之变体，浸被乎人事矣。

纪评：此颂之渐变。

及三闾《橘颂》，情采芬芳，比类寓意，又覃及细物矣。至于秦政刻文，爰颂其德；汉之惠景，亦有述容。沿世并作，相继于时矣。

纪评：此颂体之初成。

若夫子云之表充国，孟坚之序戴侯，武仲❶之美显宗，史岑之述熹元作"僖"，曹改。后，或拟《清庙》，或范《駉》《那》，虽浅深❷不同，详略各异，其褒德显容，典章一也。至于班傅之《北征》《西巡》，元作"逝"。变为序引，岂不褒过而谬体哉！马融之《广成》《上林》，疑作"东巡"。雅而似赋，何弄文而失质乎！

纪评：此变体之弊。

又崔瑗《文学》，蔡邕《樊渠》，并致美于序，而简约乎篇。挚虞品藻，颇为精核。至云杂以风雅，而不变旨趣，徒张虚论，有似黄白之伪说矣。及魏晋辨颂，鲜有出辙，陈思所缀，以《皇子》为标；陆机积篇，惟《功臣》最显，其褒贬杂居，固末代之讹体也。

纪评：此后世通行之格。

原夫颂惟典雅，辞必清铄。敷写似赋，而不入华侈之区；敬慎如铭，而异乎规戒之域。揄扬以发藻，汪洋以树义。一作"仪"。唯纤曲巧致，与情而变，其大体所底，

---

❶ "武仲"，元本作"仲武"。

❷ "浅深"，元本作"深浅"。

如斯而已。

黄评：陆士龙❶云"诵优游以彬蔚"，不及此之切合颂体。

赞者，明也，助也。二字从《御览》增。昔虞舜之祀，乐正重赞，盖唱发之辞也。及益赞于禹，伊陟赞于巫咸，并飏言以明事，嗟叹以助辞也。故汉置鸿胪，以唱拜为赞，即古之遗语也。至相如属笔，始赞荆轲❷。及迁史固书，托赞褒贬，约文以总录，颂体以论辞；又纪传后元作"侈"，朱考《御览》改。评，亦同其名，而仲治❸《流别》，谬称为述，失之远矣。及景纯注《雅》，动植必赞；一作"赞之"，从《御览》改。义兼美恶，亦犹颂之变耳。然本其为义，"本"字从《御览》增。事生奖叹，所以古来篇体，促而不广，一作"旷"，从《御览》改。必结言于四字之句，盘桓乎数韵之辞，约举以尽情，昭灼以送文❹，此其体也。发源虽远，而致用盖寡，大抵所归，其颂家之细条乎！

纪评：东方赞稍衍其文，亦变格也。

赞曰：容体底颂，勋业垂赞。镂彩摛文，声理有烂。年积逾远，音徽如旦。降及品物，炫辞作玩。

咸墨墨应作黑。《吕氏春秋》：帝喾命咸黑作为声歌：

---

❶ "龙"，道光本作"衡"。
❷ "轲"，元本作"辄"。
❸ "治"，元本作"治"。
❹ "送文"，天启本作"述义"。

《九招》《六列》《六英》。

变正《诗序》：王道衰，政教失，而变风变雅作矣。

颂主告神《诗大序》：颂者，美盛德之形容，以其成功告于神明者也。

公旦《诗传》：成王赐鲁天子之礼乐以祀周公，故有《鲁颂》。

商人《诗序·商颂》：《那》，祀成汤也。《烈祖》，祀中宗也。《玄鸟》，祀高宗也。《长发》，大禘也。《殷武》，祀高宗也。皆前代祭祀宗庙之乐。

时迈《国语》：周文公之诗曰：载辑干戈，载橐弓矢。我求懿德，肆于时夏，允王保之。韦昭注：文公，周公旦之谥也。《颂·时迈》之诗，武王既伐纣，周公为作此诗，巡守告祭之乐歌。

壅口《国语》：民虑之于心，而宣之于口，成而行之，胡可壅也。若壅其口，其与能几何？

原田《左传》：晋侯听舆人之颂曰：原田每每，舍其旧而新是谋。

裘鞸《孔丛子》：子顺曰：先君初相鲁，鲁人谤，颂之曰：麛裘而鞸，投之无戾；鞸而麛裘，投之无邮。《吕氏春秋》同。鞸作鞸。高诱注：鞸，小貌。此子顺述孔子之事，非子高也。子高，孔穿之子。

三闾橘颂《离骚序》：屈原与楚同姓，仕于怀王，为三闾大夫。著《九章》，内一篇曰《橘颂》。

秦政《史记》：秦始皇者，名政。东行郡县，上邹峄山，立石，与鲁诸儒生议刻石，颂秦德。

惠景《汉·艺文志》：李思《孝景皇帝颂》十五篇。

表充国《赵充国传》：充国字翁孙，功德与霍光等，列画未央宫。成帝时，西羌尝有警，上思将帅之臣，追美充国，乃召黄门郎扬雄，即充国图画而颂之。

序戴侯《后汉书》：窦融字周公，光武八年，与大军会高平，封安丰侯，卒谥戴。《文章别流》有班固《安丰戴侯颂》。

美显宗《后汉书》：傅毅字武仲，追美孝明帝功德最盛，而庙颂未立，乃依《清庙》作《显宗颂》十篇。

述熹后《文选注》：范晔《后汉书》曰：王莽末，沛国史岑字孝山，以文显。《文章志》：七志并载岑《出师颂》，而《集林》又载岑《和熹邓后颂》。计莽末以讫和熹，百有余年。又《东观汉记》：东平王苍上《光武中兴颂》，明帝问校书郎：此与谁等？对曰：前世史岑之比。斯则莽末史岑，明帝时已云前世，不得为和熹之颂明矣。盖有二史岑，字子孝者，仕王莽；字孝山者，当和熹。书典散亡，未详爵里，诸家遂以孝山之文，载于子孝之集。

班傅《后汉书》：窦宪迁大将军，以傅毅为司马，班固为中护军，宪府文章之盛，冠于当世。毅所著诗、赋、诔、颂诸作，凡二十八篇，固所著赋、铭、诔、颂诸作，凡四十一篇。

马融《马融传》：融字季长，邓太后临朝，邓骘兄弟辅政，俗儒世士以文德可兴，武功宜废。融以为文武之道，圣贤不坠，五材之用，无或可废，上《广成颂》以讽谏。太后怒，遂令禁锢之。安帝亲政，出为河间王长史。时车驾东巡岱宗，融上《东巡颂》，召拜郎中。

崔瑗《崔瑗传》：瑗所著赋、碑、铭、箴、颂、《七苏》、《南阳文学官志》、《叹辞》、《移社文》、《悔祈》、《草书执》、《七言》，凡五十七篇。其《南阳文学官志》，诸能为文者，皆自以弗及。

樊渠蔡邕《樊惠渠颂》略曰：阳陵县东，土气辛螫，嘉谷不植，而泾水长流。京兆尹樊君讳陵，字德云，遂树柱累石，委薪积土，基跌工坚，清流浸润，昔日卤田化为甘壤，农民熙怡悦豫，谓之"樊惠渠"云。

挚虞《挚虞传》：虞字仲洽，撰古文章类聚，区分为三十卷，名曰《流别集》。各为之论，辞理惬当，为世所重。

杂以风雅《文章流别论》：扬雄《充国颂》，颂而似雅；傅毅《显宗颂》，杂以风雅之意；马融之《广成》《上林》，纯为今赋之体，而谓之颂。

黄白伪说《吕氏春秋》：相剑者曰：白所以为坚也，黄所以为牣也，黄白杂则坚且牣，良剑也。难者曰：黄白杂则不坚且不牣，焉得为利剑也。

陈思曹植字子建，封陈思王，集有《皇子生颂》。

陆机《陆机集》有《汉高祖功臣颂》。

乐正重赞《尚书大传》：舜为宾客，禹为主人。乐正进赞曰：尚考大室之义，唐为虞宾，至今衍于四海，成禹之变，垂于万世之后。于是俊乂百工相和而歌庆云。

益赞于禹见《书·大禹谟》篇。

伊陟《书》：在太戊时，则有若伊陟、臣扈，格于上帝，巫咸乂王家。注：伊陟，伊尹之子。巫氏咸名。《史记·封禅书》：伊陟赞巫咸。

鸿胪《汉书注》：鸿，声也。胪，传也。所以传声赞导九宾也。

相如《文章缘起》：司马相如《荆轲赞》，世已不传。厥后班孟坚汉史以论为赞，至宋范晔更以韵语。

谬称为述《汉书注》：颜师古曰：史迁云为某事作某本纪、某列传，班固谦不敢言作，而改言述，盖避作者之谓圣，而取述者之谓明也。但后之学者不晓此为《汉书》叙目，见有"述"字，乃呼为"汉书述"，失之远矣。挚虞尚有此惑，其余曷足怪乎？

景纯注《雅》《郭璞传》：璞字景纯，注释《尔雅》，别为《音义》《图谱》。

祝盟第十

纪评：此篇独崇实而不论文，是其识高于文士处。非不论文，论文之本也。

天地定位，祀遍群神。元作"臣"，朱改。六宗既禋，三望咸秩。甘雨和风，是生黍稷。兆民所仰，美报兴焉。牺盛惟馨，本于明德；祝史陈信，资乎文辞。昔伊耆元作"祁"，柳改。始蜡，以祭八神。其辞云：土反元作"及"，许改。其宅，水归其壑，昆虫无作，草木归其泽。则上皇祝文，爰在兹矣。舜之祠田云：荷此长耜，耕彼南亩，四海俱有。利民之志，颇形于言矣。

纪评：祝之缘起。

至于商履，圣敬日跻，玄牡告天，以万方罪己，即郊禋之词❶也；素车祷旱，以六事责躬，则雩禜之文也。及周之大祝，掌六祝之辞。是以庶物咸生，陈于天地之郊；旁作穆穆，唱于迎日之拜；夙兴夜处，言于祔庙之祝；多福无疆，布于少牢之馈；宜社类祃，莫不有文。所以寅虔许补。于神祇，严恭于宗庙也。春秋已下，黩祀谄祭，祝❷币史辞，靡神不至。至于张老成室，致善于歌哭之祷；蒯聩临战，获佑于筋骨之请。虽造次颠沛，必于祝矣。若夫《楚辞·招魂》，可谓祝辞之组纚也。

纪评：《招魂》似非祝词。

汉之群祀，肃其旨一作百。礼，既总硕儒之仪，亦参方士之术。所以秘祝移过，异于成汤之心；侲子驱疫，元作"欧疾"，王改。同乎越巫之祝，礼❸失之渐也。至如黄帝有《祝邪》之文，东方朔有《骂鬼》之书，于是后之谴咒，务于善骂。唯陈思《诰咎》，元脱，曹补。裁以正义矣。

纪评：祝之流弊。

黄评：祝又音咒，《诗·大雅》"侯诅侯祝"是也。俗

---

❶ "词"，元本作"祠"。
❷ "祝"，元本、天启本作"祀"。
❸ "礼"，元本作"体"。

作咒，非。故诅骂亦祝之一体。

纪评：《诅楚文》之类是也。

若乃礼之祭祀，事止告飨；而中代祭文，兼赞言行，祭而兼赞，盖引神而作也。又汉代山陵，哀策流文；周丧盛姬，内史执策。然则策本书赠，因哀而为文也。是以义同于诔，而文实告神，诔首而哀末，颂体而祝一作咒。仪，太史所作之赞，因周之祝文也。

纪评：祝之派别。

凡群言发华，而降神务实，修辞立诚，在于无愧。祈祷之式，必诚以敬；祭奠之楷，宜恭且哀，此其大较也。班固之祀濛山，祈祷之诚敬也；潘岳之祭庾妇，奠祭之恭哀也。举汇而求，昭然可鉴矣。

纪评：此虽老生之常谈，然执是以衡文，其合格者亦寡矣。所谓三岁小儿道得，八十老翁行不得也。

盟者，明也。骍毛白马，珠盘玉敦，陈辞乎方明之下，祝告于神明者也。在昔三王，诅盟不及，时有要誓，结言而退。周衰屡盟，以及要契，始之以曹沫，终之以毛遂。及秦昭盟夷，设黄龙之诅；汉祖建侯，定山河之誓。然义存则克终，道废则渝始，崇替在人，咒何预焉？若夫臧洪歃辞，气截云霓；刘琨铁誓，精贯霏霜；而无补于晋汉，反为仇雠。故知信不由衷，盟无益也。

黄评：二盟义炳千古，不宜以成败论之。

纪评：此论纰缪，北平先生讥之是也。

夫盟之大体，必序危机，奖忠孝，共存亡，戮心力；祈幽灵以取鉴，指九天以为正；感激以立诚，切至以敷辞，此其所同也。然非辞之难，处辞为难。后之君子，宜在殷鉴。忠信可矣，无恃神焉！

纪评：宕出题外，正是鞭紧题中。

赞曰：毖祀钦明，祝史惟谈。立诚在肃，修辞必甘。季代弥饰，绚言朱蓝。神之来格，所贵无惭。

六宗《书》：禋于六宗。孔安国传：一四时，二寒暑，三日，四月，五星，六水旱。《汉·郊祀志》注：六宗，星、辰、风伯、雨师、司中、司命。一说云：乾坤六子。又一说：天宗三，日、月、星辰；地宗三，泰山、河、海。或曰：天地间游神也。

三望《左传》：僖公三十一年，卜郊不从，乃免牲，犹三望。注：望，祭山川也。

伊耆《礼记·郊特牲》：伊耆氏始为蜡。蜡也者，岁十二月合聚万物而索飨之也。八神：先啬一，司啬二，百种三，农四，邮表畷五，猫虎六，坊七，水庸八。

圣敬日跻《诗·商颂·长发》篇。

玄牡见《书·汤誓》。

素车《尸子》：汤之救旱也，素车白马，布衣，身婴白茅，以身为牲，祷曰：政不节与？民失职与？苞苴行与？谗夫昌与？宫室崇与？女谒盛与？

雩禜《左传》：龙见而雩。注：旱祭也。又曰：雪霜风雨之灾则禜之。《说文》：祷雨为雩，祷晴为禜。

太祝《周礼·春官》：太祝掌六祝之辞，以事鬼神，曰顺祝、年祝、吉祝、化祝、瑞祝、策祝。

庶物迎日《大戴礼》：孝昭冠辞：皇皇上天，照临下土；庶物群生，各得其所，靡今靡古。维予一人某敬拜皇天之祐。又曰：明光于上下，勤施于四方，旁作穆穆。维予一人某敬拜迎于郊。以正月朔日，迎日于东郊。

祔庙《仪礼》：明日以其班祔，用嗣尸。曰：孝子某孝显相，夙兴夜处，小心畏忌不惰，其身不宁，用尹祭，嘉荐普淖。普荐溲酒，适尔皇祖某甫以隮祔尔孙某甫。

多福无疆《仪礼》：少牢馈食礼：主人酳尸，尸酢主人，祝嘏主人曰：皇尸命工祝，承致多福无疆，于汝孝孙。

宜社《王制》：天子将出，类乎上帝，宜乎社，造乎祢。诸侯将出，宜乎社，造乎祢。注：宜，祭名。

类祃《诗》：是类是祃。《传》：师祭也。类于上帝，祃于所征之地。

张老成室《檀弓》：晋献文子成室，晋大夫发焉。张老曰：美哉轮焉！美哉奂焉！歌于斯，哭于斯，聚国族于斯。

蒯聩《左传》：卫太子祷曰：曾孙蒯聩，敢昭告皇祖文王，烈祖康叔，文祖襄公，郑胜乱从，晋午在难，使鞅讨之。蒯聩不敢自佚，备持矛焉。敢告无绝筋，无折骨，无面伤，以集大事。

秘祝《汉·郊祀志》：文帝诏曰：秘祝之官，移过于下，朕甚弗取，其除之。

侲子《后汉·礼仪志》：大傩谓之逐疫，选中黄门子弟十岁以上、十二岁以下百二十人为侲子。

越巫《郊祀志》：粤人勇之言，粤人俗鬼，而其祠皆见鬼，数有效。昔东瓯王敬鬼，寿百六十岁。后世怠嫚，故衰耗。武帝乃命粤巫立粤祝祠。

祝邪《山海经》：东望山有兽，名白泽，能言语。王者有德，明照幽远则至。《轩辕记》：帝于恒山得白泽神兽，能言，达于万物之情。因问天地鬼神之事，帝令写为图，作《祝邪》之文以祝之。

骂鬼王延寿《梦赋序》云：臣遂得东方朔与臣作《骂鬼》之书。按：朔与延寿隔世久远，或朔本有书，延寿得之则可，曰"与臣作"，谬矣。倘作书亦是梦中事，便无所不可。然彦和又岂以乌有为实录乎？非后人传写之误，即前代有傅会失实者。

诰咎曹子建《诰咎文序》：五行致灾，先史咸以为应政而作。天地之气，自有变动，未必政治之所兴治也。于时大风发屋拔木，意有感焉，聊假上帝之命，以诰咎祈福。

哀策《文章缘起》：汉乐安相李尤作《和帝哀策》。

执策《穆天子传》：天子西至于重璧之台，盛姬告病，天子哀之。于时觞祀而哭，内史执策。注：策，所以书赠赙之事。

祭庚妇《潘岳集》有《为诸妇祭庚新妇文》。

骍毛《左传》：瑕禽曰：昔平王东迁，吾七姓从王，牲用备具，王赖之，而赐之骍毛之盟。注：赤牛也。

白马《汉书》：王陵曰：高皇帝刑白马而盟曰：非刘氏而王者，天下共击之。

珠盘玉敦《周礼·天官》：玉府若合诸侯，则共珠盘玉敦。

方明《汉·律历志》：太甲元年，以冬至越茀祀先王于方明。注：方明者，神明之象也。以木为之，方四尺，画六采，东青西白，南赤北黑，上玄下黄。

诅盟《穀梁传》：诅盟不及三王。

结言《公羊传》：古者不盟，结言而退。

要契《左传》：使王叔氏与伯舆合要，王叔氏不能举其契。注：要，合要辞。理曲无以为答，故不能举其契要之辞。

曹沫《国语》：曹沫为鲁将，三北。鲁庄公与齐桓公会于柯而盟，沫执匕首，劫桓公于坛，尽归鲁之侵地。

毛遂《史记》：秦围邯郸，平原君求救于楚。议日中不决，毛遂按剑历阶而上曰：从之利害，两言而决。合从者为楚，非为赵也。楚王曰：唯唯。遂谓左右曰：取鸡狗马之血来。遂奉铜盘而跪进之楚王，曰：王当歃血，次者吾君，次者遂。遂定从于殿上。

秦昭常璩《巴志》：秦昭襄王与夷人刻石盟曰：秦犯夷，输黄龙一双；夷犯秦，输清酒一钟。

山河《史记·高祖功臣年表》：封爵之誓曰：黄河如带，泰山如砺，国以永宁，爰及苗裔。

臧洪《臧洪传》：洪字子源，太守张超请为功曹。时董卓图危社稷，超与洪西至陈留，见兄邈计事。邈与语，大异之。邈先有谋约，会超至，定议。乃与诸牧守大会酸枣，设坛场。将盟，既而莫敢先登，咸共推洪。洪升坛歃血，辞气慷慨，闻其言者，无不激扬。

刘琨《刘琨传》：琨字越石。建武元年，琨与段匹磾期讨石勒，匹磾推琨为大都督，歃血载书，檄诸方守，俱集襄国。琨、匹磾进屯固安，以俟众军。匹磾从弟末波纳勒厚赂，独不进，乃沮其计。琨、匹磾以势弱而退。

卷三

铭箴第十一

　　昔帝轩刻舆几以弼违，大禹勒笋簴而招谏；成汤盘盂，著日新之规；武王户席，题必戒之训。周公慎言于金人，仲尼革容于欹器。则先圣鉴戒，其来久矣。

　　纪评：欹器不言有铭，此句未详。或六朝所据之书今不尽见耳。

　　故铭者，名也。观器必也正名，审用贵乎盛德。盖臧武仲之论铭也，曰：天子令德，诸侯计功，大夫称伐。夏铸九牧之金鼎，周勒肃慎之楛矢，令德之事也；吕望铭功于昆吾，仲山镂绩于庸器，计功之义也；魏颗纪勋于景钟，元作"铭"，曹改。孔悝表勤于卫鼎，称伐之类也。若乃飞廉有石椁之锡，灵公有蒿里之谥，铭发幽石，吁可怪矣。赵灵勒迹于番吾，元作"禺"，杨改。秦昭刻博元作"傅"，朱改。于华山，夸诞示后，吁可笑元作"茂"，又作"戒"。也。详观众例，铭义见矣。至于始皇勒岳，政暴而文泽，亦有疏通之美焉。若班固燕然之勒，张昶华阴之碣，序亦盛矣。蔡邕铭思，独冠古今；桥元作"侨"，孙改。公之钺，元作"箴"。吐纳典谟；朱穆之鼎，全成碑文，溺所长也。至如敬通杂器，准矱戒铭，而事非其物，繁略违中。崔骃品物，赞多戒少；李尤积篇，义俭辞碎。著龟神物，而居博弈之中；衡斛嘉量，而在臼杵之末，曾名品之未暇，何事理之能闲哉！魏文九宝，器利辞钝。唯张载元作"采"，谢改。《剑阁》，其才清采，迅足骎骎，后发前至，勒铭岷汉，得其宜矣。

黄评：李习之论铭，谓"盘之辞可迁于鼎，鼎之辞可迁于山，山之辞可迁于碑。惟时之所纪，而不必专切于是物"。其说甚高，然与观器正名之义乖矣，但不得直赋是物尔。

纪评：处处可移，不免马络；字字比附，亦成滞相。斟酌于不即不离之间，则两义兼得矣。

箴者，所以攻疾防患，喻针石也。斯文之兴，盛于三代。《夏》《商》二箴，余句颇存。及周之辛甲，百官箴一篇，体义备焉。迄至春秋，微而未绝。故魏绛讽君于后羿，楚子训民于在勤。战代已来，弃德务功，铭辞代兴，箴文委绝。至扬雄稽古，始范《虞箴》，作❶《卿尹》《州牧》二十❷五篇。及崔胡补缀，总称《百官》，指事配位❸，鏊鉴可征，信所谓追清风于前古，攀辛甲于后代者也。至于潘勖《符节》，要而失浅；温峤《侍臣》，博而患繁；王济《国子》，引广一作"多"。事杂；一作"寡"。潘尼《乘舆》，义正体芜。凡斯继作，鲜有克衷。至于王朗《杂箴》，乃置巾履，得其戒慎，而失其所

---

❶ "作"，元本脱。
❷ "二十"，元本、天启本作"廿"。
❸ "位"，元本作"生"。

施。观其约文举要，宪章戒铭，而水火井灶，繁辞不已，志有偏也。

夫箴诵于官，铭题于器，名目虽异，而警戒实同。箴全御过，故文资确<small>元作"碻"，朱改。</small>切；铭兼褒赞，故体贵弘润：其取事也必覈<small>元作"覆"。</small>以辨，其摛文也必简而深，此其大要也。然矢言之道盖阙，庸器之制久沦，所以箴铭异用，罕施于代。惟秉文君子，宜酌其远大焉。

纪评：四语分明。

黄评：陆士龙云："铭博约而温润，箴顿挫而清壮。"亦同斯旨。

纪评：此为当时惟趋词赋而发，亦补明评文不及近代之故。

赞曰：铭实表器，箴惟德轨。有佩于言，无鉴于水。秉兹贞厉，敬言乎履。义典则弘，文约为美。

舆几《皇王大纪》：帝轩作舆几之箴，以警宴安。

笱簴《鬻子》：大禹为铭于笱簴曰：教寡人以道者击鼓，教以义者击钟，教以事者振铎，语以忧者击磬。

户席《大戴礼》：尚父道丹书之言，武王闻之，惕若恐惧，退而为戒，书于席四端、于机、于鉴、于盥盘、于楹、于杖、于带、于履屦、于觞豆、于户、于牖、于剑、于弓、于矛，尽为铭焉，以戒后世子孙。

金人《家语》：孔子观周，入后稷之庙，有金人焉，三缄其口，而铭其背曰：古之慎言人也，无多言，多言多败。

欹器《荀子》：孔子观于鲁威公之庙，有欹器焉，问于守者，为宥坐之器，虚则欹，中则正，满则覆，叹曰：乌有满而不覆者哉？

论铭《左传》：季武子以所得于齐之兵作林钟，而铭鲁功焉。臧武仲曰：非礼也。夫铭，天子令德，诸侯言时计功，大夫称伐，今称伐则下等也，计功则借人也，言时则妨民多矣，何以铭为？

金鼎《左传》：王孙满对楚子曰：昔夏之有德，远方图物，贡金九牧，铸鼎象物。

楛矢《国语》：仲尼曰：昔武王克商，通道九夷八蛮，肃慎氏贡楛矢。先王欲昭其令德之致远也，故铭其筶曰：肃慎氏之楛矢。

吕望《史记》：太公望吕尚者，东海上人。蔡邕《铭论》：吕尚作周太师，其功铭于昆吾之鼎。

仲山《窦宪传》：南单于遗宪古鼎，其傍铭曰：仲山甫鼎，其万年，子子孙孙永保用。

庸器《周礼》：典庸器，掌藏乐器、庸器。注：庸器，伐国所获之器，若崇鼎、贯鼎及以其兵物所铸铭也。

魏颗《国语》：昔克潞之役，秦来图败晋功，魏颗以其身却退秦师于辅氏，亲止杜回。其勋铭于景钟。

孔悝《礼记·祭统》：有卫孔悝之鼎铭。

飞廉《秦本纪》：蜚廉为纣石北方，还无所报，为坛霍太山而报，得石棺，铭曰：帝令处父，不与殷乱，赐尔石棺以华氏。死，遂葬于霍太山。

灵公《庄子》：卫灵公死，卜葬于沙邱。掘之数仞，得石椁焉。洗而视之，有铭焉，曰：不冯其子，灵公夺而埋之。

蒿里见《乐府》"铙挽"注。

赵灵《韩子》：赵主父令工施钩梯而缘番吾，刻疏人迹其上，广三尺，长五尺，而勒之曰：主父尝游于此。

秦昭《韩子》：秦昭王令工施钩梯而缘华山，以松柏之心为博，箭长八尺，棋长八寸，而勒之曰：昭王与天神博于此。

勒岳《秦始皇本纪》：始皇上泰山，立石封祠祀，刻石颂秦德焉而去。

燕然《窦宪传》：南单于请兵北伐，拜宪车骑将军。大破单于，登燕然山，刻石勒功，纪汉威德，令班固作铭。

华阴《古文苑》：《华阴堂阙碑铭》，张昶为北地太守段煨作。

桥公之钺《蔡中郎集·桥元黄钺铭》：帝命将军，秉兹黄钺；威灵振耀，如火之烈。公之在位，群狄斯柔；齐斧罔设，人士斯休。

朱穆之鼎《蔡中郎集》：忠文朱公名穆，字公叔，延禧六年卒。肆其孤用作兹宝鼎，铭载休功，俾后裔永用享祀，以知其先之德。按：伯喈作朱公叔坟前石碑，前用散体，后系四言韵语，至鼎铭则纯作散体大篇，不著韵语，所谓全成碑文也。

敬通《冯衍传》：衍字敬通。所著赋、诔、铭、说、杂文五十篇。

崔骃《崔骃传》：骃字亭伯。所著诗、赋、铭、颂、书记、表、《七依》、《婚礼结言》、《达旨》、《酒警》，合二十一篇。

李尤《后汉书》：李尤字伯仁。所著诗、赋、铭、诔、颂、《七叹》、《哀典》，凡一十八篇。《文章流别论》：尤自山河都邑至刀笔算契，无不有铭，而文多秽病。

九宝《典论》：魏太子丕，造宝剑、宝刀三，匕首三，皆因姿定名。其文曰：选兹良金，命彼国工，精而炼之，至于百辟，恨不遇薛烛、青萍也。

剑阁《张载传》：载父收，蜀郡太守。载至蜀省父，道经剑阁，以蜀人恃险好乱，因著铭以作诫。张敏见而奇之，乃表上其文，武帝遣使镌之于剑阁焉。

夏《逸周书·文传解》引《夏箴》云：中不容利，民乃外次。

商《吕氏春秋·名类篇》引《商箴》云：天降灾布祥，并有其职。

百官《左传》：魏绛谓晋侯曰：昔周辛甲之为太史也，命百官官箴王阙。

在勤《左传》：楚自克庸以来，其君无日不讨国人而训之，箴之曰：民生在勤，勤则不匮。

虞箴扬雄《自序》：箴莫善于《虞箴》，作《州箴》。

崔胡《文章流别论》：扬雄依《虞箴》作十二州、十二官箴，传于世。不具九官，崔氏累世弥缝其阙，胡公又以次其首目而为之解，署曰《百官箴》。

潘勖《卫觊传》：建安末，河南潘勖与觊并以文章显。《文章志》：勖字元茂，初名芝，改名勖。

温峤《晋书》：温峤迁太子中庶子在东宫，数陈规讽，献《侍臣箴》。

王济《王济传》：济字武子，文辞秀茂，累官侍中，以忤旨左迁国子祭酒。

潘尼《晋书》：潘尼为《乘舆箴》。

王朗《王朗传》：郎字景兴，历官御史大夫，所著奏、议、论、记咸传于世。

确切确，坚正也。《崔实传》：指切时要，言辩而确。

诔碑第十二

周世盛德，有铭诔之文。大夫之材，临丧能诔。诔者，累也，累其德行，旌之不朽也。夏商已前，其详靡闻。周虽有诔，未被于士。又贱不诔贵，幼不诔长，在万乘则称天以诔之，读诔定谥，其节文大矣。自鲁庄战乘邱，始及于士。逮尼父卒，哀公作诔。观其慭遗之切，呜呼之叹，虽非睿作，古式存焉。至柳妻之诔惠子，则辞哀而韵长矣。

纪评：诔之传者始于是，故标为古式。

纪评：此诔体之始变，然其文出《列女传》，未必果真出柳下妇也。

暨乎汉世，承流而作。扬雄之诔元后，文实烦秽，沙麓撮其要，而挚疑成篇，有脱误。安有累德述尊，而阔略四句乎？杜笃之诔，有誉前代；《吴诔》虽工，而他篇颇疏，岂以见称光武，而改盼千金哉！傅毅所制，文体伦序；孝山崔瑗，辨絜相参。观其序事如传，辞靡律调，固诔之才也。潘岳构意，专师孝山，巧于序悲，易入新切❶，《御览》作"丽"。所以隔代相望，能征厥声者也。至如崔骃《诔赵》，刘陶《诔黄》，并得宪章，工在简要。陈思叨名，而体实繁缓，文皇诔末，旨言自陈，其乖甚矣。

纪评：所讥者，烦秽繁缓；所取者，伦序简要，新切评文之中，已全见大意。

纪评："调"字平声。

若夫殷臣诔汤，追褒《玄鸟》之祚；周史歌文，上阐后稷之烈。

纪评：诔汤之说未详。

诔述祖宗，盖诗人之则也。至于序述哀情，则触类而长。傅毅之诔北海，云白日幽光，雾雾杳冥；始序致感，一作"惑"，从《御览》改。遂谓后式。景而效者，弥取于工元作"功"，谢改。矣。详夫诔之为制，盖选言录行，传体而颂文，荣始而哀终。论其人也，暧乎若可觌；道其哀也，凄焉如可伤，此其旨也。

纪评：此变质而文之始，故别论之。

碑者，埤也。上古帝皇，纪号封禅，树石埤岳，故曰碑也。周穆纪迹于弇山之石，亦古碑之意也。又宗庙有碑，树之两楹，事止元作"正"。丽牲，未勒勋绩。而庸器渐缺，故后代用碑，以石代金，同乎不朽。自庙徂坟，

---

❶ "切"，天启本作"丽"。

犹封墓也。自后汉以来，碑碣云起，才锋所断，莫高蔡邕。观《杨赐》之碑，骨鲠《训》《典》；《陈》《郭》二文，词一作"句"，从《御览》改。无择言；周乎众碑，莫非清允。其叙事也该而要，其缀采也雅而泽；清词转而不穷，巧义出而卓立；察其为才，自然而至。孔融所创，有慕伯喈；《张》《陈》两文，辨给足采，亦其亚也。及孙绰为文，志在碑诔；温王郄庾，辞多枝杂；《桓彝》一篇，最为辨裁。夫属碑之体，资乎史才。其序则传，其文则铭。标序盛德，必见清风之华；昭纪鸿懿，必见峻伟之烈，此碑之制也。夫碑实铭器，铭实碑文，因器立名，事光当作"先"。于诔。是以勒石赞勋者，入铭之域；树碑述己者，同诔之区焉。

　　黄评：碑非文名，误始陆平原，孙何纠之，拔俗之识也。

　　纪评：东坡文章盖世而碑非所长，足验此言之信。

　　赞曰：写实追虚，碑诔以立。铭德慕行，文采允集。观风似面，听辞如泣。石墨镌华，颓影岂忒。

　　大夫之材　见《诠赋》篇"登高能赋"注。

　　贱不诔贵　《礼记》：贱不诔贵，幼不诔长，礼也。惟天子称天以诔之，诸侯相诔，非礼也。

　　鲁庄　《檀弓》：鲁庄公及宋人战于乘邱，县贲父御，卜国为右。马惊败绩，公队，佐车授绥。公曰：末之卜也。县贲父曰：他日不败绩而今败绩，是无勇也。遂死之。圉人浴马，有流矢在白肉。公曰：非其罪也。遂诔之。士之有诔，自此始也。

　　哀公　《左传》：孔子卒，哀公诔之曰：旻天不吊，不慭遗一老，俾屏予一人以在位，茕茕余在疚。呜呼哀哉！尼父，无自律！

柳妻 《说苑》：柳下惠死，门人将诔之。妻曰：将诔夫子之德耶？则二三子不如妾知之也。乃诔曰：夫子之不伐兮，夫子之不竭兮，夫子之信成而与人无害兮。柔屈从俗，不强察兮。蒙耻救民，德弥大兮。虽遇三黜，终不弊兮。岂弟君子，永能厉兮。嗟乎惜哉，乃下世兮。庶几遐年，今遂逝兮。呜呼哀哉，神魂泄兮。夫子之谥，宜为惠兮。

诔元后 《汉书》：王莽建国五年，元后崩，诏扬雄作诔曰：太阴之精，沙麓之灵。作合于汉，配元生成。

杜笃 《后汉书》：杜笃字季雅。大司马吴汉薨，光武诏诸儒诔之。笃为诔最高，帝美之。

改盼千金 《国策》：苏代说淳于髡曰：人有卖骏马者，比三旦立市，人莫之知。伯乐还而视之，去而顾之，一旦而马价十倍。

孝山 《后汉书》：苏顺字孝山，和安间，以才学见称，所著赋、论、诔、哀辞、杂文，凡十六篇。

潘岳 《潘岳集》有《杨荆州诔》《杨仲武诔》《夏侯常侍诔》《马汧督诔》。

刘陶 《刘陶传》：陶字子奇，济北贞王勃之后，著书数十万言。

自陈 《曹子建集·文皇诔》：至"咨远臣之眇眇兮，感凶问以怛惊"以下，皆自陈之辞。

北海 《后汉书》：北海靖王兴，齐武王伯升子也，永平七年薨。《古文苑》：傅毅此诔，其文不全，亦无"白日幽光"

之语。

封禅《管子》：古者封禅泰山、禅梁父者，七十二家。

弇山《穆天子传》：天子觞西王母于瑶池，遂驱升乎弇山，乃纪迹于弇山之石，而树之槐，眉曰西王母之山。

丽牲《祭义》：牲入庙门丽于碑。《说文注》：古宗庙立碑系牲，后人因于上纪功德。孙何《碑解》：碑者，乃葬祭飨聘之际，所植一大木耳。而其字从石者，将取其坚且久，未闻勒铭其上也。今丧葬令其螭首龟趺，洎丈尺品秩之制。又易之以石者，后儒增耳。

碑碣《后汉书注》：方者谓之碑，圆者谓之碣。

杨赐《杨赐传》：赐字伯献，历官太尉，卒谥文烈。《蔡中郎集》有《司空文烈侯杨公碑》。

陈郭《蔡中郎集》有《陈太邱碑》《郭有道碑》。

孔融《孔融传》：融字文举，与蔡邕素善。邕卒，后有虎贲士貌类于邕，融每酒酣，引与之同坐，曰：虽无老成人，尚有典型。所著诗、颂、碑文，凡二十五篇。

张陈两文孔文举有《卫尉张俭碑铭》。陈文无考。融殁于曹子建之前，非陈思王也。

孙绰《孙绰传》：绰字兴公，历官著作郎。于时文士，绰为其冠。温、王、郄、庾诸公之薨，必须绰为碑文，然后刊石。《世说新语》：孙兴公作《庾公诔》，多寄托之辞。既成，示庾道恒。庾见，慨然送还之，曰：先君与君，自不至于此。

桓彝《桓彝传》：彝字茂伦，历官宣城内史，在郡苏峻反，为其将韩晃所害，绰为碑文。

哀吊第十三

赋宪孙云当作"议德"。之谥，短折曰哀。哀者，依也，悲实依心，故曰哀也。以辞遣哀，盖不泪之悼，故不在黄发，必施夭元作"天"。昏。昔三良殉秦，百夫莫赎，事均夭横，《黄鸟》赋哀，抑亦诗人之哀辞乎！暨汉武封禅，而霍子侯元作"光病"，曹改。又一本作"霍嬗"。暴亡，帝伤而作诗，亦哀辞之类矣。及后汉汝阳王亡，崔瑗哀辞，始变前式。元作"戒"，谢改。

纪评："赋宪"二字出《汲冢周书》，王伯厚《困学纪闻》已有考证，不得妄改为"议德"。

然履突鬼门，怪而不辞；驾龙乘云，仙而不哀；又卒章五言，颇似歌谣，亦仿佛乎汉武也。至于苏慎疑作顺。张升，并述哀文，虽发其情华，而未极心实。

纪评：此后世祭文之通病。

建安哀辞，惟伟长差善，《行女》一篇，时有恻怛。及潘岳继作，实踵其美。观其虑善辞变，情洞悲苦，叙事如传；结言摹《诗》，促节四言，鲜有缓句，故能义直而文婉，体旧而趣新，《金鹿》《泽兰》，莫之或继也。原夫哀辞大体，情主于痛伤，而辞穷乎爱惜。幼未成德，故誉止于察惠；"誉"字《御览》作"与言"二字。弱不胜务，故悼加乎肤色。"悼"字下《御览》有"惜"字，"肤"一作"容"。隐心而结文则事惬，观文而属心则体奢。奢体为辞，则虽丽不哀；必使情往会悲，文来引泣，乃其贵耳。

纪评：四字精妙，凡文皆然。

吊者，至也。《诗》云：神之吊矣，言神至也。君子令终定谥，事极理哀，故宾之慰主，以至到为言也。压溺乖道，所以不吊矣。又宋水郑火，行人奉辞，国灾民亡，故同吊也。及晋筑虒元作"虎"，孙改。台，齐袭燕城，史赵元脱，孙补。苏秦，翻贺为吊，虐民构敌，亦亡之道。

纪评：史赵苏秦乃一时说词，不得列之吊类。

凡斯之例，吊之所设也。或骄贵而殒身，或狷忿《御览》作"介"。以乖道，或有志而无时，或美才而兼累，追而慰之，并名为吊。自贾谊浮湘，发愤吊屈，体同而事核，辞清而理哀，盖首出之作也。及相如之吊二世，全为赋体，桓谭以为其言恻怆，读者叹息。及平一作"卒"。章要切，断而能悲也。扬雄吊屈，思积功寡，意深文略，故辞韵沉腴。班彪蔡邕，并敏于致语，然影附贾氏，难为并驱耳。胡阮之吊夷齐，褒而无闻；仲宣所制，讥呵实工。然则胡阮嘉其清，王子伤其隘，各一本下有"其"字。志也。祢衡之吊平子，缛丽而轻清；陆机之吊魏武，序巧而文繁。降斯以下，未有可称者矣。夫吊虽古义，而华辞未造；华过韵缓，则化而为赋。固宜正义以绳理，昭德而塞违，割析褒贬，哀而有正，则无夺伦矣。

纪评：四语正辨分明而分寸不苟。

赞曰：辞定所表，在彼弱弄。苗而不秀，自古斯恸。虽有通才，迷方告一作"失"。控。千载可伤，寓言以送。

短折《汲冢周书》：蚤孤短折曰哀，恭仁短折曰哀。

夭昏《左传》：札瘥夭昏。注：夭死曰札，小疫曰瘥，短折曰夭，未名曰昏。

三良《左传》：秦伯任好卒，以子车氏之三子为殉，皆秦之良也。国人哀之，为之赋《黄鸟》。《诗·秦风·黄鸟》篇是也。

霍子侯《霍去病传》：去病薨，子嬗嗣。嬗字子侯，上爱之，幸其壮而将之，为奉车都尉，从封泰山而薨。《汉武帝集》：嬗死，上甚悼之，乃自为歌诗。

哀辞《文章流别论》：哀辞者，诔之流也。

张升《后汉书》：张升字彦真，著赋、诔、颂、碑、书，凡六十篇。

行女《曹子建集·行女哀辞》：三年之中，二子频丧。《文章流别论》：建安中，文帝与临淄侯各失稚子，命徐幹、刘桢等为哀词。是伟长亦有《行女》篇也。

金鹿泽兰《潘岳集·金鹿哀辞》。金鹿，岳之幼子也。又为《任子咸妻作》《孤女泽兰哀辞》。泽兰，子咸之女也。

厌溺《檀弓》：死而不吊者三：畏、厌、溺。

宋水《左传》：庄公十一年秋，宋大水，公使吊焉，曰：天作淫雨，害于粢盛，若之何不吊！

郑火 《左传》：昭公十八年，宋、卫、陈、郑皆火，陈不救火，许不吊灾。

虒台 《左传》：游吉相郑伯以如晋，亦贺虒祁也。史赵见子太叔曰：甚哉其相蒙也，可吊也，而又贺之。

翻贺为吊 《国策》：燕易王初立，齐宣王因燕丧而攻之，取十城。苏秦为燕说齐王，再拜而贺，因仰而吊曰：燕虽弱小，秦王之少婿也。大王利其十城，而与强秦为仇，是食乌喙之类也。齐王曰：善！归燕之十城。

浮湘 《贾谊传》：谊为长沙王傅，意不自得，及度湘水，为赋以吊屈原。

吊二世 《司马相如传》：武帝还过宜春宫，相如奏赋以哀二世行失。注：宜春，本秦之离宫，胡亥于此为阎乐所杀，故感其处而哀之也。

吊屈 《扬雄传》：雄作书，往往摭《离骚》文而反之，自崏山投诸江流，以吊屈原，名曰《反离骚》。

沉腿 《左传》：沉溺、重腿之疾。

蔡邕 《蔡邕集·吊屈原文》：卒坏覆而不振，顾抱石其何补。

胡阮 《文选·思旧赋注》：胡广《吊夷齐文》曰：援翰录吊以舒怀兮。《魏志》：阮瑀字元瑜，为魏武管记室。《吊伯夷文》曰：余以王事，适彼洛师；瞻望首阳，敬吊伯夷。求仁得仁，见叹仲尼；没而不朽，身灭名飞。

祢衡 《后汉书》：祢衡字正平。《吊平子文》：余今反国，命驾言归，路由西鄂，追吊平子。平子，张衡字也。衡，楚西鄂人。

吊魏武陆机《吊魏武文》：悼穗帐之冥冥，怨西陵之茫茫，登雀台而群悲，眝美目其何望。

弱弄《左传》：弱不好弄。

苗而不秀扬子《法言》：育而不苗者，吾家之童乌乎！《世说新语》：王戎子万子，有大成之风，苗而不秀。

告控《左传》：茕焉倾覆，无所控告。

杂文第十四

智术之子，博雅之人，藻溢于辞，辞盈乎气，苑囿文情，故日新殊致。宋玉含才，颇亦负俗，始造《对问》，以申其志，放怀寥廓，气实使之。及枚乘摛艳，首制《七发》，腴辞云构，夸丽风骇。盖七窍所发，发乎嗜欲，始邪末正，所以戒膏粱之子也。扬雄覃思文阃，业深综述，碎文琐语，肇为《连珠》，《玉海》作"扬雄覃思文阁，碎文琐语，肇为《连珠》"。其辞虽小而明润矣。凡此三者，文章之枝派，暇豫之末造也。

纪评：《卜居》《渔夫》已先是对问，但未标"对问"之名耳，然宋玉此文载于《新序》，其标曰"对问"似亦萧统所题。

纪评："阃"当作"阁"。

自《对问》以后，东方朔效而广之，名为《客难》。

托古慰志，疏而有辨。扬雄《解嘲》，杂以谐谑，回环自释，颇亦为工。班固《宾戏》，含懿采之华；崔骃《达旨》，吐典言之裁；张衡《应间》，密而兼雅；崔寔《客讥》，整而微质；蔡邕《释诲》，体奥而文炳；景纯《客傲》，情见而采蔚，虽迭相祖述，然属篇之高者也。至于陈思《客问》，辞高而理疏；庾敳元作"凯"，钦改。《客咨》，意荣而文悴。元作"粹"，朱改。斯类甚众，无所取裁矣。原兹文之设，乃发愤以表志。身挫凭乎道胜，时屯寄于情泰，莫不渊岳其心，麟凤其采，此立本之大要也。

黄评：凡此数子，总难免屋下驾屋之讥。七体如子厚《晋问》，对问则退之《进学解》，体制仍前而词义超越矣。

纪评：词高理疏，才士之华藻；意荣文悴，老手之颓唐。惟能文者有此病，此论入微。

自《七发》以下，作者继踵。观枚氏首唱，信独拔而伟丽矣。及傅毅《七激》，会清要之工；崔骃《七依》，入博雅之巧；张衡《七辨》，结采绵靡；崔瑗《七厉》，植义纯正；陈思《七启》，取美于宏壮；仲宣《七释》，致辨于事理。自桓麟《七说》以下，左思《七讽》以上，枝附影从，十有余家。或文丽而义暌，或理粹而辞驳。观其大抵所归，莫不高谈宫馆，壮语畋猎，穷环奇之服馔，极盅媚之声色；甘意摇骨體，杨云当作"髓"。艳词动❶魂识，虽始之以淫侈，而终之以居正，然讽一劝百，势不自

---

❶ "动"，元本作"洞"。

反：子云所谓先骋郑卫之声，曲终而奏雅者也。唯《七厉》叙贤，归以儒道，虽文非拔群，而意实卓尔矣。

纪评：仍归重意理一边，见救弊之本旨，所谓"与其不逊也宁固"。

自《连珠》以下，拟者间出。杜笃贾逵之曹，刘珍潘勖之辈，欲穿明珠，多贯鱼目。可谓寿陵匍匐，非复邯郸之步；里丑元作"配"，谢改。捧心，不关西施之颦矣。唯士衡运思，理新文敏，而裁章置句，广于旧篇，岂慕朱仲四寸之珰乎！夫文小易周，思闲可赡。足使义明而词净，事圆而音泽，磊磊自转，可称珠耳。

详夫汉来杂文，名号多品，或典诰誓问，或览略篇章，或曲操弄引，或吟讽谣咏。总括其名，并归杂文之区；甄别其义，各入讨论之域，类聚有贯，故不曲述。

赞曰：伟矣前修，学坚多饱。负文余力，飞靡弄巧，枝辞攒映，嘒若参昴。慕颦之心，于焉祇搅。

负俗《汉·武帝纪》：士或有负俗之累而立功名。

对问《文选·宋玉对楚王问》：楚襄王问于宋玉曰：先生其有遗行与，何士民众庶不誉之甚也？对曰：唯，然，有之。愿大王宽其罪，使得毕其辞。

七发《文选注》：《七发》者，说七事以启发太子也，犹《楚辞·七谏》之流。枚乘事梁孝王，恐孝王反，故作《七发》以谏之。

连珠 傅玄《叙连珠》曰：连珠者，兴于汉章之世，班固、贾逵、傅毅三子受诏作之。其文体，辞丽而言约，不指说事情，必假喻以达其旨，而览者微悟，合于古诗劝兴之义。欲使历历如贯珠，易睹而可悦，故谓之连珠也。按《文章缘起》：《连珠》，扬雄作，是连珠非始于班固也。嗣后潘勖《拟连珠》、魏王粲《仿连珠》、晋陆机《演连珠》、宋颜延之《范连珠》、齐王俭《畅连珠》、梁刘孝仪《探物作艳体连珠》。又陈懋仁《文章缘起注》：《北史·李先传》：魏帝召先读韩子《连珠》二十二篇。韩子，韩非子。书中有联语，先列其目，而后著其解，谓之连珠。据此，则连珠又兆韩非矣。

客难《东方朔传》：朔上书陈农战强国之计，辞数万言，终不见用。朔因著论，设客难己，用位卑以自慰谕。

解嘲《扬雄传》：哀帝时，丁傅、董贤用事，诸附离之者，或起家至二千石。时雄方草《太玄》，有以自守，泊如也。或嘲雄以玄尚白，而雄解之，号曰《解嘲》。

宾戏班固《汉书叙传》：固永平中为郎，典校秘书，专笃志于博学，以著述为业，或讥以无功。又感东方朔、扬雄自谕以不遭苏、张、范、蔡之时，曾不折之以正道，明君子之所守，故聊复应焉，其辞曰《宾戏》。

达旨《崔骃传》：骃常以典籍为业，未遑仕进之事。或讥其太玄静，将以后名失实，因拟扬雄《解嘲》，作《达旨》以答焉。

应间《张衡传》：衡不慕当世所居之官，辄积年不徙。自去史职，五载复还，乃设客问，作《应间》以见其志。

客讥客疑作答。《崔实传》：实因穷困，以酤酿贩鬻为业，时人多以此讥之。建宁中，病卒。所著碑、论、箴、铭、答、七言、词文、表记、书，凡十五篇。

释诲《蔡邕传》：邕闲居玩古，不交当世，感东方朔《客难》及扬雄、班固、崔骃之徒，设疑以自通，乃斟酌群言，韪其是而矫其非，作《释诲》以戒厉云尔。

客傲《郭璞传》：璞字景纯，好卜筮，缙绅多笑之。又自以才高位卑，乃著《客傲》。

庾敳《晋书》：庾敳字子嵩。

首唱傅玄《七谟序》：昔枚乘作《七发》，而属文之士，作者纷焉。通儒大才马季长、张平子亦引其源而广之。马作《七厉》，张造《七辩》。

七激《后汉·文苑传》：傅毅以显宗求贤不笃，士多隐处，作《七激》以为讽。

七依七辩注详下。

崔瑗七厉《崔瑗传》有《七苏》无《七厉》。

七启七释曹子建《七启序》：昔枚乘作《七发》，傅毅作《七激》，张衡作《七辩》，崔骃作《七依》，辞各美丽，余有慕之焉，遂作《七启》，并命王粲作焉。粲字仲宣，作者曰《七释》。

七说挚虞《文章志》：桓麟文在者十八篇，有《七说》一篇。

曲终奏雅《汉书》：扬雄以为靡丽之赋，劝百风一，犹骋郑卫之音，曲终奏雅，不已戏乎！

杜笃《后汉·文苑传》：杜笃所著赋、诔、吊、书、赞、七言、女诫及杂文，凡十八篇。

贾逵《贾逵传》：逵作诗、颂、诔、书、连珠、酒令，凡九篇。

刘珍《后汉·文苑传》：刘珍著诔、颂、连珠，凡七篇。

鱼目《参同契》：鱼目岂为珠，蓬蒿不成槚。

寿陵《庄子·秋水篇》：子独不闻夫寿陵余子之学行于邯郸与？未得国能，又失其故行矣，直匍匐而归耳。

里丑《庄子·天运篇》：西施病心而颦其里，其里之丑人见而美之，归亦捧心而颦其里。

四寸珰《列仙传》：朱仲者，会稽市贩珠人。鲁元公主以七百金从仲求珠，仲乃献四寸珠而去。《风俗通》：耳珠曰珰。

典《尔雅》：典，经也。《后汉·文苑传》：李尤所著诗、赋、铭、诔、颂、《七叹》、《哀典》，凡二十八篇。

诰《尔雅》：诰，誓，谨也。注：皆所以约勤谨戒众。《文章缘起》：诰，汉司隶从事冯衍作。

誓《文章缘起》：誓，汉蔡邕作《艰誓》。

问对问。

览《吕不韦传》：不韦使其客人人著所闻，集论以为八览、六论、十二纪，二十余万言，号曰《吕氏春秋》。

略《汉·艺文志》：刘歆总群书而奏其《七略》。

篇《汉·艺文志》：《凡将》一篇，司马相如作。《急就》一篇，黄门令史游作。《元尚》一篇，将作大匠李长作。

章《艺文志》：《苍颉》七章者，秦丞相李斯所作也。《爰历》六章者，车府令赵高所作也。《博学》七章者，太史令胡毋敬所作也。

曲《鼓吹曲》，一曰短箫铙歌。蔡邕《礼乐志》：短箫铙歌，军乐也，黄帝岐伯所作，以建威扬德，风敌劝士也。《晋书·乐志》：武帝令傅玄制《鼓吹曲》二十二篇，以代魏曲。

操《风俗通》：闭塞忧愁而作，命其曲曰操。操者，言遇灾遭害，困厄穷迫，虽怨恨失意，犹守礼义，不惧不慑，乐道而不失其操者也。

弄《琴书》：蔡邕雅好琴道，入青溪访鬼谷先生。所居山有五曲，一曲制一弄。

引《古今注》：《箜篌引》，朝鲜津卒霍里子高妻丽玉所作也。

吟《古今乐录》：张永《元嘉技录》有吟叹四曲，一曰《大雅吟》。

讽七讽。

谣《尔雅》：徒歌谓之谣。《穆天子传》有《白云谣》《黄泽谣》。

咏《辨乐论》：神农教民食谷，有《丰年之咏》。夏侯湛作《离亲咏》。

谐隐第十五

芮良夫之诗云：自有肺肠，俾民卒狂。夫心险如山，口壅若川，怨怒之情不一，欢谑之言无方。昔华元弃甲，城者发睅目之讴；臧纥丧师，国人造侏儒之歌，并嗤戏形貌，内怨为俳也。又蚕蟹鄙谚，狸首淫哇，苟可箴戒，载于《礼》典。故知谐辞谶言，亦无弃矣。

谐之言皆也，辞浅会俗，皆悦笑也。昔齐威元作"宣"，许改。酣乐，而淳于说甘酒；楚襄宴集，而宋玉赋《好色》。意在微讽，有足观者。及优旃❶之讽漆城，优孟❷之谏葬马，并谲辞饰说，抑止昏暴。是以子长编史，列传《滑稽》，以其辞虽倾回，意归义正也。但本体不雅，一作"雜"。其流易弊。于是东方枚皋，饴糟啜醨，无所匡正，而诋嫚媒元作"媒"，谢改弄，故其自称为赋，乃亦俳也；见视如倡，亦有悔矣。至魏文元作"大"。因俳说以著《笑元作"茂"，孙改。书》，薛综凭宴会而发嘲调，虽抃推疑误。席，而无益时用矣。然而懿文之士，未免枉辔；潘岳《丑妇》之属，束皙《卖饼》之类，尤而一作"相"。效之，盖以百数。魏晋滑稽，盛相驱扇，遂乃应场之鼻，方于盗削卵；张华之形，比乎握春杵。曾是莠言，有亏德音，岂非溺者之妄笑，元作"茂"，朱改。胥靡之狂歌欤！

纪评：文家有必不可作之题目，有必不可作之体格，虽高手无所施其巧，抑或愈工而愈入恶趣，皆所谓"本体不雅"者也。

谶者，隐也。遁辞以隐意，谲譬以指事也。昔还社元作"杨"。求拯元作"极"。于楚师，喻智井而称麦曲；叔仪乞粮于鲁人，歌佩玉而呼庚癸；伍举刺荆王以大鸟，

---

❶ "旃"，元本作"孟"。
❷ "孟"，元本作"旃"。

齐客讥薛公以海鱼；庄姬托辞于龙尾，臧文谬书于羊裘。隐语之用，被于纪传。大者兴治济身，其次弼违晓惑。盖意生于权谲，而事出于机急，与夫谐辞，可相表里者也。汉世《隐书》，十有八篇，歆固编文，录之歌末。昔楚庄齐威，性好隐语。至东方曼倩，尤巧辞述。但谬辞诋戏，无益规补。

自魏代已来，颇非俳优，而君子嘲一本无"嘲"字。隐，化为谜语。谜也者，回互❶其辞，使昏迷也。或体目文字，或图象品物，纤巧以弄思，元作"忠"，谢改。浅察以炫辞，义欲婉而正，辞欲隐而显。荀卿《蚕赋》，已兆其体。至魏文陈思，约而密之；高贵乡公，博举品物，虽有小巧，用乖远大。夫观古之为隐，理周要务，岂为童稚之戏谑，搏髀而抃笑哉！然文辞之有谐隐，譬九流之有小说，盖稗官所采，以广视听。若效而不已，则髡袒而入室，旃孟之石交乎！

纪评："袒而"疑作"朔之"。

赞曰：古之嘲隐，振危释惫。虽有丝麻，无弃菅蒯。会义适时，颇益讽诫。空戏滑稽，德音大坏。

芮良夫《诗·桑柔传》：芮伯刺厉王之诗。《左传》：周芮良夫之诗。

心险《庄子》：孔子曰：凡人心险于山川。

口壅《国语》：召公曰：防民之口，甚于防川。川壅而

---

❶ "互"，元本作"牙"。

溃，伤人必多，民亦如之。

华元《左传》：宋华元获于郑，宋以兵车文马赎之。宋城，华元为植。城者讴曰：睅其目，皤其腹，弃甲而复。于思于思，弃甲复来。

臧纥《左传》：臧纥救鄫，侵邾，败于狐骀。国人诵之曰：臧之狐裘，败我于狐骀。我君小子，朱儒是使。朱儒朱儒，使我败于邾。

蚕蟹《檀弓》：成人有其兄死而不为衰者，闻子皋将为成宰，遂谓衰。成人曰：蚕则绩而蟹有匡，范则冠而蝉有緌，兄则死而子皋为之衰。

狸首《檀弓》：原壤之母死，孔子助之沐椁。原壤登木歌曰：狸首之斑然，执女手之卷然。

说甘酒《滑稽列传》：齐威王好为长夜之饮，置酒后宫，召淳于髡赐之酒。问曰：先生能饮几何而醉？对曰：臣饮一斗亦醉，一石亦醉。故曰：酒极则乱，乐极则悲，万事尽然，言不可极，极之而哀。以讽谏焉。王曰：善。乃罢长夜之饮。

赋好色《文选》：大夫登徒子侍于楚襄王，短宋玉。玉著《登徒子好色赋》，王称善。

讽漆城《滑稽列传》：秦二世欲漆其城，优旃曰：善！漆城荡荡，寇来不能上；即欲就之，易为漆耳，顾难为荫室。于是二世笑之，以其故止。

谏葬马《滑稽列传》：楚庄王有所爱马死，欲以棺椁大夫礼葬之。优孟曰：以楚国堂堂之大，何求不得，而以大夫礼葬之，薄，请以人君礼葬之。诸侯闻之，皆知大王贱人而贵马也。于是王乃使以马属太官，无令天下久闻也。

滑稽 《史记·滑稽列传》注：崔浩云：滑，音骨；稽，流酒器也。转注：吐酒，终日不已，言出口成章，辞不穷竭，若滑稽之吐酒。故扬雄《酒赋》云"鸱夷滑稽，腹大如壶，尽日盛酒，人复藉沽"是也。又姚察云：滑稽，犹俳谐也。滑，读如字。稽，音计也。言谐语滑利，其计智疾出，故云滑稽。

东方枚皋 《枚皋传》：自言为赋不如相如，又言为赋乃俳，见视如倡，自悔类倡也。故其赋有诋娸东方朔，又自诋娸其文。

餔糟啜醨 《楚辞》：众人皆醉，何不餔其糟而歠其醨。

薛综 《薛综传》：综字敬文，仕吴，守谒者仆射。蜀使张奉来聘，综嘲之曰：有犬为獨，无犬为蜀，横目勾身，虫入其腹。

束皙 《束皙传》：束尝为《劝农》及《饼》诸赋，文颇鄙俗，时人薄之。

溺者 《左传》：吴王曰：溺人必笑，吾将有问也。

胥靡 《书传》：使胥靡刑人筑护此道，说贤而隐，代胥靡筑之以供食。疏：胥，相也。靡，随也。古者相随坐轻刑之名。又《汉书注》师古曰：联系使相随而服役之，故谓之胥靡，犹今之役囚徒，以锁联缀耳。

智井、麦曲 《左传》：楚子围萧，还无社与司马卯言，号申叔展。叔展曰：有麦曲乎？曰：无。有山鞠穷乎？曰：无。河鱼腹疾奈何？曰：目于智井而拯之。

佩玉、庚癸 《左传》：哀公十三年夏，公会单平公、晋定公、吴夫差于黄池，吴申叔仪乞粮于公孙有山氏，曰：佩玉蕊兮，余无所系之！旨酒一盛兮，余与褐之父睨之！对曰：梁则无矣，粗则有之。若登首山以呼曰：庚癸乎，则诺。杜注：庚，西方，主谷。癸，北方，主水。

大鸟《楚世家》：庄王即位三年，不出号令。伍举曰：愿有进隐。曰：有鸟在于阜，三年不蜚不鸣，是何鸟也？庄王曰：三年不蜚，蜚将冲天；三年不鸣，鸣将惊人。举退矣，吾知之矣。

海鱼《战国策》：靖郭君将城薛，曰：毋为客通。齐人有请者曰：臣请三言而已矣。因见之，客趋而进曰：海大鱼。君曰：客有于此。客曰：君不闻大鱼乎？网不能止，钩不能牵，荡而失水，则蝼蚁得意焉。今夫齐，亦君之水也，君长齐，奚以薛为？夫齐虽隆薛之城到于天，犹之无益也。君曰：善！乃辍城薛。

龙尾《列女传》：楚庄姬上隐语于王曰：大鱼失水，有龙无尾；墙欲内崩，而王不视。王问之，对曰：鱼失水，离国五百里也；龙无尾，年三十无太子也；墙崩不视，祸将成而王不改也。

羊裘《列女传》：臧文仲使于齐，齐拘之。文仲微使人遗公书，谬其辞曰：敛小器，投诸台。食猎犬，组羊裘。琴之合，甚思之。母见书而泣曰：吾子拘而有木治矣。

汉世隐书《汉·艺文志》：《隐书》十八篇。师古曰：刘向《别录》云：隐书者，疑其言以相问，对者以虑思之，可以无不谕。

性好隐语《滑稽列传》：齐威王之时喜隐。《索隐》曰：喜隐，谓好隐语。

118

曼倩《东方朔传》：舍人恚曰：朔擅诋欺天子从官，当弃市。上问朔，何故诋之？对曰：臣非敢诋之，乃与为隐耳。舍人不服，因曰：臣愿复问朔隐语。朔应声辄对，变诈锋出，莫能穷者。

谜《古诗所》：鲍照有井字谜。

蚕赋《赋苑》：荀卿《蚕赋》，通篇皆形似之言，至末语始云，夫是之谓蚕理。

高贵乡公《晋阳秋》：高贵乡公神明爽俊，德音宣朗。景王曰：上何如主也？钟会对曰：才同陈思，武类太祖。景王曰：若如卿言，社稷之福也。

九流《汉·艺文志》：有儒家者流，道家者流，阴阳家者流，法家者流，名家者流，墨家者流，纵横家者流，杂家者流，农家者流，小说家者流。诸子十家，其可观者，九家而已。

稗官《汉·艺文志》：小说家者流，盖出于稗官，街谈巷语、道听途说之所造也。如淳曰：王者欲知闾巷风俗，故立稗官，使称说之。师古曰：稗官，小官。《汉名臣奏》"唐林请省置吏，公卿大夫至都官、稗官各减什三"是也。

石交《史记》：弃仇雠而得石交。

卷四

史传第十六

纪评：彦和妙解文理，而史事非其当行。此篇文句特烦，而约略依稀，无甚高论，特敷衍以足数耳。学者欲析源流，有刘子玄之书在。

开辟草昧，岁纪绵邈，居今识古，其载籍乎。轩辕之世，史有仓颉，主文之职，其来久矣。《曲礼》曰：史载笔，左右。史者，使也；执笔左右，八字元脱，按胡孝辕本补。使之记也。元作"已"，按胡本改。古元脱，孙补。者，左史记事者，右史记言者。言经则《尚书》，事经则《春秋》。唐虞流于典谟，商夏被于诰誓。自汪本作"洎"。周命维新，姬公定法，紬三正以班历，贯四时以联❶事。诸侯建邦，各有国史，彰善瘅恶，树之风声。自平王微弱，政不及雅，宪章散紊，彝伦攸斁。昔者二字从《御览》增。夫子闵王道之缺，伤斯文之坠，静居以叹凤，临衢而泣麟。于是就太师以正《雅》《颂》，因鲁史以修《春秋》，举得失以表黜陟，征存亡以标劝戒。褒见一字，贵逾轩冕；贬在片言，诛深斧钺。然睿旨存亡二字衍。幽隐，胡本作"秘"。经文婉约，邱明同时，实得微

---

❶ "联"，元本作"聪"。

言，乃原始要终，创为传体。传者，转也。转受经旨，以授于后，实圣文之羽翮，记籍之冠冕也。

纪评：叙《春秋》一段，其文太繁。

纪评："昔者"二字不必增。

及至从横之世，"及"字从《御览》增。史职犹存。秦并七王，而战国有策，盖录而弗叙，故即简而为名也。汉灭嬴项，武功积年，陆贾稽古，作《楚汉春秋》。爰及太史谈，世惟执简；子长继志，元作"至"，胡改。甄序帝勣。比尧称典，则位杂中贤；法孔题经，则文非元圣。故取式《吕览》，通号曰纪，纪纲之号，亦宏称也。元脱，谢补。故本纪以述皇王，列传以总侯伯，八书以铺政体，十表以谱年爵，虽殊古式，而得事序焉。尔其实录无隐之旨，博雅宏辩之才，爱奇反经之尤，条例踳落之失，叔皮论之详矣。及班固述汉，因循前业，观司马迁之辞，思实过半。其十志该富，赞序弘丽，儒雅彬彬，信有遗味。

纪评：独抽此条，未免挂漏。

至于宗经矩圣之典，端绪丰赡之功，遗亲攘美之罪，征贿鬻笔之愆，公理辨之究矣。观夫左氏缀事，附经间出，于文为约，而氏族难明。及史迁各传，人始区详而易览，述者宗焉。及孝惠委机，吕后摄政，班史立纪，违经失元脱，朱补。实。何则？庖牺以来，未闻女帝者也。汉运所值，难为后法。牝鸡无晨，武王首誓；妇无与国，齐桓著盟；宣后乱秦，吕氏危汉。岂唯政事难假，亦名号宜慎矣。张衡司史，而惑同迁固，元帝王元作"年二"，孙改。后，欲为立纪，谬亦甚矣。寻子弘虽伪，要当孝惠之嗣，孺子诚微，实继平帝之体，二子可纪，何有于二后哉？

至于后汉纪传，发源《东观》。袁张所制，偏驳不伦；薛谢之作，疏谬少信。若司马彪之详实，"若"字从《御览》增。华峤之准当，则其冠也。及魏代三雄，记传互出。《阳秋》《魏略》之属，《江表》《吴录》之类，或激抗难征，或元脱，谢补。疏阔寡要。唯陈寿《三志》，文质辨洽，荀张比之于迁固，非妄誉也。

至于晋代之书，繁乎著作。陆机肇始而未备，王韶续末而不终。干宝述《纪》，以审正得《御览》作"明"。序；孙盛《阳秋》，以约举为能。按《春秋》经传，举例发凡；自《史》《汉》以下，莫有准的。至邓璨元作"璨"，朱改。《晋纪》，始立条例，又摆落一作"撮略"，从《御览》改。汉魏，宪章殷周，虽湘川曲学，亦有心典谟。及安元作"交"，朱改。国立例，乃邓氏之规焉。

原夫载籍之作也，必贯乎百氏，元作姓。被之千载，表征盛衰，殷鉴兴废。使一代之制，共日月而长存；王霸之迹，并天地而久大。是以在汉之初，史职为盛，郡国文计，先集太史之府，欲其详悉于体国；必阅石室，启金匮，抽裂帛，检残竹，欲其博练于稽古也。是立义选言，宜依经以树则；劝戒与夺，必附圣以居宗。然后铨评昭整，苛滥不作矣。然纪传为式，编年缀事，文非泛论，按实而书。岁远则同异难密，事积则起讫易疏，斯固总会之为难也。或有同归一事，而数人分功，两记则失于复重，偏举则病于不周，此又铨配之未易也。故张衡摘史班之舛滥，傅玄讥《后汉》之尤烦，皆此类也。

黄评：萧茂挺所以欲复编年体也。

若夫追述远代，代远多伪。公羊高云传闻异辞，荀况称录远略近，盖文疑则阙，贵信史也。然俗皆爱奇，莫顾实理。传闻而欲伟其事，录远而欲详其迹，于是弃同即异，穿凿傍说，旧史所无，我书则传，此讹滥之本源，而述远之巨蠹也。至于记编同时，时元脱，胡补。同多诡，虽定哀微辞，而世情利害。勋荣之家，虽庸夫而尽饰；迍败之士，虽令德而常嗤。理欲二字衍。吹霜煦一作"喷"，从《御览》改。露，寒暑笔端，此又同时之枉，可为叹息者也。"为"字从《御览》增。故元作"欲"，朱改。述远则诬矫如彼，记近则回邪如此，析理居正，唯素臣元作"心"，今改。乎！

黄评：古史之失。

纪评：陶诗有"闻多素心人"句，所谓有心人也，似不必定改"素臣"。

若乃尊贤隐讳，固尼父之圣旨，盖纤瑕不能玷瑾瑜也；奸慝惩戒，实良史之直笔，农夫见莠，其必锄也。若斯之科，亦万代一准焉。至于寻繁领杂之术，务信弃❶奇之要，明白头讫之序，品酌事例之条，晓其大纲，则众理可贯。然史之为任，乃弥纶一代，负海内之责，而赢是非之尤，秉笔荷担，莫此之劳。迁固通矣，而历讥后世，若

---

❶ "弃"，元本作"弁"。

任情失正，文其殆哉！

赞曰：史肇轩黄，体备周孔。世历斯编，善恶偕总。腾褒裁贬，万古魂动。辞宗邱明，直归南董。

仓颉《叙世本注》：黄帝之世，始立史官，仓颉、沮诵，居其职矣。

左右史《玉藻》：动则左史书之，言则右史书之。

言经则《尚书》王肃曰：上所言，下为史所书，故曰《尚书》。

事经则《春秋》《诸侯年表》：孔子西观周室，论史记旧闻，兴于鲁而次《春秋》，以制义法，王道备，人事浃。左邱明因孔子史记具论其语，成《左氏春秋》。虞卿上采春秋，下观近世，为《虞氏春秋》。吕不韦集六国时事，为《吕氏春秋》。

三正《书·甘誓》：怠弃三正。注：三正，子、丑、寅之正也。

四时杜预《春秋序》：记事者，以事系日，以日系月，以月系时，以时系年。史之所记，必表年以首事，年有四时，故错举以为所记之名。

泣麟《孔丛子》：叔孙氏之车子曰鉏商，樵于野而获兽焉，众莫之识，以为不祥，弃之五父之衢。孔子往观，泣曰：麟也。麟出而死，吾道穷矣。

创为传体《春秋序》：左邱明受经于仲尼，以为经者不刊之书也。故传或先经以始事，或后经以终义，或依经以辩理，或错经以合异，随义而发其例之所重。

战国有策《战国策·刘向序》：国策，或曰国事，或曰短长，或曰事语，或曰长书，或曰修书。臣向以为战国时游士辅所用之国，为之策谋，宜为《战国策》。其事继春秋以后，讫楚汉之起，二百四十五年间之事皆定，以杀青，书可缮写，得三十三篇。

楚汉春秋《史记索隐》：陆贾撰。记项氏与汉高祖初起之事，名《楚汉春秋》。

世惟执简《太史公自序》：司马喜生谈。谈为太史公，仕于建元、元封之间，有子曰迁。太史公发愤且卒，执迁手而泣曰：余先周室之太史也，自上世尝显功名，虞夏典天官事，后世中衰，绝于予乎？汝复为太史，则续吾祖矣。谈卒三岁，而迁为太史令。

子长继志《司马迁传》：太史公仍父子相继篡其职，曰：余维先人罔罗天下放失旧闻，王迹所兴，原始察终，见盛观衰，论考之行事，略三代，录秦汉，上纪轩辕，下至于兹，著十二本纪，既科条之矣。并时异世，年差不明，作十表。礼乐损益，律历改易，兵权、山川、鬼神、天人之际，承敝通变，作八书。二十八宿环北辰，三十辐共一毂，运行无穷，辅弼股肱之臣配焉，忠信行道以奉主上，作三十世家。扶义俶傥，不令已失时，立功名于天下，作七十列传。凡百三十篇，为《太史公书》。迁字子长。

吕览注见《杂文》篇。

实录无隐《司马迁传赞》：刘向、扬雄皆称迁有良史之材，服其善序事理，其文直，其事核，不虚美，不隐恶，故谓之实录。

爱奇扬子《法言》：多爱不忍，子长也。仲尼多爱，爱义也。子长多爱，爱奇也。《史记叙传》：但美其长，不爱其短，故曰爱奇。

条例《檀超传》：超与江淹掌史职，上表立条例。

叔皮论之《班彪传》：彪字叔皮。斟酌前史，而讥正得失。其略论曰：迁之所纪，采经摭传，分散百家之事，甚多疏略。论学术则崇黄老而薄五经，序货殖则轻仁义而羞贫穷，道游侠则贱守节而贵俗功，此其大敝伤道也。又曰：一人之精，文重思烦，故其书刊落不尽，尚有盈辞，多不齐一。

述汉《汉书叙传》：固探纂前记，缀辑所闻，以述《汉书》。起于高祖，终于孝平王莽之诛，十有二世，一百三十年，综其行事，为春秋考、纪、表、志、传，凡百篇。

十志律历，礼乐，刑法，食货，郊祀，天文，五行，地理，沟洫，艺文。

遗亲攘美《史记》必称父谈太史公，《汉书》多踵彪所作后传，而曾不及之。

征贿鬻笔《陈寿传》：丁仪、丁廙有盛名于魏，寿谓其子曰：可觅千斛米见与，当为尊公作佳传。丁不与之，竟不为立传。

纪评：班固受金，语见《史通》。观下称"公理"，知为《昌言》之佚文，此引陈寿非是。

公理《后汉书》：仲长统字公理，著论曰《昌言》，略曰：数子之言当世得失皆究矣，然多谬通方之训，好申一隅之说。

委机摄政《汉·外戚传》：惠帝以咸夫人事，因病岁余，不能起，日饮为淫乐，不听政，七年而崩。乃立孝惠后宫子为帝，太后临朝称制。

立纪《汉书·高后纪第三》。

牝鸡见《书·牧誓》。

妇无与国《穀梁传》：葵邱之盟曰：毋使妇人与国事。

乱秦《匈奴列传》：秦昭王时，义渠戎王与宣太后乱，有二子。

危汉《高后纪》：太后以惠帝无子，取后宫美人子名之，以为太子。惠帝崩，太子立为皇帝，年幼，太后临朝称制，乃立兄子吕台、产、禄、台子通四人为王，封诸吕六人为列侯。四年夏，少帝自知非皇后子，出怨言。皇太后幽之永巷，立恒山王弘为皇帝。太后崩，禄、产谋作乱，悉捕诸吕，皆斩之。大臣相与阴谋，以为少帝及三弟为王者，皆非孝惠子，复共诛之，尊立文帝。

元后《张衡传》：衡以为王莽本传，但应载篡事而已，至于编年月，纪灾祥，宜为《元后本纪》。

子弘《吕后本纪》：惠帝二年，常山王不疑薨，以其弟襄成侯山为常山王，更名义。孝惠崩，太子立为帝，太后以帝病久不已，不能继嗣，帝废位，立常山王义为帝，更名曰弘。

孺子《王莽传》：平帝崩时，元帝世绝，而宣帝曾孙有见王五人。莽恶其长大，曰：兄弟不得相为后。乃选玄孙中最幼广戚侯子婴，年二岁，托以为卜相最吉，立之。

东观《东观汉记》一百四十三卷，起光武，至灵帝，刘珍等撰。

袁张《后汉书》一百一卷，袁山松撰。《后汉南记》五十八卷，张莹撰。

薛谢《后汉记》一百卷，薛莹撰。《后汉书》一百三十卷，无帝纪，谢承撰。

司马彪《司马彪传》：彪讨论众书，缀其所闻，起于世祖，终于孝献，编年二百，录世十二，通综上下，方贯庶事，为纪、志、传，凡八十篇，号曰《续汉书》。

华峤《华峤传》：峤以《汉纪》烦秽，慨然有改作之意。起于光武，终于孝献，为帝纪十二卷、皇后纪二卷、十典十卷、传七十卷及三谱、序传、目录，凡九十七卷。峤以皇后配天作合，前史作外戚传以继末编，非其义也。故易为皇后纪以次帝纪。又改志为典，以有《尧典》故也。而改名《汉后书》奏之，诏朝臣会议。时中书监荀勖、令和峤、太常张华、侍中王济，咸以峤文质事核，有迁、固之规，实录之风，藏之秘府。

三雄潘岳诗"三雄鼎足"。注：三雄，即三国之主。

阳秋《魏阳秋异同》八卷，孙寿著。

魏略《魏略》五十卷，鱼豢著。

江表《虞溥传》：溥撰《江表传》，卒后子勃上于元帝，诏藏于秘书。

吴录《吴录》三十卷，张勃撰。

三志《陈寿传》：寿撰魏、吴、蜀《三国志》，张华深善之，谓寿曰：当以《晋书》相付耳。

著作《晋书》：元康二年诏，著作旧属中书令，秘书既典文籍，宜改为秘书著作。于是改隶秘书，著作郎一人，谓之大著作，专掌史任。

肇始《晋纪》四卷，陆机撰。

续末《王韶之传》：韶之私撰《晋安帝阳秋》，及成时，人谓宜居史职，即除著作佐郎，使继后事。

干宝《干宝传》：宝字令升，王导荐之元帝，领国史，著《晋纪》。自宣帝讫与愍帝，凡二十卷。其书简略，直而能婉，咸称良史。

孙盛《孙盛传》：盛字安国，累迁秘书监，著《晋阳秋》，词直而理正，咸称良史。

举例发凡《春秋序》：发凡以言例。注：如隐公七年，凡诸侯同盟，于是称名之类有五十条，皆以"凡"字发明类例。

邓粲《邓粲传》：荆州刺史桓冲请为别驾，粲以父骞有忠信言而世无知者，乃著《元明纪》十篇。

湘川邓粲，长沙人。

先集太史《汉仪注》：太史公，武帝置。天下计书，先上太史，副上丞相。

石室金匮《太史公自序》：迁为太史令，细史记、石室金匮之书。

诠评谢承曰诠，陈寿曰评。

张衡《张衡传》：衡条上司马迁、班固所叙与典籍不合者十余事。

傅玄《傅玄传》：玄虽显贵，而著述不废，撰论经国九流及三史故事，评断得失，各为区例，名为《傅子》。

公羊高《汉·艺文志》：《公羊传》十一卷。注：公羊子，齐人。师古曰：名高。传曰：所见异辞，所闻异辞，所传闻又异辞。

定哀微辞《史记》：孔子著《春秋》，隐、桓之间则章，至定、哀之际则微，谓其切当世之文，而罔褒忌讳之辞也。

素臣《春秋序》：说者以仲尼自卫反鲁，修《春秋》，立素王，邱明为素臣。

南董齐南史氏，晋董狐。

诸子第十七

纪评：此亦泛述成篇，不见发明。盖子书之文，又各自一家，在此书原为谰入，故不能有所发挥。

诸子者，入道见志之书。太上立德，其次立言。百姓之群居，苦纷杂而莫显；君子之处世，疾名德之不章。唯英才特达，则炳曜垂文，腾其姓氏，悬诸日月焉。昔风后元脱，曹补。力牧伊尹，咸其流也。篇述者，盖上古遗语，而战伐所记者也。至鬻熊知道，而文王咨询，余文遗事，录为《鬻子》。子自肇始，莫先于兹。及伯阳识礼，而仲尼访问，爰序《道德》，以冠百氏。然则鬻惟文友，李实孔师，圣贤并世，而经子异流矣。

纪评："战伐"当作"战国"。

纪评："子自"当作"子之"。

逮及七国力政，俊乂蜂起。孟轲膺儒以磬折，庄周述道以翱翔；墨翟执俭确之教，尹文课名实之符；野老治国于地利，驺子养政于天文；申商刀锯以制理，鬼谷唇吻以策勋；尸佼元作"狡"，柳改。兼总于杂术，青史曲缀以街谈。承流而枝附者，不可胜算，并飞辩以驰术，餍禄而余荣矣。

暨于暴秦烈火，势炎昆冈，而烟燎之毒，不及诸子。逮汉成留一作"普"。思，子政雠校，于是《七略》芬菲，九流鳞萃，杀青所编，百有八十余家矣。迄至魏晋，作者间出，谰"谰"与"讕"同，元作"讕"，朱改。言兼存，琐语必录，类聚而求，亦充箱照轸矣。

然繁辞谢补。虽积，而本体易总，述道言治，枝条五经。其纯粹者入矩，踳驳者出规。《礼记·月令》，取乎《吕氏》之纪；《三年问》丧，写乎《荀子》之书，此纯粹之类也。若乃汤之问棘，云蚊睫有雷霆之声；惠施对梁王，云蜗角有伏尸之战；《列子》有移山跨海之谈，《淮南》有倾天折地之说，此踳驳之类也。

是以世疾诸混，同一作"洞"。虚诞。按《归藏》之经，大明迂怪，乃称羿弊❶十日，嫦娥奔月。殷汤疑作"易"。如兹，况诸子乎？至如商韩，六虱五蠹，弃孝废仁，辕药之祸，非虚至也。公孙之白马孤犊，辞巧理拙；魏牟比之鸮鸟，非妄贬也。昔东平求诸子《史记》，而汉朝不与。盖以《史记》多兵谋，而诸子杂诡术也。然治闻之士，宜撮纲要，览华而食实，弃邪而采正，极睇参差，

---

❶ "弊"，元本、天启本作"毙"。

亦学家之壮观也。

纪评："是以"句有讹脱。

研夫孟、荀所述，理懿而辞雅；管、晏属篇，事核而言练；列御寇之书，气伟而采奇；邹子之说，心奢而辞壮；墨翟随巢，意显而语质；尸佼、尉缭，术通而文钝；《鹖冠》绵绵，亟发深言；《鬼谷》眇眇，每环奥义；情辨以泽，《文子》擅其能；辞约而精，《尹文》得其要；慎到析密理之巧，韩非著博喻之富，《吕氏》鉴远而体周，《淮南》泛采而文丽，斯则得百氏之华采，而辞气*疑脱*。文之大略也。

若夫陆贾《典语》，贾谊《新书》，扬雄《法言》，刘向《说苑》，王符《潜夫》，崔寔《政论》，仲长《昌言》，杜夷《幽求》，咸*一作"或"*。叙经典，或明政术，虽标论名，归乎诸子。何者？博明万事为子，适辨一理为论，彼皆蔓延杂说，故入诸子之流。夫自六国以前，去圣未远，故能越世高谈，自开户牖。两汉以后，体势漫❶弱，虽明乎*"虽""乎"二字元作"难""于"，朱改。*坦途，而类多依采，此远近之渐变也。嗟夫！身与时舛，志共道申，标心于万古之上，而送怀于千载之下，金石靡矣，声其销乎！

纪评：隐然自寓。

赞曰：大夫处世，怀宝挺秀。辨雕万物，智周宇宙。立德何隐，含道必授。条流殊述，若有区囿。

---

❶ "漫"，元本作"浸"。

风后《汉·艺文志》：《风后》十三篇。注：图二卷，黄帝臣依托也。

力牧《艺文志》：《力牧》二十二篇。注：六国时所作，托之力牧。力牧，黄帝相。

伊尹《艺文志》：《伊尹》五十一篇。注：汤相。又《伊尹说》二十七篇。注：其语浅薄，似依托也。

鬻熊《子略》：鬻子年九十，见文王。王曰：老矣。鬻子曰：使臣捕兽逐麋，已老矣；使臣坐策国事，尚少也。文王师焉。著书二十二篇，名曰《鬻子》。

伯阳《史记》：老子者，姓李氏，名耳，字伯阳。孔子适周，问礼于老子，谓弟子曰：老子其犹龙耶？老子居周，久之，见周之衰，遂去。至关，关令尹喜曰：子将隐矣，强为我著书。乃著书上、下篇，言道德之意五千余言而去。

孟轲《史记》：孟轲，邹人也，受业子思之门人。述唐虞三代之德，是以所如者不合，退而与万章之徒序《诗》《书》，述仲尼之意，作《孟子》七篇。

庄周《史记》：庄子名周，其学本归于老子之言，故著书十余万言，大抵率寓言也。楚威王厚币迎之，许以为相。周笑曰：无污我！我宁游戏污渎之中自快，无为有国者所羁。

墨翟《史记》：墨翟，宋之大夫，善守御，为节用。《艺文志》：《墨子》七十一篇。

俭确《太史公自序》：墨者亦尚尧舜道，言其德行曰：堂高三尺，土阶三等，茅茨不翦，采椽不刮，食土簋，啜土刑，粝粱之食，藜藿之羹。夏日葛衣，冬日鹿裘。其送死，桐棺三寸，举音不尽其哀。教丧礼，必以此万民为之率，使天下法若此。

尹文 刘向《别录》：尹文子学本庄老，其书自道以至名，自名以至法，以名为根，以法为柄，凡二卷，仅五千言。《艺文志》：《尹文子》一篇。注：说齐宣王，先公孙龙。师古曰：刘向云：与宋钘俱游稷下。

野老 《艺文志》：《野老》十七篇。注：应劭曰：年老居田野，相民之耕种，故曰野老。

驺子 《史记》：齐有三驺子。驺衍深观阴阳消息，而作怪迂之变，终始大圣之篇，十余万言。《艺文志》：《邹子》四十九篇。注：名衍，齐人，为燕昭王师。居稷下，号谈天衍。

申 《史记》：申不害相韩昭侯，学本黄老而主刑名。著书二篇，号曰《申子》。

商 《商君传》：卫鞅既破魏，还，秦封之于商十五邑，号为商君。《艺文志》：《商君》二十九篇。

鬼谷 《苏秦传》：东事师于齐，而习之于鬼谷先生。注：扶风、池阳、颍川、阳城，并有鬼谷墟，盖是其人所居，因为号。又曰：《鬼谷子》书云：苏秦欲神秘其道，故假名鬼谷。

尸佼 《艺文志》：《尸子》二十篇。注：名佼，鲁人。秦相商君师之。鞅死，佼逃入蜀。

青史 《艺文志》：《青史子》五十七篇。注：古史官，记事也。

雠校 《艺文志》：成帝使谒者陈农求遗书于天下，诏光禄大夫刘向等校之。每一书已，向辄条其篇目，撮其旨意，录而奏之。《魏都赋》：雠校篆籀。

七略《艺文志》：刘向卒，哀帝复使向子侍中奉车都尉
歆卒父业，歆于是总群书，而奏其《七略》，故有《辑略》
《六艺略》《诸子略》《诗赋略》《兵书略》《术数略》《方
技略》。

九流注见《正纬》篇。

杀青《吴祐传》：杀青简以写经书。注：以火炙简，令
汗，取其青，易书，复不蠹，谓之杀青。

百有八十余家《艺文志》：凡诸子百八十九家，四千三
百二十四篇。

谰言《艺文志》：《谰言》十篇。注：不知作者。《广
韵》：谰言，逸言也。

充箱《韩诗外传》：成王之时，有三苗贯桑而生，同为
一秀，大几满车，长几充箱。

照轸《田敬仲完世家》：梁王曰：寡人国小，尚有径寸
之珠，照车前后各十二乘者十枚。

月令《礼记·月令第六》。孔颖达《正义》：郑目录
云：名曰月令者，以其纪十二月政之所行也。吕不韦集诸儒所
著为十二月纪，合十余万言，名为《吕氏春秋》，篇首皆有月
令，与此篇同。

三年问丧《荀子·礼论》前半，褚先生补《史记·礼
书》采入，其后半皆言丧礼。"三年之丧"一段，与《礼
记·三年问》同文。

蚊睫《列子》：江浦之麼虫，名曰焦螟，群飞而集于蚊
睫，弗相触也。徐以气听，砰然闻之，若雷霆之声。

惠施《艺文志》：《惠子》一篇。注：名施，与庄子并时。

蜗角《庄子》：有国于蜗之左角者曰触氏，有国于蜗之右角者曰蛮氏，时相与争地而战，伏尸数万，逐北旬有五日而后反。按：此系戴晋人语，今云惠施，误也。

列子《艺文志》：《列子》八篇。注：名御寇，先庄子，庄子称之。

移山《列子》：太行、王屋二山，方七百里，高万仞。愚公惩出入之迂也，聚室而谋移之。

跨海《列子》：渤海中有五山，岱舆、员峤、方壶、瀛洲、蓬莱。龙伯之国有大人，举足不盈数步，而暨五山之所。

淮南《汉书》：淮南王安，为人好书，招致宾客方术之士数千人，作为《内书》二十一篇，《外书》甚众，又有《中篇》八卷，言神仙黄白之术，亦二十余万言。

倾天折地《淮南·天文训》：昔者共工与颛顼争为帝，怒而触不周之山，天柱折，地维绝。

归藏《帝王世纪》：殷人因黄帝易曰《归藏》。皇甫谧曰：《归藏易》以纯坤为首，坤为地，万物莫不归而藏于其中，故曰归藏。

羿毙十日注见《辨骚》篇。

奔月《归藏易》：嫦娥以西王母不死之药服之，遂奔月，为月精。

韩《史记》：韩非者，韩之诸公子也，喜刑名法术之学。为人口吃，而善著书，作《孤愤》《五蠹》《内外储》《说林》《说难》十余万言。

六虱《商子》：农、商、官三者，国之常食官也。农辟地，商致物，官法民。三官生虱六：曰岁，曰食，曰美，曰好，曰志，曰行。六者有朴必削。

五蠹《韩非子·五蠹》篇：学者，言古者，带剑者，近御者及商工之民，此五者，邦之蠹也。

轘《左传》杜预注：车裂曰轘。《商君传》：秦孝公卒，太子立，公子虔之徒告商君欲反，秦惠王车裂商君以徇。

药《史记》：秦攻韩，韩王遣非使秦，李斯使人遗非药，使自杀。

公孙《列子》：公孙龙诳魏王曰：白马非马，孤犊未尝有母。按：《列子》所述魏公子牟正深悦公孙龙之辨，所谓承其余窍者也。《庄子·秋水》篇则异是。龙问牟，吾自以为至达已，今闻庄子之言，无所开吾喙，何也？公子牟有坎井之蛙谓东海之鳖之喻，是鹖鸟当作井蛙矣。

东平《汉书》：东平思王宇，宣帝子。成帝时来朝，上疏求诸子及太史公书。大将军王凤以诸子书或反经术，或明鬼神，太史公书有战国纵横之谋，不许。

管晏《艺文志》：《晏子》八篇。注：名婴，谥平仲。《管子》八十六篇。注：名夷吾。

随巢《艺文志》：《随巢子》六篇。注：墨翟弟子。

尉缭《艺文志》：《尉缭》二十九篇。注：六国时。师古曰：尉姓，缭名也。

鹖冠《艺文志》：《鹖冠子》一篇。注：楚人，居深山，以鹖为冠。

文子《艺文志》：《文子》九篇。注：老子弟子，与孔子同时，而称周平王问，似依托者也。

　　慎到《史记》：慎到学黄老道德之术，因发明序其指意，著《十二论》。

　　吕氏注见《杂文》篇。

　　陆贾《史记》：高帝谓陆生曰：试为我著秦所以失天下，吾所以得之者何，及古成败之国。陆生乃粗述存亡之征，凡著十二篇。每奏一篇，高帝未尝不称善，左右呼万岁，号其书曰《新语》。

　　贾谊《艺文志》：贾谊五十八篇。

　　法言《扬雄传》：雄见诸子各以其知舛驰，虽小辩，终破大义，故人时有问雄者，常用法应之，撰以为十三卷，象《论语》，号曰《法言》。

　　说苑《汉书》：刘向采传记行事，著《新序》《说苑》，凡五十篇。

　　潜夫《王符传》：符耿介不同于俗，隐居著书，以讥当时失得，不欲章显其名，故号曰《潜夫论》。

　　政论《崔寔传》：寔字子真，明于政体，论当世便事数十条，名曰《政论》。指切时要，言辨而确，当世称之。

　　昌言注见《史传》篇。

　　幽求《晋书》：杜夷字行齐，庐江人。怀帝时举方正，著《幽求子》二十篇。

论说第十八

圣哲元作"世"，朱按《玉海》改。彝训曰经，述经叙理曰论。论者，伦也。伦理无爽，则圣意不坠。"无爽"元作"有无"，"圣"字上无"则"字，从《御览》改。昔仲尼微言，门人追记，故仰其经目，称为《论语》。盖群论立名，始于兹矣。自《论语》已前，经无论字；《六韬》二论，后人追题乎？详观论体，条流多品。陈政则与议说合契，释经则与传注参体，辨史则与赞评齐行，诠文则与叙引共纪。故议者宜言，说者说语，传者转师，注者主解，赞者明意，评者平理，序者次事，引者胤辞。八名区分，一揆宗论。论也者，弥纶群言，而研精元脱，朱补。一理者也。

纪评：观此知《古文尚书》梁时尚不行于世，故不引"论道经邦"之文，然《周礼》却有"论"字。

是以庄周《齐物》，以论为名；不韦《春秋》，六论昭列。至石渠论艺，白虎通讲，聚述圣言通经，论家之正体也。及班彪《王命》，严尤元作"允"，朱改。《三将》，敷述昭情，善入史体。魏之初霸，术兼名法；傅❶

---

❶ "傅"，元本作"兰"。

嘏王粲，校练名理。迄至正始，务欲守文；何晏之徒，始盛玄论。于是聃周当路，与尼父争涂矣。详观兰石之《才性》，仲宣之《去代》，叔夜之《辨声》，太初之《本玄》，辅嗣之《两例》，平叔之《二论》，并师心独见，锋颖精密，盖人伦之英也。至如李康《运命》，同《论衡》而过之；陆机《辨亡》，元作"正"，谢改。效《过秦》而不及，然亦其美矣。次及宋岱元作"代"。郭象，元作"蒙"，朱据旧本改。锐思于几神之区；夷甫裴頠，交辨于有无之域，并独步当时，流声后代。然滞有者，全系于形用；贵无者，专守于寂寥；徒锐偏解，莫诣正理；动极神源，其般若之绝境乎？逮江左群谈，惟玄是务；虽有日新，而多抽前绪矣。至如张衡《讥世》，韵似俳说；孔融《孝廉》，但谈嘲戏；曹植《辨道》，体同书抄，言不持正，论如其已。汪本作"才不持论，宁如其已"。

纪评："物""论"二字相连，此以为论名，似误。同年钱辛楣云。

原夫论之为体，所以辨正然否，穷于有数，追于无形，两"于"字从汪本改。迹一作"钻"。坚求通，钩深取极；乃百虑之筌蹄，万事之权衡也。故其义贵圆通，辞忌枝碎；必使心与理合，弥缝莫见其隙；辞共心密，敌人不知所乘，斯其要也。是以论如《御览》作"辟"。析薪，贵能破理。斤利者越理而横断，辞辨者反义而取通，览文虽巧，而检迹如妄。唯君子能通天下之志，安可以曲论哉？若夫注释为词，解散论体，杂文虽异，总会是同。若秦延君_{元作"君延"，杨改。}之注《尧典》，十余万字；朱普之解《尚书》，三十万言，所以通人恶烦，羞_{元作"差"，朱改。}学章句。若毛公之训《诗》，安国之传《书》，郑君之释《礼》，王弼之解《易》，要约明畅，可为_{元作"谓"。}式矣。

> 纪评：彦和论文多主理，故其书历久独存。

> 纪评："如"当作"却"。

> 纪评：训诂依文敷义，究与论不同科，此段可删。

> 纪评："谓"字不讹，不必改"为"字。

说者，悦也。兑为口舌，故言咨悦怿；过悦必伪，故舜惊谗说。说之善者，伊尹以论味隆殷，太公以辨钓兴周；及烛武行而纾郑，端木出而存鲁，亦其美也。暨战国争雄，辨士云踊；从横参谋，长短角势；转丸聘其巧辞，飞钳伏其精术；一人之辨，重于九鼎之宝；三寸之舌，强于百万之师；六印磊落以佩，五都隐赈而封。至汉定秦、楚，辨士弭节，郦君既毙于齐镬，蒯子几入乎汉鼎；虽复陆贾籍甚，张释傅会，杜钦文辨，娄护唇舌，颉颃万乘之阶，抵巇公卿之席，并顺风以托势，莫能逆波而溯洄矣。

> 纪评："踊"当作"涌"。

夫说贵抚会，弛张相随，不专缓颊，亦在刀笔。范雎之言事，李斯之止逐客，并烦情入机，动言中务，虽批逆鳞，而功成计合，此上书之善说也。至于邹阳之说吴梁，喻巧而理至，故虽危而无咎矣。敬通之说_{元脱，孙补。}鲍邓，事缓而文繁，所以历骋_{元作"聘"，柳改。}而罕通_元

作"过"。也。凡说❶之枢要，必使时利而义贞，进有契于成务，退无阻于荣身。自非谲敌，则唯忠与信，披肝胆以献主，飞文敏以济辞，此说之本也。而陆氏直称说炜晔以谲诳，何哉？

纪评：树义甚伟。

赞曰：理形于言，叙❷理成论。词深人天，致远方寸。阴阳莫贰，鬼神靡遁。说尔飞钳，呼吸沮劝。

六韬《汉·艺文志》：《周史六弢》六篇。注：惠襄之间，或曰显王时，或曰孔子问焉。师古曰：即今之《六韬》也，盖言取天下及军旅之事。按：《六韬》有《霸典文论》《文师武论》。

齐物庄周著《齐物论》。

六论吕不韦辑《吕氏春秋》，有《开春》《慎行》《贵值》《不苟》《似顺》《士容》六论。

石渠《翟酺传》：孝宣论六经于石渠。注：宣帝诏诸儒讲五经于殿中，兼平《公羊》《穀梁》同异，上亲临决焉。时更崇《穀梁》，故言此六经也。石渠，阁名。

白虎《章帝纪》：建初四年，诏诸生诸儒会白虎观，讲议五经同异，帝亲临称制临决，如孝宣甘露石渠故事，作《白虎议奏》。

王命《班彪传》：隗嚣拥众天水，问彪曰：往者周亡，

---

❶ "说"，元本作"论"。
❷ "叙"，元本脱。

战国并争，天下分裂，意者纵横之事，复起于今乎？彪既疾嚣言，又伤时方艰，乃著《王命论》。

三将《王莽传》：大司马严尤非莽攻伐四夷，数谏不从，著古名将乐毅、白起不用之意，及言边事，凡三篇，以风谏莽。《通志》：严尤《三将军论》一卷。

傅嘏《魏志》：傅嘏字兰石，常论才性同异，钟会集而论之。

王粲《魏志》：王粲著诗、赋、论、议垂六十篇。

聃周《史记》：老子者，姓李氏，名耳，字伯阳，谥曰聃。著书上下篇，言道德之意五千余言。庄子者，名周，著书十余万言，大抵率寓言也。

叔夜《嵇康传》：康字叔夜，作《声无哀乐论》。略曰：以殊方异俗，歌哭不同，使错而用之，或闻哭而欢，或闻歌而感，斯非音声之无常哉！

太初《魏志》：夏侯玄，字太初。注：玄尝著《乐毅》《张良》及《本无》《肉刑》论。按：本玄，本无，未知孰是。

辅嗣《魏志》：钟会与山阳王弼并知名。弼好论儒道，辞才逸辩，注《易》及《老子》。注：弼字辅嗣。

平叔《魏志》：何晏好老庄言，作《道德经》。注：晏字平叔。

运命李康著《运命论》。

论衡《王充传》：充以为俗儒守文，多失其真，乃闭门潜思，著《论衡》八十五篇。

辩亡《陆机传》：机以祖父世为将相，有大勋于江表，深慨孙皓举而弃之，乃论权所以得，皓所以亡，又欲述其祖父功业，作《辩亡论》二篇。

过秦贾谊著《过秦论》。

宋岱《通志》：晋荆州刺史宋岱《通易论》一卷。

郭象《郭象传》：象字子玄，好老庄，能清言，闲居以文论自娱，著《碑论》十二篇。

夷甫《王衍传》：衍字夷甫，好清谈。魏正始中，何晏、王弼等祖述老庄，立论以为天地万物皆以无为为本，衍甚重之，惟裴𬱟以为非，著论以讥之。

交辨有无《晋诸公赞》：自魏太常夏侯玄等，皆著《道德论》。后进庾敳之徒，希慕简旷。裴成公疾世俗尚虚无之理，作《崇有》二论以折之。时人莫能难，惟夷甫来，理如小屈，时人即以王理难裴，理还复伸。

般若《昙霍传》：霍持一锡杖，令人跪曰：此是波若眼。《广韵》：般若，梵语，谓智慧也。

纪评：此宜引《繙绎名义集》，《广韵》非释书之根本。

辩道曹植著《辩道论》二篇。

筌蹄《庄子·杂篇》：筌者所以在鱼，得鱼而忘筌；蹄者所以在兔，得兔而忘蹄。注：筌，鱼筍也。蹄，兔网也。

秦延君《汉·儒林传》：张山拊事小夏侯建为博士，论石渠，授信都秦恭延君，恭增师法至百万言。桓谭《新论》：秦延君但说"粤若稽古"即三万言。

朱普《儒林传》：尚书欧阳氏学，平当授九江朱普公文。《桓荣传》：荣习《欧阳尚书》，事博士九江朱普。

毛公《儒林传》：毛公赵人也，治《诗》，为河间献王博士。

安国《儒林传》：孔氏有《古文尚书》，孔安国以今文字读之，因以起其家，逸书得十余篇，盖《尚书》兹多于是矣。

郑君《郑玄传》：郑玄好学，注《仪礼》《礼记》《答临孝存周礼难》，凡百余万言。

口舌《易·象》：兑，说也。《说卦传》：兑为口舌。

论味《吕氏春秋》：伊尹说汤以至味，曰：凡味之本，水最为始。五味三材，九沸九变，火之为纪。时疾时徐，灭腥、去臊、除膻，必以其胜，无失其理。调和之事，必以甘酸苦辛醎，先后多少，其齐甚微，皆有自起。

辨钓《吕氏春秋》：吕尚坐茅以渔，文王劳而问取。尚曰：鱼求于饵，乃牵其缗。人食于禄，乃服于君。以饵取鱼，以禄取人，以小钓钓川而擒其鱼，以中钓钓国而擒其万国诸侯。

纾郑《左传》：秦晋围郑，郑伯使烛之武夜缒而出，说秦伯。秦伯与郑盟，晋亦去之。

存鲁《仲尼弟子传》：端木赐字子贡，至齐说田常曰：名存亡鲁，实困强齐，智者不疑也。

转丸《鬼谷子》有《转丸》篇，文阙目存。

飞钳鬼谷子著《飞钳》篇。

九鼎三寸《平原君传》：平原君曰：毛先生一至楚，而使赵重于九鼎大吕。毛先生以三寸之舌，强于百万之师。

六印《苏秦传》：秦喟然叹曰：使我有雒阳负郭田二

顷，吾岂能佩六国相印乎？

五都《张仪传》：秦惠王封仪五邑。

隐赈《尔雅》：赈，富也。注：谓隐赈富有。《蜀都赋》：居邑隐赈。

郦君《郦生传》：淮阴侯闻郦生伏轼下齐七十余城，乃夜度兵袭齐。齐王田广以为郦生卖己，遂烹郦生。

蒯子《淮阴侯传》：信方斩之，曰：吾悔不用蒯通之计，乃为儿女子所诈。高祖捕通，欲烹之。通曰：秦失其鹿，天下共逐之。欲为陛下所为者甚众，顾力不能耳，又可尽烹之耶？乃释通之罪。

陆贾《陆贾传》：陆生游汉廷公卿间，名声籍甚。

张释《张释之传》：释之言便宜事，文帝曰：卑之无甚高论，令今可施行也。于是释之言秦汉间事，文帝称善。

杜钦《杜钦传》：帝舅大将军王凤以外戚辅政，求贤知自助，奏请钦为大将军军武库令，后为议郎，以病免。征诣大将军幕府，国家政谋，凤常与钦虑之。京兆尹王章言凤专权蔽主之过，钦令凤上疏谢罪，乞骸骨，文指甚哀。凤心惭称病笃，欲遂退，钦复说凤起视事。章死诏狱，众庶冤之，以讥朝廷。钦欲救其过，复说凤举直言极谏。其补过将美，皆此类也。

唇舌《汉·游侠传》：楼护字君卿，与谷永俱为五侯上客，长安号曰：谷子云笔札，楼君卿唇舌。言其见信用也。

抵巇疑作抵戏。《杜周传赞》：业因势而抵陒。注：陒，音诡，一说陒读与戏同音，许宜反，险也。言击其危险之处，《鬼谷》有《抵戏》篇也。

缓颊《魏豹传》：汉王闻魏豹反，谓郦生曰：缓颊往说魏豹，能下之，吾以万户封若。注：缓颊，徐言譬喻也。

刀笔《萧相国世家》：太史公曰：萧相国何，于秦时为刀笔吏。《刘盆子传》注：古者记事于简策，谬误者以刀削而除之，故曰刀笔。

范雎《范雎传》：王稽载雎入秦，说昭王废王后，逐穰侯，拜为相。

李斯《李斯传》：斯西说秦，秦王拜斯为客卿。会韩人郑国来间秦，以作注溉渠。已而觉，秦宗室大臣请一切逐客。斯上书秦王，乃除逐客之令。

逆鳞《韩非·说难》：龙喉下有逆鳞径尺，婴之则必杀人。人主亦有逆鳞，说者能无婴人主之逆鳞，则几矣。

邹阳《邹阳传》：吴王濞阴有邪谋，阳奏书谏。为其事尚隐，恶指斥言，故先引秦为喻，因道胡、越、齐、赵、淮南之难，然后乃致其意。吴王不内其言。去之梁。羊胜、公孙诡等疾阳，恶之孝王。孝王怒，下阳吏，将杀之。乃从狱中上书，书奏，孝王立出之。

敬通《冯衍传》：衍字敬通。更始二年，遣鲍永行大将军事，安集北方。衍因以计说永，永素重衍，乃以衍为立汉将军。刘峻《广绝交论》注：冯衍与邓禹书曰：衍以为写神输意，则聊成之说，碧鸡之辩，不足难也。

诏策第十九

　　皇帝御宇，其言也神。渊嘿黼扆，而响盈四表，唯诏策乎！昔轩辕唐虞，同称为命。命之为义，制性之本也。其在三代，事兼诰誓。誓以训戒，诰以敷政，命喻自天，故授官元作"管"。锡胤。《易》之姤象，后以施命诰四方。诰命动民，若天下之有风矣。降及七国，并称曰令。令者，使也。秦并天下，改命曰制。汉初定仪则，则命有四品：疑衍一"则"字，以"定仪"为读。一曰策书，二曰制书，三曰诏书，四曰戒敕。敕戒州部，诏诰百官，制施赦命，策封王侯。策者，简也。制者，裁也。诏者，告也。敕者，正也。《诗》云畏此简书，《易》称君子以制度数，《礼》称明君之诏，《书》称敕天之命，并本经典以立名目。远诏近命，习秦制也。《记》称丝纶，所以应接群后。虞重纳言，周贵喉舌。故两汉诏诰，职在尚书。王言之大，动入史策，其出如綍，不反若汗。是以淮南有英才，武帝使相如视草；陇右多文士，光武加意于书辞。岂直取美当时，亦敬慎来叶矣。

　　纪评："制性之本"句，似精奥而实附会。

　　纪评：上"则"字作法程解，非衍文。

　　观文景以前，诏体浮新，武帝崇儒，选言弘奥。策封三王，文同训典；劝元作"观"，谢改。戒渊雅，垂范后代。及制诰严助，即云厌承明庐，盖宠才之恩也。孝宣玺书，赐太守陈遂，"赐太守"元作"责博士"，考《汉书》改。汪本作"责博进陈遂"。亦故旧之厚也。逮光武拨乱，留意斯文，而造次喜怒，时或偏滥。诏赐邓禹，称司徒为尧；敕责侯霸，称黄钺一下。若斯之类，实乖宪章。暨明帝崇学，雅元作"惟"，朱改。诏间出。安和政弛，礼阁鲜才，每为诏敕，假手外请。建安之末，文理代兴，潘勖《九锡》，典雅逸群；卫觊元作"凯"，孙改。禅诰，符命炳燿，弗可加已。自魏晋诰策，职在中书，刘放张华，互❶管斯任，施命发号，洋洋盈耳。魏文帝下诏，辞义多伟，至于作威作福，其万虑之一弊乎？晋氏中兴，唯明帝崇才，以温峤文清，故引入元脱，朱按《御览》补。中书。自斯以后，体宪元作"虑"，朱改。风流矣。

　　纪评："浮新"之评，似乎未确。

　　纪评："责博进"当作"偿博进"，"偿""责"并从"贝"脚，以形似误耳，改为"赐太守"非。

　　纪评：此书体例主于论文，若兼论所诏之是非，政恐累幅不尽。

　　夫王言崇秘，大观在上，所以百辟其刑❷，万邦作孚。故授官选贤，则义炳重离之辉；优文封策，则气含风雨之润；敕戒恒诰，则笔吐星汉之华；治戎燮伐，则声有

──────────

❶ "互"，元本作"牙"。

❷ "刑"，元本作"形"。

洊雷之威；眚灾肆赦，则文有春露之滋；明罚敕法，则辞有秋霜之烈，此诏策之大略也。

纪评：标举二文，以文论耳。

纪评：彦和之意，似以魏晋为盛轨。盖习于当时之所尚，观"自斯以后"二语，其旨可知。

戒敕为文，实诏之切者，周穆命郊，元作"邓"，朱考《穆天子传》改。父受敕宪，此其事也。魏武称作敕戒，当指事而语，一作"诰"，从《御览》改。勿得依违，晓治要矣。及晋武敕戒，备告百官：敕都督以兵要，戒州牧以董司，警郡守以恤隐，勒牙门以御卫，有训典焉。戒者，慎也，禹称戒之用休。君父至尊，在三罔元作"同"，许改。极。汉高祖之《敕太子》，东方朔之《戒子》，亦顾命之作也。及马援已下，各贻家戒。班姬《女戒》，足称母师也。

纪评：以下连类而附之。

教者，效也，言出而民效也。契敷五教，故王侯称教。昔郑弘之守南阳，条教为后所述，乃事绪明也。孔融之守北海，文教丽而罕于理，乃治体乖也。若诸葛孔明之详约，庾稚恭之明断，并理得而辞中，教一作"辞"，从《御览》改。之善也。自教以下，则又有命。诗云有命在天，明为重也；《周礼》曰师氏诏王❶，为轻命。今诏重而命轻者，古今之变也。

赞曰：皇王施令，寅严宗诰。我有丝言，兆民尹好。

---

❶ 天启本"诏王"下衍"明诏"二字。

辉音峻举，鸿风远蹈。腾义飞辞，涣其大号。

　　皇帝《独断》：汉天子正号曰皇帝。皇帝，至尊之称。皇者，煌也，盛德煌煌，无所不照。帝者，谛也，能行天道，事天审谛。

　　黼扆《礼记》：天子负黼扆，南乡而立。《书传》：黼屏风，画为斧文，置户牖间。

　　誓以训戒《书·甘誓》《汤誓》《泰誓》《牧誓》《费誓》《秦誓》是也。

　　诰以敷政《书·召诰》《洛诰》是也。

　　命以授官《书·微子之命》《蔡仲之命》《毕命》《冏命》是也。

　　制策诏戒《独断》：天子之言曰制诰，其命令一曰策书，二曰制书，三曰诏书，四曰戒书。策书，策者，简也，以命诸侯王三公。制书，帝者制度之命也。其文曰制诰三公，赦令、赎令之属是也。诏书者，诏诰也。有三品，其文曰：告某官，官如故事，是为诏书。戒书，戒敕刺史、太守及三边营官，被敕文曰：有诏敕某官，是为戒敕也。世皆名此为策书，失之远矣。

　　丝纶《缁衣》：王言如丝，其出如纶；王言如纶，其出如綍。

　　尚书《汉官仪》：尚书，唐虞官也。龙作纳言。《诗》云：惟仲山甫，王之喉舌。秦改称尚书，汉亦尊此官，典机密也。

　　反汗《楚元王传》：刘向曰：《易》曰涣汗其大号，言号令如汗，汗出而不反者也。今出善令，未能逾时而反，是反汗也。

视草《淮南王传》：武帝以安辩博，善为文辞，每为报书及赐，帝召司马相如等视草乃遣。

加意《隗嚣传》：嚣宾客掾史，多文学生，每所上事，当世士大夫皆讽诵之。故帝有所辞答，尤加意焉。

策封三王《三王世家》：有齐王策、燕王策、广陵王策。太史公曰：封立三王，天子恭让，群臣守义，文辞烂然，甚可观也。褚先生曰：孝武帝之时，同日拜三子为王，为作策以申戒之。

厌承明庐《严助传》：助以对策擢中大夫，上问所欲，对愿为会稽太守。武帝赐书曰：制诏会稽太守，君厌承明之庐，劳侍从之事，出为郡吏。注：承明庐在石渠阁外。

陈遂《游侠传》：陈遵祖父遂，宣帝微时与有故，相随博弈，数负进。及宣帝即位，用遂，稍迁至太原太守，乃赐遂玺书曰：制诏太原太守，官尊禄厚，可以偿博进矣。

称尧《邓禹传》：帝以关中未定，而邓禹久不进兵，下敕曰：司徒尧也，亡贼桀也，宜以时进讨，镇慰西京，系百姓之心。

黄钺光武《赐侯霸玺书》：崇山幽都何可偶，黄钺一下无处所。欲以身试法耶？

礼阁《萧惠基传》：王俭朝宗贵望，惠基同在礼阁，非公事不私觌焉。

潘勗《文章志》：潘勗字元茂。《相魏公九锡策命》，勗所作也。

九锡《韩诗外传》：诸侯有德，天子锡之。一锡车马，再锡衣服，三锡虎贲，四锡乐器，五锡纳陛，六锡朱户，七锡弓矢，八锡铁钺，九锡秬鬯。《魏志》：建安十八年，使御史大夫郗虑持节，策命曹操为魏公，加九锡。

卫觊禅诰《卫觊传》：觊还汉朝为侍郎，劝赞禅代之义，为文诰之诏。

中书《刘放传》：黄初初，改秘书为中书，以放为监。王献之《启琅琊王为中书监表》：中书职掌诏命，非轻才所能独任，自晋建国，常命宰相参领。中兴以来，益重其任，故能王言弥嫩，德音四塞者也。

刘放《刘放传》：放善为书檄，三祖诏命，多放所为。

张华《张华传》：华迁长史，兼中书郎，朝议表奏，多见施用。

威福《蒋济传》：文帝诏夏侯尚曰：卿腹心重将，特当任使，作威作福，杀人活人。尚以示济。帝问济：天下风教何如？对曰：但见亡国之语耳。帝作色问故。济具以答，因曰：作威作福，《书》之明戒。天子无戏言，唯陛下察之。于是帝遣追取前诏。

崇才《晋·明帝纪》：钦贤爱客，雅好文辞，当时名臣，自王导、庾亮辈，温峤、桓彝、阮放等，咸见亲待。

文清《晋书》：太宁初，诏温峤曰：卿既以令望，忠允之怀，著于周旋，且文清而旨远，宜居深密。欲即以为中书令，朝端亦咸以为宜。

重离《易·离卦》：象曰：离，丽也，重明以丽乎正。象曰：明两作离，大人以继明照于四方。

洊雷《易·震卦》：象曰：洊雷震。程传：洊，重袭也。上下皆震，故为洊雷。雷重仍则威益盛。

敕宪《穆天子传》：丙寅，天子属官效器，乃命正公郊父受敕宪，用伸八骏之乘，以饮于枝洔之中。

在三《国语》：民生于三，事之如一。父生之，师教之，君食之，故一事之。惟其所在，则致死焉。

敕太子汉高祖《手敕太子》：吾遭乱世，当秦禁学，自喜谓读书无益。洎践祚以来，时方省书，乃使人知作者之意。追思昔所行，多不是。又云：汝见萧、曹、张、陈诸公侯，吾同时人，倍年于汝者，皆拜。

戒子《东方朔传赞》：朔戒其子以尚容：首阳为拙，柱下为工，饱食安步，以仕易农，依隐玩世，诡时不逢。

马援《马援传》：援《诫兄子严敦书》曰：吾欲汝曹闻人过失，如闻父母之名，耳可得闻，口不可得言也。好议论人长短，妄是非正法，此吾所大恶也。汝曹知吾恶之甚矣，所以复言者，施衿结褵，申父母之戒，欲使汝曹不忘之耳。

班姬《后汉·列女传》：扶风曹世叔妻者，班彪之女也，名昭。博学高才，作《女诫》七篇，有助内训。

郑弘《郑弘传》：弘为南阳太守，条教法度，为后所述。

孔融《九州春秋》：孔融守北海，教令辞气温雅，可玩而诵。论事考实，难可施行。

诸葛孔明《诸葛亮传》：陈寿等言：论者或怪亮文彩不艳，而过于丁宁周至。臣愚以为咎繇大贤也，周公圣人也，考之《尚书》，咎繇之谟略而雅，周公之诰烦而悉。何则？咎繇与舜、禹共谈，周公与群下矢誓故也。亮所与言，尽众人凡士，故其文指不得及远也。然其声教遗言，皆经事综物，公诚之心，形于文墨，足以知其人之意理，而有辅于当世。

庾稚恭《庾翼传》：翼字稚恭，代亮镇武昌，劳谦匪懈，戎政严明。

轻命按：《周官》师氏职无此文。

┃ 檄移第二十 ┃

　　震雷始于曜电，出师先乎威声，故观电而惧雷壮，听声而惧兵威。兵先乎声，其来已久。昔有虞始戒于国，夏后初誓于军，殷誓军门之外，周将交刃而誓之。故知帝世戒兵，三王誓师，宣训我众，未及敌人也。至周穆西征，祭公谋父称古有威让之令，令有文告之辞，即檄之本源也。及春秋征伐，自诸侯出，惧敌弗服，故兵出须名，振此威风，暴彼昏乱。刘献公之所谓告之以文辞，董之以武师元作"师武"。者也。齐桓征楚，诘元作"告"。苞汪本作"菁"。茅之阙；晋厉伐秦，责箕郜之焚；管仲吕相，奉辞先路。详其意义，即今之檄文。暨乎战国，始称为檄。檄者，皦也；宣露于外，皦然明白也。张仪《檄楚》，书以尺二。明白之文，或称露布，播**❶**诸视听也。

---

❶ "播"，元本脱。

夫兵以定乱，莫敢自专，天子亲戎，则称恭❶行天罚；诸侯御师，则云肃将王诛。故分阃推毂，奉辞伐罪，非唯致果为毅，亦且厉辞为武。使声如冲元作"衡"。风所击，元作"繫"。气似欃枪所扫，奋其武怒，总其罪人，惩其恶稔之时，显其贯盈之数；摇奸宄之胆，订信慎之心；使百尺之冲，催折于咫书；万雉之城，颠坠于一檄者也。观隗嚣之《檄亡新》，布元作"有"。其三逆，文不雕饰，而辞切事明，陇右文士，得檄之体矣。陈琳之《檄豫州》，元脱。壮有骨鲠，虽奸阉携养，章密❷太甚，发邱摸金，诬过其虐❸；然抗辞书衅，曒然露骨❹元作"固"，孙改。又一本作"暴露"。矣。敢指曹公之锋，幸哉免袁党之戮也。钟会《檄蜀》，征验甚明；桓公《檄胡》，观衅尤切，并壮笔也。

纪评："指"当作"攖"。

凡檄之大体，或述此休明，或叙彼苛虐；指天时，审人事，算强弱，角权势；标著龟于前验，悬鞶鉴于已然，虽本国信，实参兵诈。诡谲以驰旨，炜晔以腾说，凡此众条，莫或违之者也。故其植义飏辞，务在刚健。插羽以示迅，不可使辞缓；露板以宣众，不可使义隐。必事昭而理辨，气盛而辞断，此其要也。若曲趣密巧，无所取才矣。又州郡征吏，亦称为檄，固明举之义也。

---

❶ "恭"，元本作"龚"。
❷ "密"，天启本作"实"。
❸ "虐"，元本作"虚"。
❹ "骨"，天启本作"布"。

纪评：此一段语扼要领。

纪评：四语尤精。

移者，易也。移风易俗，令往而民随者也。相如之《难蜀老》，文晓而喻博，有移檄之骨焉。及刘歆之《移太常》，辞刚而义辨，文移之首也。陆机之《移百官》，言约而事显，武移之要者也。故檄移为用，事兼文武，其在金革，则逆党用檄，顺元作"烦"，曹改。命资移，所以洗濯民心，坚同元作"用"，曹改。符契，意用小异，而体义大同，与檄参伍，故不重论也。

赞曰：三驱弛刚，九伐先话。鬐鉴吉凶，蓍龟成败。惟压鲸鲵，抵落蜂蛊。移宝一作"实"。易俗，草偃风迈。

纪评："刚"疑作"网"。

戎兵誓师《司马法》：有虞氏戒于国中，欲民体其命也。夏后氏誓于军中，欲民先成其虑也。殷誓于军门之外，欲民先意以待事也。周将交刃而誓之，以致民志也。

威让文告《国语》：周穆王将征犬戎，祭公谋父谏曰：先王耀德不观兵，有威让之令，有文告之辞。

文辞武师《左传》：晋侯使叔向告刘献公曰：抑齐人不盟，若之何？对曰：盟以底信，君苟有信，诸侯不贰，何患焉？告之以文辞，董之以武师，虽齐不许，君庸多矣。

包茅《左传》：齐侯以诸侯之师伐楚，管仲曰：尔贡包茅不入，王祭不供，无以缩酒，寡人是征。

箕郜《左传》：晋侯使吕相绝秦曰：入我河县，焚我箕郜，我是以有辅氏之聚。

檄楚《张仪传》：仪尝从楚相饮，相亡璧，意仪盗之，掠笞数百。张仪既相秦，为文檄告楚相曰：始吾从若饮，我不盗而璧，若笞我。若善守汝国，我顾且盗而城。徐广曰：檄，一作咫尺之檄。《汉·匈奴传》：汉遗单于书，以尺一牍，中行说令单于以尺二寸牍及印封，皆令广长大。

露布魏武帝《述志令》：露布天下。《文章缘起》：汉露布，贾弘为马超伐曹操所作。《封氏闻见记》：露布者，谓不封检，露而宣布，欲四方速知，亦谓之露版者。《魏武奏事》云：有警急，辄露版插羽是也。

分阃推毂《冯唐传》：唐对曰：臣闻上古王者遣将也，跪而推毂曰：阃以内，寡人制之；阃以外，将军制之。

致果《左传》：杀敌为果，致果为毅。

冲风《韩安国传》：安国曰：冲风之衰，不能起毛羽。注：冲风，疾风之冲突者也。

欃枪《天官书》：紫宫左三星曰天枪，所见之国，不可举事用兵。司马相如赋：揽欃枪以为旌兮。张揖曰：彗星为欃枪。

百尺之冲《国策》：苏子说齐闵王曰：百尺之冲，折之衽席之上。《诗·皇矣》注：冲，冲车也，从旁冲突者也。

万雉之城《公羊传》：雉者何？五板而堵，五堵而雉，百雉而城。一曰城高一丈曰堵，三堵曰雉。班固《西都赋》：建金城之万雉。

三逆《隗嚣传》：嚣移檄告郡国曰：故新都侯王莽，慢侮天地，悖道逆理。昔秦始皇毁坏谥法，以一二数欲至万世，而莽下三万六千岁之历，言身当尽此度，是其逆天之大罪也。

160

分裂郡国，截断地络，发冢河东，攻劫邱垄，此其逆地之大罪也。攻战之所败，苛法之所陷，饥馑之所夭，疾疫之所及，以万万计，其死者则露尸不掩，生者则奔亡流散，妇女流离系虏，此其逆人之大罪也。

陇右文士 详《诏策》篇。

陈琳《陈琳传》：琳避难冀州，袁绍使典文章。尝为绍檄，酷诋曹操。袁氏败，琳归操。操谓曰：卿昔为本初移书，但可罪状孤而已，何乃上及父祖耶？琳谢罪。操爱其才而不咎。

奸阉携养 陈琳檄：司空曹操，祖父中常侍腾，与左悺、徐璜并作妖孽。父嵩乞丐携养，因脏假位。操赘阉遗丑，本无懿德。

发邱摸金 陈琳檄：操又特置发邱中郎将、摸金校尉，所过隳突，无骸不露。

钟会《钟会传》：会移檄蜀将吏士民曰：蜀相牡见禽于秦，公孙述受首于汉，此皆诸贤所备闻也。明者见危于无形，智者规祸于未萌，岂晏安酖毒，怀禄而不变哉？

桓公 桓温《檄胡文》：胡贼石勒，暴肆华夏，齐民涂炭，至使六合殊风，九鼎乖越。寡人不德，忝荷戎重。先顺者获赏，后伏者蒙诛，此之风范，想所闻也。

州郡征吏《王逊传》：逊为宁州刺史，未到州，遥举董联为秀才。建宁功曹周悦谓联非才，不下版檄。《刘讦传》：本州刺史张稷辟为主簿，主者檄召，讦乃挂檄于树而逃。

难蜀《司马相如传》：相如使蜀，蜀长老多言通西南夷之不为用。相如欲谏，业已建之，不敢。乃著书籍蜀父老为辞，而己诘难之，以风天子，且因宣其使指，令百姓皆知天子意。

移太常《楚元王传》：刘歆欲建立《左氏春秋》及《毛诗》《逸礼》《古文尚书》皆列于学官，哀帝令歆与五经博士讲论其义。诸博士或不肯置对，歆因移书太常博士责让之。

移百官按：《成都王颖传》：颖表请诛羊玄之、皇甫商等，檄长沙王乂使就第，乃与王颙将张方伐京都。以陆机为前锋都督。陆机至洛，与成都王笺曰：王室多故，羊玄之等乘宠凶竖，皇甫商同恶相求，共为乱阶云云。或机此时有《移百官文》，后代失传耳。

三驱《易·比》：九五，王用三驱。

九伐《周礼》：大司马以九伐之法正邦国。

鲸鲵《左传》：古者明王伐不敬，取其鲸鲵而封之，以为大戮，于是乎有京观。杜注：鲸鲵，大鱼名，以喻不义之人，吞食小国。

蜂虿《左传》：臧文仲曰：君无谓邾小，蜂虿有毒，而况国乎！

卷五

封禅第二十一

纪评：自唐以前，不知封禅之非，故封禅为大典礼，而封禅文为大著作，特出一门，盖郑重之。

夫正位北辰，向明南面，所以运天枢，毓黎献者，何尝不经道纬德，以勒皇迹者哉！《录图》曰：潬潬噅噅，棼棼雉雉，万物尽化。言至德所被也。《丹书》曰：义胜欲则从，欲胜义则凶。戒慎之至也。则戒慎以崇其德，至德以凝其化，七十有二君，所以封禅矣。

纪评："录"当作"绿"。

昔黄帝神灵，克膺鸿瑞，勒功乔岳，铸鼎荆山。大舜巡岳，显乎《虞典》。成康封禅，闻之《乐纬》。及齐桓之霸，爰窥王迹，夷吾谲陈，当作"谏"。距以怪物。固知玉牒金镂，专在帝皇也。然则西鹣东鲽❶，南茅北黍，空谈非征，勋德而已。是史迁八书，明述封禅者，固禋祀之殊礼，名元作"铭"，朱改。号之秘祝，元脱，朱补。祀天之壮观矣。

纪评："陈"训"敷陈"，不必改"谏"。

纪评："铭"字不误。

---

❶ "鲽"，元本作"鲸"。

秦皇铭岱，文自李斯，法家辞气，体乏弘润；然疏而能壮，亦彼时之绝采也。铺观两汉隆盛，孝武禅号于肃然，光武巡封于梁父，诵元作"请"，孙改。德铭勋，乃鸿笔耳。观相如《封禅》，蔚为唱首，尔其表权舆，序皇王，炳玄符，镜鸿业，驱前古于当今之下，腾休明于列圣之上；歌之以祯瑞，赞之以介邱；绝笔兹文，固维新之作也。及光武勒碑，则文自元作"字"。张纯，首胤典谟，末同祝辞，引钩谶，叙离乱，元脱，许补。一本作"合"。计武功，述文德，事核理举，华不足而实有余矣。凡此二家，并岱宗实迹也。

纪评：以下以符命连类及之。

纪评："乎"当作"采"。

及扬雄《剧秦》，班固《典引》，事非镂石，而体因纪禅。观《剧秦》为文，影写长卿，诡言遁辞，故兼包神怪。然骨掣靡密，辞贯圆通，自称极思，无遗力矣。《典引》所叙，雅有懿乎，历鉴前作，能执厥中，其致义会文，斐然余巧，故称《封禅》丽而不典，《剧秦》典而不实。岂非追观易为明，循势易为力欤！至于邯郸《受命》，攀响前声，风末力寡，辑韵成颂，虽文理顺元作"烦"，一作"颇"。序，而不能奋飞。陈思《魏德》，假论客主，问答迂缓，且已千言，劳深勣寡，飙焰缺焉。

兹文为用，盖一代之典章也。构位之始，宜明大体，树骨于训典之区，选言于宏富之路，使意古而不晦于深，文今而不坠于浅，义吐光芒，辞成廉锷，则为伟矣。虽复道极数殚，终然相袭，而日新其采元作"来"。者，必超前辙焉。

　　黄注：能如此，自无格不美，岂惟封禅？封禅文固可不作也。

　　纪评：数语教人以自为，亦凡文类然。

　　赞曰：封勒帝勣，对越天休。逖听高岳，声英克彪。树石九旻，泥金八幽。鸿律蟠采，如龙如虬。

　　向明《易·说卦传》：圣人南面而听天下，向明而治。

　　运天枢《天官书》：斗为帝车，运于中央。《春秋运斗枢》：斗，第一天枢。

　　黎献《书·益稷》：万邦黎献，共惟帝臣。《传》：黎献，黎民之贤者也。

　　绿图、丹书见《正纬》篇。

　　铸鼎《汉·郊祀志》：公孙卿曰：黄帝采首阳山铜铸鼎于荆山下，鼎既成，有龙垂胡须下迎黄帝。

　　巡岳《书·舜典》：岁二月，东巡守，至于岱宗。五月，南巡守，至于南岳。八月，西巡守，至于西岳。十有一月朔，巡守至于北岳。

　　成康封禅《封禅书》：周德之洽，惟成王，成王之封禅则近之矣。

　　齐桓《汉·郊祀志》：齐桓公既霸，会诸侯与葵邱，而欲封禅。管仲曰：古者封泰山禅梁父者七十二家，而夷吾所记者十有二焉，皆受命然后得封禅。管仲睹桓公不可穷以辞，因设之以事云云，桓公乃止。详下"西鹣东鲽"注。

　　玉牒金缕《后汉·祭祀志》：封禅用玉牒书，藏方石。

有玉检，检用金缕五，周以水银，和金以为泥。

西鹣东鲽、南茅北黍《郊祀志》：管仲曰：古之封禅，鄗上黍，北里禾，所以为盛。江淮间一茅三脊，所以为藉也。东海致比目之鱼，西海致比翼之鸟，然后物有不召而至者十有五焉。注：比目鱼，其名谓之鲽；比翼鸟，其名谓之鹣。

秘祝见《祝盟》篇。

铭岱《秦始皇本纪》：始皇东行郡县，上邹峄山，立石，与鲁诸生议刻石颂秦德，议封禅望祭山川之事。遂上泰山，禅梁父，刻所立石。

禅号肃然《孝武本纪》：丙辰，禅泰山下趾东北肃然山。

巡封梁父《后汉·祭祀志》：建武三十二年二月，皇帝东巡狩，至于岱宗，柴。甲午，禅于梁阴。

相如《司马相如传》：武帝曰：相如病甚，可往从悉取其书，若不然，后失之矣。使所忠往，而相如已死。其妻曰：长卿未死时，为一卷书，曰：有使者来求书，奏之。其遗札书言封禅事。

玄符李善《文选注》：玄符，天符也。

介邱《封禅文》：以登介邱。注：介，大也。邱，山也。言登泰山封禅也。

勒碑《后汉·祭祀志》：建武三十二年二月，上至奉高，遣侍御史与兰台令史，将工先上山刻石。

张纯《张纯传》：纯奏上宜封禅，曰：宜及嘉时，遵唐帝之典，继孝武之业，以二月东巡狩，封于岱宗。明中兴，勒功勋，复祖统，报天神，禅梁父，祀地祇，传祚子孙，万世之基也。中元元年，帝乃东巡岱宗，以纯视御史大夫从，并上元封旧仪及刻石文。

引钩谶、叙离乱《后汉·祭祀志》：刻石文曰：王莽篡叛，宗庙隳坏，社稷丧亡，扬、徐、青三州首乱，兵革横行。延及荆州，豪杰并兼，百里屯聚，往往僭号。北夷作寇，千里无烟，无鸡鸣犬吠之声。按：文内多引《河图》《赤伏符》《会昌符》《孝经钩命决》等书。

剧秦扬雄《剧秦美新序》：司马相如作《封禅》一篇，以彰汉氏之休。臣敢竭肝胆，写腹心，作《剧秦美新》一篇，虽未究万分之一，亦臣之极思也。

典引班固《典引序》：伏惟相如《封禅》，靡而不典；扬雄《美新》，典而亡实。臣不胜区区，窃作《典引》一篇。注：典谓《尧典》，引犹续也。汉承尧后，故述汉德以续《尧典》。

兼包神怪谓篇中"玄符灵契，黄端涌出"云云也。

受命邯郸淳著《魏受命述》。

魏德《陈思王集·魏德论》末曰：固将封泰山，禅梁父，历名山以祈福，周五方之灵宇，越八九于往素，踵帝王之灵矩，流余祚于黎烝，钟元吉乎圣主。

逖听《封禅文》：逖听者风声。

章表第二十二

夫设官分职，高卑联事。天子垂珠以听，诸侯鸣玉以朝。敷奏以言，明试以功。故尧咨四岳，舜命八元，固辞再让之请，俞往钦哉之授，并陈辞帝庭，匪假书翰。然则敷奏以言，则_{一作"即"。}章表之义也；明试以功，即授爵之典也。至太甲既立，伊尹书诫，思庸归亳，又作书以赞，_{元作"缵"。}文翰献替，事斯见矣。周监二代，文理弥盛，再拜稽首，对扬休命，承文受册，敢当丕显。虽言笔未分，而陈谢可见。降及七国，未变古式，言事于主，皆称上书。秦初定制，改书曰奏。汉定礼仪，则有四品：一曰章，二曰奏，三曰表，四曰议。章以谢恩，奏以按劾，表以陈请，议以执异。章者，明也。《诗》云为章于天，谓文明也；其在文物，赤白曰章。表者，标也。《礼》有《表记》，谓德见于❶仪；其在器式，揆景曰表。章表之目，盖取诸此也。按《七略》《艺文》，谣咏必录；章表奏议，经国之枢机，然阙而不纂者，乃各有故事而在职司也。

前汉表谢，遗篇寡存。及后汉察举，必试章奏。左雄奏议，台阁为式；胡广章奏，_{一作"表"。}天下第一，并当时之杰笔也。观伯始谒陵之章，足见其典文之美焉。昔晋文受册，三辞_{元脱，朱补。}从命，是以汉末让表，以三为断。曹公称为表不必❷三让，又勿得浮华。所以魏初表章，指事造实，求其靡丽，则未足美矣。至于文举之《荐祢衡》，气扬采飞；孔明之辞后主，志尽文畅。虽华实异旨，并表之英也。琳瑀章表，有誉当时；孔璋称健，则其

❶ "于"，元本脱。
❷ "必"，元本作"止"。

卷五 ◉ 章表第二十二

169

标也。陈思之表，独冠群才。观其体赡而律调，辞清而志显，应物挚一作"制"。巧，随变生趣，执辔有余，故能缓急应节矣。逮晋初笔札，则张华为俊。元作"俦"。其三让公封，理周辞要；引义比事，必得其偶。世珍《鹪鹩》，莫顾章表。及羊公之《辞开府》，有誉于前谈；庾公之《让中书》，信美于往载。一作"册"。序志联类，有文雅焉。刘琨《劝进》，张骏《自序》，文致耿介，并陈事之美表也。

纪评："制"字是。

原夫章表之元作"文"，谢改。为用也，所以对扬王庭，昭明心曲。既其身文，且亦国华。章以造阙，风矩应明；表以致禁，骨采宜耀。循名课实，以章元脱，一作"文"。为本者也。是以章式炳贲，志在典谟。使要而非略，明而不浅。表体多包，情伪屡迁。必雅义以扇其风，清文以驰其丽。然恳恻元作"悒"。者辞为心使，浮侈者情为文元作"出"。使，一作"情为文屈"。繁约得正，华实相胜，唇吻不滞，则中律矣。子贡云心以制之，言以结之，盖一一作"以"。辞意也。荀卿以为，观人美辞，丽于黼黻文章，亦可以喻于斯乎！

纪评：此一段无甚发明。

赞曰：敷奏绛阙，献替黼扆。言必贞明，义则弘伟。肃恭节文，条理首尾。君子秉文，辞令有斐。

联事《周礼》：太宰以八法治官府，三曰官联，以会官治。

垂珠《玉藻》：天子玉藻，十有二旒。《释名》：祭服曰冕，元上缫下，前后垂珠，有文饰也。

八元《左传》：舜臣。尧举八元，使布五教于四方。

书诫《书序》：太甲元年，伊尹作《伊训》。

思庸《书序》：太甲放诸桐。三年，复归于亳，思庸，伊尹作《太甲》三篇。

献替《左传》：君所谓可而有否焉，臣献其否，以成其可。君所谓否而有可焉，臣献其可，以去其否。

丕显《左传》：僖公二十八年，王策命晋侯为侯伯。晋侯三辞从命，曰：重耳敢再拜稽首，奉扬天子之丕显休命。受册以出。

言笔《曲礼》：史载笔，士载言。

章、奏、表、议《独断》：凡群臣上书于天子者有四名：一曰章，二曰奏，三曰表，四月驳议。

赤白《考工记》：画缋之事，赤与白谓之章。

揆景《晋·天文志》：郑众说，土圭之长，尺有五寸。以夏至之日，立八尺之表，其景与土圭等，谓之地中。桓谭《新论》：二仪之大，可以章程测也；三纲之动，可以圭表测也。

七略见《诸子》篇。

左雄《左雄传》：自雄掌纳言，多所匡肃。章表奏议，台阁以为故事。

胡广《胡广传》：举孝廉，既到京师，试以章奏。安帝以广为天下第一。

文举《孔融传》：融字文举，《文选》有《荐祢衡表》。

孔明《诸葛亮传》：亮字孔明，后主建兴五年，率诸军北驻汉中，临发上疏。表见《文选》。

琳瑀陈琳、阮瑀。《典论》：琳、瑀之章表书记，今之隽也。

孔璋陈琳字孔璋。魏文帝《与吴质书》：孔璋章表殊健。

陈思之表《陈思王植传》：太和二年，植常自愤怨，抱利器而无所施，上疏求自试。五年，植上疏求存问亲戚。

张华《张华传》：初封广武县侯，进封壮武郡公，华十余让，中诏敦譬，乃受。

鹪鹩《张华传》：华初未知名，著《鹪鹩赋》以自寄。

辞开府《羊祜传》：武帝时，加车骑将军开府如三司之仪，祜上表固让。载《文选》。

让中书《文选》有庾亮《让中书监表》。

刘琨《文选》有刘琨《劝进表》。

张骏《张骏传》：骏上疏曰：臣专命一方，职在斧钺。勒、雄既死，人怀反正，谓季龙、李期之命，曾不崇朝，而皆纂继凶逆，鸱目有年，遂使桃虫鼓翼，四夷喧哗。臣之所以宵吟荒漠，痛心长路者也。

绛阙《孙楚传》：楚作书遗孙皓曰：窃号之雄，稽颡绛阙，球琳重锦，充于府库。

黼扆见《诏策》篇。

奏启第二十三

昔唐虞之臣，敷奏以言；秦汉之辅，上书称奏。陈政事，献典仪，上急变，劾愆一作"僭"。谬，总谓之奏。奏者，进也；言元脱，谢补。敷于下，情进于上也。

秦始立奏，而法家少文。观王绾之奏勋德，辞质而义近；李斯之奏骊山，事略而意迂，政《御览》作"故"。无膏润，形于篇章矣。自汉以来，奏事或称上疏，儒雅继踵，殊采可观。若夫贾谊之务农，晁错之兵事，元作"卒"，孙改。匡衡之定郊，王吉之观礼，温舒之缓狱，谷永之谏仙，理既切至，辞亦通畅，一作"达"，又作"辨"。可谓识大体矣。后汉群贤，嘉言罔伏。杨秉耿介于灾异，陈蕃愤懑于尺一，骨鲠得焉；张衡指摘于史职，蔡邕铨列于朝仪，博雅明焉。魏代名臣，文理迭兴。若高堂天文，王元作"黄"，从《魏志》改。观教学，王朗节省，甄元作"瓯"，朱改。毅考课，亦尽节而知治矣。晋氏多难，灾屯流移。刘颂殷勤于时务，温峤恳恻一作"切"。于费役，并体国之忠规矣。

黄评：此句不可多得之，三代而下。

纪评：此评未允。三代而下，名臣之奏多矣。

夫奏之为笔，固以明允笃诚为本，辨析疏通为首。

强志足以成务，博见足以穷理，酌古御今，治繁总要，此其体也。若乃按劾之奏，所以明宪清国。昔周之太仆，绳愆纠缪；秦之御史，职主文法；汉置中丞，总司按劾。故位在鸷一作"挚"。击，砥砺其气，必使笔端振风，简上❶凝霜者也。观孔光之奏董贤，则实其奸回；路粹之奏孔融，则诬其衅恶。名儒之与险士，固殊心焉。若夫傅咸元作"盛"。劲直，而按辞坚深；刘隗切正，而劾文阔略，各其志也。后之弹事，迭相斟酌，惟新日用，而旧准弗差。然函人欲全，矢人欲伤，术在纠恶，势必深峭。《诗》刺谗人，"投畀豺虎"；《礼》疾无礼，方之鹦猩。墨翟非儒，目以豕彘；孟轲讥墨，比诸禽兽。《诗》《礼》儒墨，既其如兹，奏劾严文，孰云能免？是以世人为文，竞于诋诃，吹毛取瑕，次骨为戾，复似善骂，多失折衷。若能辟❷礼门以悬规，标义路以植矩，然后逾垣者折肱，捷径者灭趾，何必躁言丑句，诟元作"话"，谢改。病为切哉！是以立范运衡，宜明体要。必使理有典刑，辞有风轨；总法家之式，秉儒家之文；不畏强御，气流墨中；无纵诡随，声动简外，乃称绝席之雄，直方之举耳。一作"也"。

纪评：酌中之论。

启者，开也。高宗云启乃心，沃朕心，取其义也。孝景讳启，故两汉无称。至魏国笺记，始云"启闻"。奏

---

❶ "上"，元本作"土"。

❷ "辟"，元本、天启本作"阖"。

事之末，或云"谨启"。自晋来盛启，用兼表奏。陈政言事，既奏之异条；让爵谢恩，亦表之别干。必敛饬❶ 元作 "散"。入规，促其音节，辨要轻清，文而不侈，亦启之大略也。

纪评：界限分明。

又表奏确切，号为谠言。谠者，偏也。王道有偏，乖乎荡荡，下有脱字。其偏，故曰谠言也。孝成称班伯之谠言，贵直也。自汉置八仪，密奏阴阳；皂囊封板，故曰封事。晁错受《书》，还上便宜。后代便宜，多附封事，慎机密也。夫王臣匪躬，必吐謇谔，事举人存，故无待泛说也。

纪评：与《祝盟》篇结处同意。

赞曰：皂饬司直，肃清风禁。笔锐干将，墨含淳酖。虽有次骨，无或肤浸。献政陈宜，事必胜任。

急变《汉·平帝纪》：乙未，义陵寝神衣在柙中。丙申旦，衣在外床上，寝令以急变闻。注：非常之事，故云急变。

王绾《秦始皇本纪》：秦初并天下，议帝号，丞相王绾等议曰：陛下平定天下，海内为郡县，法令由一统，五帝所不及。古有天皇、有地皇、有泰皇，泰皇最贵，臣等昧死上尊号王为泰皇。

李斯 蔡质《汉仪》：李斯治骊山陵，上书曰：臣所将隶徒七十余万人，治骊山者已深已极，凿之不入，烧之不燃，叩

---

❶ "饬"，天启本作"彻"。

之空空，如下天状。

务农《汉·食货志》：文帝即位，躬修俭节，思安百姓。时民近战国，贾谊说上曰：积贮者，天下之大命也。今驱民而归之农，使天下各食其力，末技游食之民，转而缘南亩，则蓄积足而人乐其所矣。

兵事《晁错传》：匈奴强，数寇边，上发兵以御之。错上言兵事。

定郊《汉·郊祀志》：成帝初即位，丞相匡衡等奏言：帝王之事，莫大乎承天之序。承天之序，莫重于郊祀，宜于长安定南北郊为万世基。天子从之。

王吉《王吉传》：吉疏曰：安上治民，莫善于礼。愿陛下与公卿大臣延及儒生，述旧礼，明王制，驱一世之民，跻之仁寿之域。

温舒《路温舒传》：宣帝初即位，温舒上书言宜尚德缓刑。

谷永《汉·郊祀志》：成帝末年，颇好鬼神，亦以无继嗣故，多上书言祭祀方术者，皆得待诏，祠祭上林苑中。谷永说上曰：臣闻明于天地之性，不可惑以神怪。盛称奇怪鬼神，及言世有仙人，皆挟左道，怀诈伪，以欺罔世主。

杨秉《杨秉传》：帝时微行，幸河南尹梁胤府舍。是日大风拔树，昼昏，秉因谏曰：王者至尊，出入有常，况以先王法服，而私出槃游，设有非常之变，上负先帝，下悔靡及。

陈蕃《陈蕃传》：时封赏逾制，蕃上疏谏曰：陛下宜采求得失，择从忠善，尺一选举，委尚书三公，使褒责诛赏，各有所归。

张衡指摘《张衡传》：衡收检遗文，毕力补缀，条上司马迁、班固所叙与典籍不合者十余事。又以为王莽本传，但应载篡事而已。至于编年月，纪灾祥，宜为《元后本纪》。又宜以更始之号，建于光武之初。

朝仪蔡邕《独断》：正月朝贺，三公奉璧上殿，向御座北面。太常赞曰：皇帝为君兴。三公伏，皇帝坐，乃进璧。旧仪，三公以下月朝，后省，常以六月朔、十月朔旦朝。后又以盛暑省六月朝。故今独以为正月、十月朔朝也。冬至阳气起，君道长，故贺。夏至阴气起，君道衰，故不贺。

天文《高堂隆传》：青龙中，大治殿舍，有星孛于大辰，隆上疏曰：今之宫室，实违礼度，乃更建立九龙，华饰过前。天彗章灼，始起于房心，犯帝座而干紫微，此乃皇天子爱陛下，是以发教戒之象，欲必觉寤陛下，不宜有忽，以重天怒。

王观《魏志》：观字伟台。

节省魏王朗有《节省奏》。

刘颂《刘颂传》：除淮南相。颂在郡上疏，言封国之制，宜如古典，及六州将士之役，凡数千言，诏褒美之。

温峤《温峤传》：太子起西池楼观，颇为劳费。峤上疏以为朝廷草创，巨寇未灭，宜应俭以率下。太子纳焉。

绳愆纠缪《书序》：穆王命伯囧为周太仆正，作《囧命》，曰：惟余一人无良，实赖左右前后有位之士，匡其不及，绳愆纠缪，格其非心，俾克绍先烈。今予命汝作大正，正于群仆侍御之臣，懋乃后德，交修不逮。

御史中丞《汉·百官公卿表》：御史大夫，秦官，一曰中丞，在殿中兰台，掌图籍秘书，外督部刺史，内领侍御史员十五人，受公卿奏事，举劾按章。

奏董贤《董贤传》：贤自杀。王莽复风孔光奏贤：质性巧佞，翼奸以获封侯；治第造冢，不异王制；死后以砂画棺，至尊无以加，臣请收没入财物县官。

奏孔融《孔融传》：曹操令路粹枉奏融：昔在北海，见王室不静，欲规不轨，云我大圣之后，有天下者，何必卯金刀。

傅咸《傅咸传》：咸字长虞，刚简有大节。顾荣与亲故书曰：傅长虞为司隶，劲直忠果，劾按惊人。虽非周才，偏亮可贵也。

刘隗《刘隗传》：隗迁丞相司直，弹奏不畏强御。

弹事六朝御史中丞劾奏曰弹事，《文选》有沈休文、任彦升弹事。《王淮之传》：宋台谏除御史中丞，为百僚所惮。自彪之至淮之，四世居此职。淮之尝作五言诗，范泰嘲之：卿惟解弹事耳。

鹦猩《曲礼》：鹦鹉能言，不离飞鸟；猩猩能言，不离禽兽。今人而无礼，虽能言，不亦禽兽之心乎！

墨翟非儒《墨子·非儒》篇：贪于饮食，惰于作务，陷于饥寒，无以违之。是苦人气，鼹鼠藏，而羝羊视，贲彘起。君子笑之。

次骨《杜周传》：周少言重迟，而内深次骨。注：其用法深刻至骨。

善骂《留侯世家》：四皓曰：陛下轻士善骂，臣等义不受辱，故恐而亡匿。

逾垣《国语》：君有短垣而自逾之。

捷径《离骚》：夫唯捷径以窘步。

绝席《王常传》：常为横野大将军，位次与诸将绝席。注：绝席，谓尊显之也。《汉官仪》曰：御史大夫、尚书令、司隶校尉皆专席，号"三独坐"。

谠言《汉书·叙传》：禁中张画屏风，画纣醉踞妲己，作长夜之乐。上指画问班伯，伯对曰：《诗》《书》淫乱之戒，其原皆在于酒。上乃喟然叹曰：吾久不见班生，今日复闻谠言。

皂囊封板《后汉·礼仪志》：日冬至，召太史令各板书，封以皂囊。《独断》：凡章表皆启封，其言密事，得皂囊盛。

封事《霍光传》：上令吏民得奏封事，不关尚书。

上便宜《晁错传》：太常遣晁错受《尚书》伏生所，还，因上便宜事。

謇谔《陈蕃传》：窦太后优诏蕃曰：忠孝之美，德冠本朝。謇谔之操，华首弥固。

司直《百官公卿表》：武帝元狩五年，初置司直，掌佐丞相举不法。

议对第二十四

"周爰谘谋"，是谓为议。议之言宜，审事宜也。《易》之《节卦》：君子以制度数议德行。《周书》曰：

议事以制，政乃弗迷。议贵节制，经典之体也。

昔管仲称轩辕有明台之议，则其来远矣。洪水之难，尧咨四岳；宅揆之举，舜畴五人。一本"臣"。三代所兴，询及刍荛。《春秋》释宋，鲁桓务❶议。及赵灵胡服，而季父争论；商鞅变法，而甘龙交辨。虽宪章无算，而同异足观。迄至元作"今"。有汉，始立驳议。驳者，杂也；杂议不纯，故曰驳也。自两汉文明，楷式昭备，蔼蔼多士，发言盈庭；若贾谊之遍代诸生，可谓捷于议也。至如主父当作"吾邱"。之驳挟弓，安国之辨匈奴，贾捐之陈于朱崖，刘歆之辨于祖宗，虽质文不同，得事要矣。若乃张敏之断轻侮，郭躬之议擅诛，程元作"陈"。晓之驳校事，司马芝之议货钱，何曾蠲出女之科，秦秀定贾充之谧，元作"谧"。事实允当，可谓达议体矣。汉世善驳，则应劭为首；晋代能议，则傅咸为宗。然仲瑗博古，而铨贯有叙；长虞识治，而属辞枝繁。及陆机断议，亦有锋颖，而谀辞弗剪，颇累文骨，亦各有美，风格存焉。

纪评："谀"当作"腴"。

夫动先拟议，明用稽疑，所以敬慎群务，弛张治术。故其大体所资，必枢纽经典；采故实于前代，观通变于当今；理不谬摇其枝，字不妄舒其藻。又《御览》作"其"。郊祀必洞于礼，戎事必一作"要"，又作"宜"。练于兵，田一作"佃"。谷先晓于农，断讼务精于律。然后标以显义，约以正辞。文以辨洁为能，不以繁缛为巧；

---

❶ "务"，天启本作"预"。

事以明核为美，不以深隐为奇。此纲领之大要也。若不达政体，而舞笔弄文，支离构辞，穿凿会巧，空❶骋其华，固为事实所摈。设得其理，亦为游辞所埋矣❷。

纪评：四语扼要。

纪评：洞究文弊。

昔秦女嫁晋，从文衣之媵，*一本下有"者"字。* 晋人贵媵而贱女；楚珠鬻郑，为薰桂之椟，郑人买椟而还珠。若文浮于理，末胜其本，则秦女楚珠，复在于兹矣。

又对策者，应诏而陈政也；射策者，探事而献说也。言中理准，譬射侯中的，二名虽殊，即议之别体也。古之造士，选事考言。汉文中年，始举贤良，晁错对策，蔚为举首。及孝武益明，旁求俊乂，对策者以第一登庸，射策者以甲科入仕，斯固选贤要术也。观晁氏之对，证❸验古今，辞裁以辨，事通而赡，超升高第，信有征矣。仲舒之对，祖述《春秋》，本阴阳之化，究列代之变，烦而不恩者，事理明也。公孙之对，简而未博，然总要以约文，事切而情举，所以太常居下，而天子擢上也。杜钦之对，略而指事，辞以治宣，不为文作。及后汉鲁丕，*元作"平"，朱改。* 辞气质素，以儒雅中策，*独一作"以"。* 入高第。凡此五家，并前 *元作"明"，谢改。又一本作"列"。* 代之明范也。魏晋已来，稍务文丽，以文纪

---

❶ "空"，天启本作"苟空"。
❷ "矣"，天启本脱。
❸ "证"，元本脱。

实，所失已多，及其来选，又称疾不会。虽欲求文，弗可得也。是以汉饮博士，而雠集乎❶堂；晋策秀才，而麏兴于前。无他怪也，选失之异耳。

夫驳议偏辨，各执异见；对策揄扬，大明治道。使事深于政术，理密于时务；酌三五以镕世，而非迂缓之高谈；驭权变以拯俗，而非刻薄之伪论。风恢恢而能远，流洋洋而不溢，王庭之美对也。难矣哉，士之为才也！或练治而寡文，或工文而疏治，对策所选，实属通才。志足文远，不其鲜欤！

纪评：语尤精确。前“辨洁”四句论文章，此四句论意旨。议对之要，包括无遗矣。

赞曰：议惟畴政，名实相课。断理必纲，摛辞无懦。对策王庭，同时酌和。治体高秉，雅谟远播。

明台《管子》：黄帝立明台之议者，上观于贤也。

释宋《春秋》：僖公二十二年，公会诸侯盟于薄，释宋公。《公羊传》：执未有言释之者，此其言释之何？公与为尔也。公与为尔奈何？公与议尔也。按：鲁桓公无议释宋事，桓当作僖。

胡服《赵世家》：武灵王欲胡服，公子成曰：中国者，贤圣之所教也。今王舍此而袭远方之服，变古之教，逆人之心。王曰：儒者一师而俗异，中国同礼而教离。今叔之所言者，俗也；吾之所言者，所以制俗也。公子成曰：王将继简襄

---

❶ “乎”，天启本作“平”。

之意，以顺先王之志，臣敢不听命乎？

变法《商君列传》：孝公既用卫鞅，鞅欲变法。甘龙曰：圣人不易民而教，知者不变法而治。鞅曰：龙之所言，世俗之言也。三代不同礼而王，五伯不同法而伯。孝公曰：善。卒定变法之令。

驳议见《章表》篇。

贾谊《贾谊传》：谊为博士，每诏令议下，诸老先生不能言，贾生尽为之对。人人各如其意所欲出，诸生于是乃以为能，不及也。

驳挟弓《吾邱寿王传》：公孙弘奏言，禁民毋得挟弓弩便。上下其议，寿王对曰：臣恐邪人挟之而吏不能止，良民以自备而抵法禁，是擅贼威而夺民救也。上以难弘，弘诎服焉。按：非主父偃事。

辨匈奴《韩安国传》：武帝时，匈奴请和亲，大行王恢议伏兵袭击。安国曰：匈奴轻疾悍亟之兵也，至如飙风，去如收电，难得而制。今使边郡久废耕织，以支胡之常事，其势不相权也，臣故曰勿击便。

陈朱崖"朱崖"当作"珠厓"。《贾捐之传》：珠厓又反，上使王商诘问捐之。捐之对曰：臣愚以为非冠带之国，《禹贡》所及，《春秋》所治，皆可且无以为。愿遂弃珠厓，专用恤关东为忧。

辨祖宗刘歆《武帝庙不宜毁议》：孝武皇帝南灭百粤，北攘匈奴，至今累世赖之。天子三昭三穆，与太祖之庙而七。孝宣皇帝举公卿之议，既以为世宗之庙，臣愚以为不宜毁。

断轻侮《张敏传》：建初中，有人侮辱人父者，而其子杀之。肃宗贳其死刑，自后因以为比，遂定议以为轻侮法。敏驳议曰：使执宪之吏，得设巧诈，非所以导在丑不争之义，可下三公、廷尉蠲除其敝。议寝不省。敏复上疏，和帝从之。

议擅诛《郭躬传》：窦固出击匈奴，秦彭为副。彭在别屯，而辄以法斩人。固奏彭专擅，请诛之。显宗乃引公卿朝臣平其罪科。躬曰：汉制棨戟。即为斧钺，于法不合罪。帝从躬议。

驳校事《魏志》：程晓嘉平中为黄门侍郎，时校事放横。晓上疏，遂罢校事官。

议货钱《司马芝传》：先是文帝罢五铢钱，令民以谷帛为市。至明帝时，巧伪滋多，芝议以用钱非独丰国，亦以省刑。从之。

蠲出女科《晋·刑法志》：魏法，犯大逆者诛及已出之女。毌邱俭之诛，其子甸妻荀氏应坐死，诏听离婚。荀氏所生女芝为刘子玄妻，亦坐死，以怀妊系狱。荀氏辞诣司隶校尉何曾乞恩，求没为官婢以赎芝命。曾哀之，使主簿程咸上议曰：男不得罪于他族，而女独婴戮于二门，臣以为在室之女，从父母之诛；既醮之妇，从夫家之罚。宜改旧科，以为永制。

定贾充谥《秦秀传》：贾充薨，议谥。秀议曰：充以异姓为后，绝祖父之血食，开朝廷之祸门，《谥法》"昏乱纪度曰荒"，请谥荒。

应劭《应劭传》：劭凡为《驳议》三十篇。

仲瑗《应劭传》：劭字仲远。注：《续汉书·文士传》作仲援。《汉官仪》又作仲瑗。

贵媵贱女、买椟还珠《韩子》：昔秦伯嫁其女于晋公子，令秦为之饰装，从衣服之滕七十人。至晋，晋人爱其妾而贱公女。此可谓善嫁妾，而未可谓善嫁女也。楚人有卖其珠于郑者，为木兰之柜，薰桂椒之椟，缀以珠玉，饰以玫瑰，辑以翡翠。郑人买其椟而还其珠。此可谓善卖椟矣，未可谓善鬻珠也。

射策、对策《萧望之传》：望之以射策甲科为郎。注：射策者，谓为难问疑义，书之于策，量其大小，署为甲乙之科，列而置之，不使彰显。有欲射者，随其所取得而释之，以知优劣。射之言，投射也。对策者，显问以政事经义，令各对之，而观其文辞，定高下也。

举贤良《晁错传》：诏有司举贤良文学士，对策者百余人，错为高第。

仲舒《董仲舒传》：仲舒少治《春秋》。武帝即位，举贤良文学之士，前后百数，而仲舒以贤良对策举首。

公孙对《平津侯传》：公孙弘使匈奴还，不合上意，病免归。元光五年，诏征文学，国人固推弘。弘至太常，太常令所征儒士各对策百余人，弘第居下。策奏，天子擢弘对为第一。

杜钦《杜钦传》：日蚀、地震，诏举贤良方正能直言士，钦上对云云。

鲁丕《鲁丕传》：丕字叔陵，兼通五经，为当世名儒。肃宗诏举贤良方正，刘宽举丕，时对策者百有余人，惟丕在高第，关东号之曰"五经复兴鲁叔陵"。

称疾《晋书》：元帝时，以天下丧乱，远方孝秀，不复策试，到即除署。既经略粗定，乃诏试经，有不中科，刺史太守免官。其后孝秀莫敢应命，有送至京师，皆以疾辞。

雉集《汉·成帝纪》：鸿嘉二年春，行幸云阳。三月，博士行饮酒礼。有雉蜚集于庭，历阶升堂而雊。诏举敦厚有行义能直言者，冀闻切言嘉谋。

麕兴《晋·五行志》：咸和六年正月，会州郡秀孝于乐贤堂。有麕见于前，获之。孙盛以为吉祥。夫秀孝天下之彦士，乐贤堂所以乐养贤也。自丧乱以后，风教陵夷。秀孝策试，四科之实，麕兴于前，或斯故乎？

志足文远《左传》：仲尼曰：志有之，言以足志，文以足言。不言，谁知其志？言之无文，行而不远。

书记第二十五

大舜云：书用识哉！所以记时事也。盖圣贤言辞，总为之一作"尚"。书，书之为体，主言者也。扬雄曰：言，心声也；书，心画也。声画形，君子小人见矣。故书者，舒也。舒布其言，陈之简牍，取象于夬，贵在明决而已。三代政暇，文翰颇疏。春秋聘繁，书介弥盛。绕朝赠士会以策，子家与赵宣以书，巫臣之遗子反，子产之谏范宣，详观四书，辞若对面。又子服、敬叔进吊书于滕君，固知行人挚辞，多被翰墨矣。及七国献书，诡丽辐辏❶；

---

❶ "辏"，元本作"奏"。

汉来笔札，辞气纷纭。观史迁之《报任安》，东方朔之《难公孙》，杨恽之《酬会宗》，子云之《答刘歆》，志气磐桓，各含殊采，并杼轴乎尺素，抑扬乎寸心。逮后汉书记，则崔瑗尤善。魏之元瑜，号称翩翩；文举属章，半简必录；休琏好事，留意词翰，抑其次也。嵇康《绝交》，实志高而文伟矣；赵至《叙元作"赠"，王性凝改。离》，乃少年之激切也。至如陈遵占辞，百封各意；祢衡代书，亲疏得宜，斯又《御览》作"皆"。尺牍之偏才也。

　　黄评：可证解作"鞭策"之谬。

　　纪评：解作"鞭策"不谬，杜氏误解为"书策"耳。"绕朝"二语对面启齿即了，何必更题而增之？故知"策"是"鞭策"，寓使策马速行之意耳。

　　详总书体，本在尽言，言以散郁陶，托风采，故宜条畅《御览》作"涤荡"。以任气，优柔以怿怀；文明从容，亦心声之献酬也。若夫尊贵差序，则肃以节文。战国以前，君臣同书。秦汉立仪，始有表奏。王公国内，亦称奏书。张敞奏书于胶后，其义美矣。迄至后汉，稍有名品，公府奏记，而郡将奏笺。记之言志，进己志也。笺者，表也，表识❶其情也。崔寔奏记于公府，则崇让之德音矣；黄香奏笺于江夏，亦肃恭之遗式矣。公幹笺记，丽而规益，子桓弗论，故世所共遗；若略名取实，则有美于为诗矣。刘廙谢恩，喻切以至；陆机自理，情周而巧，笺

---

❶ "表识"，元本作"识表"。

之为善者也。原笺记之为式，既上窥乎表，亦下睨乎书，使敬而不慑，简而无傲，清美以惠其才，彪蔚以文其响，盖笺记之分也。

夫书记广大，衣被事体，笔札杂名，古今多品。是以总领黎庶，则有谱籍簿录；医历星筮，则有方术占试；申宪述兵，则有律令法制；朝市征信，则有符契券疏；百官询事，则有关刺解牒；万民达志，则有状列辞谚。并述理于心，著言于翰，虽艺文之末品，而政事之先务也。

纪评：此种皆系杂文，缘第十四先列杂文，不能更标此目，故附之《书记》之末以备其目，然与书记颇不伦，未免失之牵合，况所列或不尽文章，入之论文之书亦为不类。若删此四十五行，而以"才冠鸿笔"句直接"笺记之分"句下较为允协。

故谓谱者，普也。注序世统，事资周普；郑氏谱《诗》，盖取乎此。

籍者，借也。岁借民力，条之于版；《春秋》司籍，即其事也。

簿者，圃也。草木区别，文书类聚；张汤李广，为吏所簿，别情伪也。

录者，领也。古史《世本》，编以简策，领其名数，故曰录也。

方者，隅也。医药攻病，各有所主，专精一隅，故药术称方。

术者，路也。算历极数，见路乃明，《九章》积微，故以为术；《淮南》万毕，皆其类也。

占者，觇也。星辰飞伏，伺候乃见，精疑作"登"。观书云，故曰占也。

式者，元脱。则也。阴阳盈虚，五行消息，变虽不常，而稽之有则也。

律者，中也。黄钟调起，五音以正，元本下多"音以正"三字。法律驭民，八刑❶克平，以律为名，取中正也。

令者，命也。出命申禁，有若自天；管仲下命一作令。如流水，使民从也。

法者，象也。兵谋无方，而奇正有象，故曰法也。

制者，裁也。上行于下，如❷匠之制器也。

符者，孚元作"厚"，谢改。也。征召防伪，事资中孚。三代玉瑞，汉世金竹，末代从省，易以书翰矣。

契者，结也。上古纯质，结绳执契；今羌胡征数，负贩记缗，其遗风欤！

券者，束也。明白约束，以备情伪，字形半分，故周称判书。古有铁券，以坚信誓，王褒《髯奴》，则券之楷也。

疏者，布也。布置物类，撮题近意，故小券短书，号为疏也。

关者，闭也。出入由门，关闭当一作"由"。审；庶务在政，通塞应详。韩非云：孙亶回，元作"四"，朱

---

❶ "刑"，天启本作"辟"。

❷ "如"，元本脱。

改。圣相也，而关于州部。盖谓此也。

刺者，达也。《诗》人讽刺，《周礼》三刺，事叙相达，若针之通结矣。

解者，释也。解释结滞，征事以对也。

牒者，叶也。短简编牒，如叶在枝，温舒截蒲，即其事也。议政未定，故短牒咨谋。牒之尤密，谓之为签。签者，纤^{一作"签"}密者也。

状者，貌也。体^{一作"礼"}貌本原，取其事实，先贤表谥，并有行状，状之大者也。

列者，陈也。陈列事情，昭然可见也。

辞者，舌端之文，通己于人。子产有辞，诸侯所赖，不可已也。

谚者，直语也。丧言亦不及文，^{元作"交"}故吊亦称谚。廛路浅言，有实无华。邹穆公云囊满^{汪本作"漏"}储中，皆其类也。《太誓》曰：古人有言，牝鸡无晨。《大雅》云：人亦有言，惟忧用老。并上古遗谚，《诗》《书》可引者也。至于陈琳谏辞，称掩目捕雀；潘岳哀辞，称掌珠伉俪，并引俗说而为文辞者也。夫文辞鄙俚，莫过于谚，而圣贤《诗》《书》，采以为谈，况逾于此，岂可忽哉！

纪评：二十四种杂文，体裁各别，总括为难，不得不如此伉侗敷衍。

观此四条，并书记所总。或事本相通，而文意各异；或全任质素，或杂用文绮，随事立体，贵乎精要。意少一字则义阙，句长一言则辞妨，并有司^{一作"词"}之实务，而浮藻之所忽也。然才冠鸿笔，多疏尺牍，譬九方堙之识骏足，而不知毛色牝牡也。言既身文，信亦邦瑞，翰林之士，思❶理实焉。

黄评："四"疑作"数"。

赞曰：文藻条流，托在笔札。既驰金相，亦运木讷。万古声荐，千里应拔。庶务纷纭，因书乃察。

纪评：此处仍以"书记"结，与中间所列无涉，文意亦不甚相属，知是前类杂文无类可附，强入之《书记》篇耳。

书用识哉《书·益稷》篇文。

扬雄云云见《法言·问神》篇。

简牍杜预《春秋序》：大事书之于策，小事简牍而已。

象夬见《征圣》篇。

赠策《左传》：晋人患秦之用士会也，乃使魏寿余伪以魏叛者以诱士会。士会行，绕朝赠之以策，曰：子无谓秦无人，吾谋适不用也。

与书《左传》：晋侯不见郑伯，以为贰于楚也。郑子家使执讯而与之书，以告赵宣子。

遗子反《左传》：楚子重、子反以夏姬故，怨巫臣而杀其族。巫臣自晋遗二子书。

谏范宣《左传》：范宣子为政，诸侯之币重，郑人病之。子产寓书于子西以告宣子。

进吊书《檀弓》：滕成公之丧，使子服敬叔吊，进书。

---

❶ "思"，元本作"恩"。

笔札《司马相如传》：相如请为天子游猎之赋，上令尚书给笔札。注：札，木简之薄小者，时未多用纸，故给札以书。

报任安《司马迁传》：迁被刑之后，为中书令，尊宠任职，故人益州刺史任安予迁书，责以古贤臣之义，迁报以书。

难公孙《公孙弘传》：武帝时，北筑朔方，弘谏以为罢弊中国。上使朱买臣等难弘置朔方之便，发十策，弘不得一。按：东方朔传有《答客难》，无难公孙弘事。

酬会宗《杨恽传》：恽失位家居，治产业，起室宅，以财自娱。友人孙会宗知略士也，与恽书谏戒之，恽报以书。

答刘歆扬雄字子云。集有《答刘歆书》。

元瑜《魏文帝集·与吴质书》：元瑜书记翩翩，致足乐也。

文举《孔融传》：融字文举。魏文帝深好融文辞，募天下上融文章者，辄赏以金帛。

休琏《文章叙录》：应璩字休琏，博学好属文，善为书记文。

绝交《嵇康传》：山涛将去选官，举康自代，康乃与涛书告绝。

叙离《晋·文苑传》：赵至与嵇康兄子蕃友善，及将远适，乃与蕃书叙离，并陈其志。

陈遵《陈遵传》：起为河南太守，既到官，治私书谢京师故人。遵凭几，口占书吏，且省官事，书数百封，亲疏各有意。

祢衡《后汉·文苑传》：祢衡为黄祖作书记，轻重疏密，各得体宜。

献酬《世说》：人问抚军殷浩谈竟何如，答曰：不能胜人，差可献酬群心。

君臣同书如乐毅《报燕王》，燕王谢乐间，上下无别，同称书也。

表奏《文章缘起》：表，淮南王安谏伐闽表。奏，汉枚乘奏书谏吴王濞。

张敞《张敞传》：敞拜胶东相，到胶东，居顷之，王太后数出游猎，敞奏书谏。

郡将《严延年传》：延年新将。注：新为郡将也。谓郡守为郡将者，以其兼领武事也。

崔寔见《诸子》篇。

黄香《后汉·文苑传》：黄香字文强，江夏安陆人，所著赋、笺、奏、书令，凡五篇。

公幹刘桢字公幹。按：魏文帝《与吴质书》：公幹五言诗妙绝当时，而不言其笺记，故云"弗论"。文帝字子桓。

刘廙《刘廙传》：魏讽反，廙弟伟为讽所引，当相坐诛。太祖令曰：叔向不坐弟虎，古之制也，特原不问。徙署丞相仓曹属。廙上疏谢曰：起烟于寒灰之上，生华于已枯之木。物不答施于天地，子不谢生于父母。

陆机自理陆机《谢平原内史表》：横为故齐王同诬臣与众人共作禅文，幽执图圄，当为诛始。臣乃崎岖自列，片言只字，不关其间，字踪笔迹，皆可推校。

谱《汉·艺文志》：《帝王诸侯世谱》二十卷，《古来帝王年谱》五卷。《刘杳传》：王僧孺撰谱，访杳血脉所因。杳云：桓谭《新论》云：太史三世表，旁行邪上，并效周谱。以此而推，当起周代。

籍《萧何世家》：高祖入关，何独先走丞相府收图籍，以是具知天下户口阨塞。

簿《汉·食货志》：多张空簿。注：簿，计簿也。

录《周礼》：职币振掌事者之余财，皆辨其物而奠其录。注：定其录籍。

方《汉·艺文志》：经方十一家。经方者，辩五苦六辛，致水火之齐，以通闭解结。

术《汉·艺文志》：凡数术百九十家。数术者，皆明堂義和史卜之职也。

占《汉·艺文志》：杂占十八家。杂占者，纪百事之象，候善恶之微。

式《周礼》：大师抱天时，与大师同车。注：太史主抱式以知天时，处吉凶。释曰：据当时占文谓之式，以其见时候有法式，故谓载天文者为式。《汉·艺文志》：《羨门式法》二十卷，《羨门式》二十卷。

律《汉·刑法志》：萧何捃摭秦法，取其宜于时者，作律九章。

令《萧望之传》：金布令甲。注：金布者，令篇名也。其上有府库金钱布帛之事，因以篇名。令甲者，其篇甲乙之次。

法《周礼疏》：齐景公时，大夫田穰苴作《司马法》。至六国时，齐威王大夫等追论古法，又作《司马法》，附于穰苴。《汉·艺文志》：张良、韩信序次兵法。

制《礼记·月令》：命有司修法制。

符《东观汉记》：郭丹初之长安，从宛人陈兆买入关符，以入函谷关。既入，封符乞人曰：不乘使者车不出关。

契《周礼》：小宰之职，听取予以书契。注：书契谓出予受人之凡要，凡簿书之最目、狱讼之要词，皆曰契。

券《周礼·天官·小宰》：四曰听称责以傅别。注：傅别，谓券书也。听讼责者，以券书决之。《地官·质人》：大市以质，小市以剂。注：大市，人民、马牛之属，用长券；小市，兵器、珍异之物，用短券。

关刺《唐·百官志》：诸司相质，其制有三：一曰关，二曰刺，三曰移。

牒《左传》：右师不敢对，受牒而退。《正义》：简，牒也。牒，札也。

状《杨引传》：引母终，经十三年，哀慕不改。郡县乡里三百人上状称美。

辞《周书》：两造具备，师听五辞。五辞简孚，正于五刑。

谱诗《郑玄传》：玄所著《毛诗谱》。注：玄于《诗》《礼》《论语》，为之作序。此谱亦序之类，避子夏序名，以其列诸侯世及之次，谓之为谱。

司籍《左传》：周景王谓籍谈曰：昔而高祖孙伯黡司晋之典籍，以为大政，故曰籍氏。

张汤《史记·酷吏传》：天子以汤怀诈面欺，使使八辈簿责汤。注：谓以文簿次第，一一责之。

李广《李广传》：广从大将军击匈奴，惑失道，大将军使长史急责广之幕府对簿。

世本《班彪传》：左邱明有记录黄帝以来至春秋时帝王、公侯、卿大夫，号曰《世本》，一十五篇。马总《意林》：傅子曰：楚汉之际，有好事者作《世本》，上录黄帝，下逮汉末。

九章《郑玄传》：始通《京氏易》《公羊春秋》《三统历》《九章算术》。注：《三统历》，刘歆所撰。《九章算术》，周公作也，凡有九篇：方田一，粟米二，差分三，少广四，均输五，方程六，傍要七，盈不足八，钩股九。

万毕《龟策传》：臣为郎时，见《万毕·石朱方》，传曰：有神龟在江南嘉林中。注：《万毕术》中有《石朱方》，方中说嘉林中，故云传曰。《淮南》有《毕万术》一卷。

书云《左传》：凡分至启闭，必书云物。

黄钟《汉·律历志》：五声之本，生于黄钟之律。

管仲《管子》：下令于流水之原者，令顺民心也。

玉瑞《周礼》：典瑞掌玉瑞玉器之藏。注：瑞，符信也。《五帝本纪》：修五礼五玉。注：即五瑞也。

金竹《孝文本纪》：初与郡国守相为铜虎符、竹使符。

判书《周礼·秋官》：朝士凡有责者，有判书以治则听。注：判，半分而合者。

铁券《汉·高帝纪》：与功臣剖符作誓，丹书铁券。

髯奴王褒《僮约》：券文曰：资中男子王子渊，从成都安志里女子杨惠买夫时户下髯奴便了，决卖万五千。奴从百役使，不得有二言。

孙亶回《韩子》：徐渠问田鸠曰：阳城义渠，名将也，而措于毛伯；公孙亶回，圣相也，而关于州部，何哉？田鸠曰：此无他，主有度，上有术之故也。

三刺《周礼》：司刺掌三刺三宥三赦之法，以赞司寇，听狱讼。一刺曰讯群臣，再刺曰讯群吏，三刺曰讯万民。

截蒲《路温舒传》：温舒取泽中蒲截以为牒，编用写书。

行状《文章缘起》：行状，汉丞相仓曹傅胡幹作《杨元伯行状》。

子产《左传》：叔向曰：辞之不可以已也。子产有辞，诸侯赖之，若之何其释辞也。

囊漏储中贾谊《新书》：邹穆公令食凫雁者必以粃，于是仓无粃，而求易于民，二石粟而易一石粃。吏请以粟食之。公曰：去，非而所知也。汝知小计而不知大会。周谚曰"囊漏贮中"，而独弗闻与？

掩目捕雀《何进传》：袁绍等欲召外兵向京城以胁太后，进然之。陈琳谏曰：《易》称即鹿无虞，谚有掩目捕雀，夫微物尚不可欺以得志，况国之大事，其可以诈立乎！

伉俪《潘黄门集·杨仲武诔序》：子之姑，予之伉俪。

九方堙《淮南子》：秦穆公使九方堙求马。三月而反，报曰：在于沙邱，牡而黄。使人往取之，牝而骊。穆公不说。伯乐曰：若堙之所观者，天机也，得其精而忘其粗。马至而果千里之马。

翰林《长杨赋》：藉翰林以为主人。注：翰，笔也。翰林，文翰之多若林。

卷六

神思第二十六

古人云：形在江海之上，心存魏阙之下。神思之谓也。文之思也，其神远矣。故寂然凝虑，思接千载；悄焉动容，视通万里。吟咏之间，吐纳珠玉之声；眉睫之前，卷舒风云之色。其思理之致乎？故思理为妙，神与物游。神居胸臆，而志气统其关键；物沿耳目，而辞令管其枢机。

纪评：甘苦之言。

枢机方通，则物无隐貌；关键将塞，则神有遁心。是以陶钧文思，贵在虚静，疏瀹五藏，澡雪精神。积学以储宝，酌理以富才，研阅以穷照，驯致以怿一作"绎"。辞。然后使玄解之宰，寻声律而定墨；独照之匠，窥意象而运斤。此盖驭文之首术，谋篇之大端。

纪评："虚静"二字，妙入微茫。

纪评：补出"积学""酌理"，方非徒骋聪明。

夫神思方运，万涂竞萌，规矩虚位，刻镂无形。登山则情满于山，观海则意溢于海，我才之多少，将与风云而并驱矣。方其搦翰，气倍辞前；暨乎篇成，半折心始。何则？意翻空而易奇，言征实而难巧也。是以意授于思，言授于意；密则无际，疏则千里。或理在方寸，而求之域表；或义在咫尺，而思隔山河。是以秉心养术，无务苦虑；含章司契，不必劳情也。

纪评：观理真则思归一线，直凑单微，所谓"用志不分，乃疑于神"。

纪评：此一段乃驰骛其思之弊，正是鞭紧上文。

黄评：词人所心苦而口不能言者，被君直指其所以然。

人之禀才，迟速异分；文之制体，大小殊功。相如含笔而腐毫，扬雄辍翰而惊梦，桓谭疾感于苦思，王充气竭于思虑，张衡研《京》以十年，左思练《都》以一纪，虽有巨文，亦思之缓也。淮南崇朝而赋《骚》，枚皋应诏而成赋，子建援牍如口诵，仲宣举笔似宿构，阮瑀据案而制书，祢衡当食而草奏，虽有短篇，亦思之速也。若夫骏发之士，心总要术，敏在虑前，应机立断；覃思之人，情饶歧路，鉴在疑后，研虑方定。机敏故造次而成功，虑疑故愈久而致绩。难易虽殊，并资博练。若学浅而空迟，才疏而徒速，以斯成器，未之前闻。是以临篇缀虑，必有二患：理郁者苦❶贫，辞溺者伤乱。

黄评：迟速由乎禀才，若垂之于后，则迟速一也，而迟常胜速。枚皋百赋无传，相如赋皆在人口，可验矣。

纪评：意在游心虚静，则腠理自解，兴象自生，所谓自然之文也。而"无务苦虑""不必劳情"等字，反似教人不必冥搜力索。此结字未稳，词不达意之处，读者毋以词害意。

---

❶ "苦"，元本作"若"。

然则博见一作"闻"。为馈贫之粮，贯一为拯乱之药，博而能一，亦有助乎心力矣。若情数诡杂，体变迁贸，拙辞或孕于巧义，庸事或萌于新意。视布于麻，虽云未费❶，杼轴献功，焕然乃珍。至于思表纤旨，文外曲致，言所不追，笔固知止。至精而后阐其妙，至变而后通其数，伊挚不能言鼎，轮扁不能语斤，其微矣乎！

纪评：指出本原工夫，总结前二段。

纪评：补出刊改乃工一层，及思入希夷，妙绝蹊径，非笔墨所能摹写一层，神思之理，括尽无余。

赞曰：神用象通，情变所孕。物以貌求，心以理应。汪作"胜"。刻镂声律，萌芽比兴。结虑司契，垂帷制胜。

江海、魏阙《庄子》：中山公子牟谓瞻子曰：身在江海之上，心居乎魏阙之下。奈何？

关键《老子》：善闭无关键而不可开。《小尔雅》：键谓之钥。

陶钧《邹阳传》：阳上书曰：圣王制世御俗，独化于陶钧之上。注：陶家名转者为钧，盖取周回调钧耳。言圣王制驭天下，亦犹陶人转钧。

定墨《礼·玉藻》：卜人定龟，史定墨。

司契陆机《文赋》：意司契而为匠。

相如《枚皋传》：皋为文疾，受诏辄成，故所赋者多。

---

❶ "未费"，天启本作"夫贵"。

司马相如善为文而迟，故所作少而善于皋。

扬雄惊梦桓谭《新论》：成帝幸甘泉，诏扬子云作赋。倦卧，梦其五脏出在地，以手收内。

桓谭苦思桓谭《新论》：余少时见扬子云之丽文高论，而猥欲迨及。尝激一事而作小赋，用精思太剧，而立感动发病，弥日瘳。

王充《王充传》：充闭门潜思，著《论衡》二十余万言。年渐七十，志力衰耗，乃造《性书》十六篇，裁节嗜欲，颐神自守。

口诵杨修《答临淄侯曹子建笺》：尝亲见执事，握牍持笔，有所造作。若成诵在心，借书于手，曾不斯须，少留思虑。

宿构《王粲传》：粲字仲宣，善属文，举笔便成，无所改定，时人常以为宿构。然正复精意覃思，亦不能加也。

阮瑀据鞍《典略》：太祖尝使阮瑀作书与韩遂，瑀于马上具草，书成呈之，太祖揽笔欲有所定，而竟不能增损。

祢衡草奏《祢衡传》：刘表尝与诸文人共草章奏。时衡出，还见之，开省未周，因毁以抵地。从求笔札，须臾立成，辞义可观。表益重之。

应机立断刘向《新序》：所以尚干将莫邪者，贵其立断也。陈琳《答东阿王笺》：拂钟无声，应机立断。

伊挚《吕氏春秋》：汤得伊尹，明日设朝而见之。说汤以至味，曰：鼎中之变，精妙微纤，口弗能言，志弗能喻。

轮扁《庄子》：轮扁谓桓公曰：以臣之事观之，斫轮徐则甘而不固，疾则苦而不入。不徐不疾，得之于手而应于心，口不能言，有数存焉于其间。

体性第二十七

夫情动而言形，理发而文见，盖沿隐以至显，因内而符外者也。然才有庸俊，气有刚柔，学有浅深，习有雅郑，并情性所铄，陶染所凝，是以笔区云谲，文苑波诡者矣。故辞理庸俊，莫能翻其才；风趣刚柔，宁或改其气；事义浅深，未闻乖其学；体式雅郑，鲜有反其习。各师成心，其异如面。

纪评：如以"各师"句接"所凝"句，更为简净。

若总其归涂，则数穷八体：一曰典雅，二曰远奥，三曰精约，四曰显附，五曰繁缛，六曰壮丽，七曰新奇，八曰轻靡。典雅者，镕式经诰，方轨儒门者也。远奥者，馥采典文，经理玄宗者也。精约者，核字省句，剖析毫厘者也。显附者，辞直义畅，切理厌心者也。繁缛者，博喻酿采，炜烨枝派者也。壮丽者，高论宏裁，卓烁异采者也。新奇者，摈古竞今，危侧趣诡者也。轻靡者，浮文弱植，缥缈附俗者也。故雅与奇反，奥与显殊，繁与约舛，壮与轻乖。文辞根叶，苑囿其中矣。

若夫八体屡迁，功以学成，才力居中，肇自血气；气以实志，志以定言，吐纳英华，莫非情性。是以贾生俊发，故文洁而体清；长卿傲诞，故理侈而辞溢；子云沉寂，故志隐而味深；子政简易，故趣昭而事博；孟坚雅懿，故裁密而思靡；平子淹通，故虑周而藻密；仲宣躁锐，故颖出而才果；公幹气褊，故言壮而情骇；嗣宗俶傥，故响逸而调远；叔夜俊侠，故兴高而采烈；安仁轻敏，故锋发而韵流；士衡矜重，故情繁而辞隐：触类以推，表里必符，岂非自然之恒资，才气之大略哉！

黄评：由文辞得其情性，虽并世犹难之，况异代乎？如此裁鉴，千古无两。

纪评：此亦约略大概言之，不必皆确，百世以下，何由得其性情？人与文绝不类者，况又不知其几耶。

夫才有天资，学慎始习，斫梓染丝，功在初化，器成彩定，难可翻移。故童子雕琢，必先雅制，沿根讨叶，思转自圆。八体虽殊，会通合数，得其环中，则辐辏相成。故宜摹体以定习，因性以练才，文之司南，用此道也。

纪评：归到慎其先入，指出实地工夫。盖才难勉强而学可自为，故篇内并衡而结穴侧注。

赞曰：才性异区，文辞繁诡。辞为肤根，志实骨髓。雅丽黼黻，淫巧朱紫。习亦凝一作"疑"。真，功沿渐靡。

纪评："疑"字是。《庄子》"乃疑于神"，正作"疑"字。后人或作"凝"，或作"拟"，皆不知妄改。

简易《刘向传》：向字子政，为人简易无威仪。
斫梓《周书》：若作梓材，既勤朴斫。
染丝《墨子》：墨子见染丝者而叹曰：染于苍则苍，染于黄则黄，故染不可不慎也。

环中《庄子》：枢始得其环中，以应无穷。

司南《韩子》：先王立司南以端朝夕。注：司南，即指南车也，以喻国之正法。

风骨第二十八

《诗》总六义，风冠其首，斯乃化感之本源，志气之符契也。是以怊怅述情，必始乎风；沉吟铺辞，莫先于骨。故辞之待骨，如体之树骸；情之含风，犹形之包气。

纪评：比喻精确。

结言端直，则文骨成焉；意气骏爽，则文风清一作"生"。焉。若丰藻克赡，风骨不飞，则振采失鲜，负声无力。是以缀虑裁篇，务盈守气，刚健既实，辉光乃新，其为文用，譬征鸟之使翼也。故练于骨者，析辞必精；深乎风者，述情必显。捶字坚而难移，结响凝而不滞，此风骨之力也。若瘠义肥辞，繁杂失统，则无骨之征也；思不环周，索莫元作"课"，杨改。乏气，元作"风"，杨改。则无风之验也。昔潘勖《锡魏》，思摹经典，群才韬笔，乃其骨髓峻也；相如赋《仙》，气号凌云，蔚为辞宗，乃其风力遒也。能鉴斯要，可以定文，兹术或违，无务繁采。

黄评：即后所云"雉窜文囿"也。

故魏文称：文以气为主，气之清浊有体，不可力强而致。故其询孔融，则云体气高妙；论徐幹，则云时有齐气；论刘桢，则云一本下有"时"字。有逸气。公幹亦云：孔氏卓卓，信含异气，笔墨之性，殆不可胜，并重气之旨也。夫翚翟备色，而翾翥百步，肌丰而力沉也；鹰隼乏采，而翰飞戾天，骨劲而气猛也。文章才力，有似于此。若风骨乏采，则鸷集翰林；采乏风骨，则雉窜文囿。唯藻耀而高翔，固文笔之鸣凤也。

黄评：气是风骨之本。

纪评：气即风骨，更无本末，此评未是。

纪评："风骨乏采"是陪笔，开合以尽意耳。

黄评：风骨又必从经典子史中出。

若夫镕铸一作"冶"。经典之范，翔集子史之术，洞晓情变，曲昭文体，然后能孚汪作"草"。甲新意，雕画奇辞。昭体，故意新而不乱；晓变，故辞奇而不黩。若骨采未圆，风辞未练，而跨略旧规，驰骛新作，虽获巧意，危败亦多。岂空结奇字，纰缪而成经❶矣。《周书》云：辞尚体要，弗惟好异。盖防文滥也。然文术多门，各适所好，明者弗授，学者弗师；于是习华随侈，流遁忘反。若能确乎正式，使文明以健，则风清骨峻，篇体光华。能研诸虑，何远之有哉！

纪评：才锋既隽，往往纵横逾法，故又补此段，以防

---

❶ "经"，元本作"轻"。

其弊。

赞曰：情与气偕，辞共体并。文明以健，珪璋乃骋。蔚彼风力，严此骨鲠。才锋峻立，符采克炳。

刚健《易》：象曰：大畜刚健笃实，辉光日新其德。

征鸟《礼记·月令》：征鸟厉疾。

锡魏见《诏策》篇。

赋仙《司马相如传》：相如以为列仙之儒，居山泽间，形容甚臞，此非帝王之仙意也。乃遂奏《大人赋》。天子大悦，飘飘有凌云气，游天地之间意。

魏文"文以气为主"云云，魏文帝《典论·论文》语也。

孔融、徐幹《魏文帝集·典论·论文》：王粲长于辞赋，徐幹时有齐气，然非粲之匹也。孔融体气高妙，有过人者，然不能持论，理不胜辞，至于杂以嘲戏。及其所善，扬、班俦也。

刘桢逸气《魏志》：刘桢字公幹。文帝书与吴质曰：公幹有逸气，但未遒耳。

孚甲《诗疏》：杨之莩甲，早于众木；昏姻失时，曾木之不如也。《后汉·章帝诏》：方春生养，万物孚甲，宜助萌阳，以育时物。

奇字《扬雄传》：刘棻尝从雄学作奇字。

通变第二十九

纪评：齐梁间风气绮靡，转相神圣，文士所作，如出一手，故彦和以通变立论，然求新于俗尚之中，则小智师心，转成纤仄，明之竟陵、公安是其明征，故挽其返而求之古，盖当代之新声，既无非滥调，则古人之旧式，转属新声，复古而名以通变，盖以此尔。

夫设文之体有常，变文之数无方，何以明其然耶？凡诗赋书记，名理相因，此有常之体也；文辞气力，通变则久，此无方之数也。名理有常，体必资于故实；通变无方，数必酌于新声；故能骋无穷之路，饮不竭之源。然绠短者衔渴，足疲者辍涂，非文理之数尽，乃通变之术疏耳。故论文之方，譬诸草木，根干丽土而同性，臭味晞阳而异品矣。

是以九代咏歌，志合文则。元作"财"，许无念改。黄歌《断竹》，质之至也；唐歌《在昔》，则广于黄世；虞歌《卿云》，则文于唐时；夏歌《雕墙》，缛于虞代；商周篇什，丽于夏年。至于序志述时，其揆一也。暨楚之骚文，矩式周人；汉之赋颂，影写楚世；魏之策元作"荐"，许无念改。一本作"篇"。制，顾慕汉风；晋之辞章，瞻望魏采。确而论之，则黄唐淳而质，虞夏质而辨，商周丽而雅，楚汉侈而艳，魏晋浅而绮，宋初讹而新。从质及讹，弥近弥澹。何则？竞今疏古，风味一作"末"。气衰也。今才颖之士，刻意学文，多略汉篇，师范宋集，虽古今备阅，然近附而远疏矣。夫青生于蓝，绛生于蒨，虽逾本色，不能复化。桓君山云：予见新进丽文，美而无采；及见刘扬言辞，常辄有得。此其验也。故练青濯绛❶，必归蓝蒨；矫讹翻浅，还宗经诰。斯斟酌乎质文之间，而隐括乎雅俗之际，可与言通变矣。

黄评：楚汉而下尤切中。

纪评："末"字是。

纪评：文士通病，由时近者易摹，年远者难剽耳。

夫夸张声貌，则汉初已极，自兹厥后，循环相因，虽轩翥出辙，而终入笼内。枚乘《七发》云：通望兮东海，虹洞兮苍天。相如《上林》云：视之无端，察之无涯，日出东沼，月生西陂。马融《广成》云：天地虹洞，固元作"因"，按颂文改。无端涯，大明出东，月生西陂。扬雄《校猎》云：出入日月，天与地沓。张衡《西京》云：日月于是乎出入，象扶桑于濛汜。此并广寓极状，而五家如一。诸如此类，莫不相循，参伍因革，通变之数也。是以规略文统，宜宏大体。先博览以精阅，总纲纪而摄契；然后拓衢路，置关键，长辔远驭，从容按节，凭情以会通，负气以适变；采如宛虹之奋鬐，光元作"毛"，曹改。若长离之振翼，乃脱颖之文矣。若乃龌龊于偏解，矜激乎一

---

❶ "绛"，元本作"锦"。

致，此庭间之回骤，岂万里之逸步哉！

纪评：此段言前代佳篇，虽巨手不能凌越，以见汉篇之当师，非教人以因袭，宜善会之。

赞曰：文律运周，日新其业。变则其疑作"可"。久，通则不乏。趋时必果，乘机无法。一作"跆"。望今制奇，参古定法。

绠短《庄子》：绠短者不可以汲深。

断竹《吴越春秋》：范蠡进善射者陈音。越王请音而问曰：孤闻子善射，道何所生？音曰：臣闻弩生于弓，弓生于弹，弹起于古之孝子不忍见父母为禽兽所食，故作弹以守之。故歌曰：断竹续竹，飞土逐宍。按：《断竹》之歌即竹弹之谣。

卿云《尚书大传》：舜将禅禹，百工相和而歌卿云。帝歌曰：卿云烂兮，纠缦缦兮，日月光华，旦复旦兮。八伯咸进，稽首而和歌曰：明明上天，烂然是陈。日月光华，弘予一人。

雕墙《书·五子之歌》：峻宇雕墙。

青蓝《荀子》：青出之蓝而青于蓝。

绛蒨《尔雅》"茹藘"注：今之蒨也。可以染绛。《疏》：今染绛蒨也。一名茹藘，一名茅搜。《诗疏广要注》：《本草》：茜根可以染绛。一名蒨。

隐括《家语》：自极于隐括之中。

宛虹《西京赋》：瞰宛虹之长鬐。注：宛，谓屈曲也。鬐，虹鬣也。

长离张衡《思玄赋》：前长离使拂羽兮。注：长离，南方朱雀也。

脱颖《平原君传》：毛遂曰：臣今日请处囊中耳。使遂蚤得处囊中，乃脱颖而出，非特其末见而已。

龌龊张衡《西京赋》：独俭啬以龌龊。注：龌龊，小节也。司马相如《难蜀父老》：委琐龌龊。注：龌龊，急也，促貌。

庭间回骤《楚辞·哀时命》：骋骐骥于中庭兮，焉能极夫远道。

定势第三十

夫情致异区，文变殊术，莫不因情立体，即体成势也。势者，乘利而为制也。如机发矢直，涧曲湍元作"文"，王性凝按本赞改。回，自然之趣也。圆者规体，其势也自转；方者矩形，其势也自安。文章体势，如斯而已。是以模经为式者，自入典雅之懿；效骚元作"验"，王改。命篇者，必归艳逸之华；综意浅切者，类乏酝藉；断一作"斫"。辞辨约者，率乖繁缛。譬激水不漪，槁木无阴，自然之势也。

纪评：自篇首至"自然之势"一段，言文各有自然之势。

黄评：行乎其不得不行，转也；止乎其不得不止，安也。

纪评："模经"四句与"综意"四句是一开一合文字，"激水"三句乃单承"综意"四句也。

是以绘事图色，文辞尽情，色糅而犬马殊形，情交而雅俗异势。镕范所拟，各有司匠，虽无严郛，难得逾越。然渊乎文者，并总群势，奇正虽反，必兼解以俱通；刚柔虽殊，必随时而适用。若爱典而恶华，则兼通之理偏，似夏人争弓矢，执一不可以独射也；若雅郑而共篇，则总一之势离，是楚人鬻矛誉盾，两难得而俱售也。是以括囊杂体，功一作"切"，从《御览》改。在铨别；宫商朱紫，随势各配。章表奏议，则准的乎典雅；一作"雅颂"，从《御览》改。赋颂歌诗，则羽仪乎清丽；符檄书移，则楷式于明断；史论序注，则师范于核要；箴铭碑诔，则体制于弘深；连珠七辞，则从事于巧艳。此循体而成势，随变而立功者也。虽复契会相参，节文互杂，譬五色之锦，各以本采为地矣。

纪评：自"绘事图色"以下言势无定格，各因其宜，当随其自然而取之。

纪评：补此层，圆足周到。此连下桓谭、曹植云云为一段。北平先生于"本采"句下误多一"乙"，遂令下四行为赘文。

桓谭称文家各有所慕，或好浮华而不知实核，或美众多而不见要约。陈思亦云：世之作者，或好烦文博采，深沉其旨者；或好离言辨白，分毫析牦者，所习不同，所务各异，言势殊也。刘桢云：文之体指实强弱，使其辞已尽而势有余，天下一人耳，不可得也。公幹所谈，颇亦兼气。然文之任势，势有刚柔，不必壮言慷慨乃称势也。又陆云自称：往日论文，先辞而后情，尚势而不取悦泽，及张公论文，则欲宗其言。夫情固先辞，势实须泽，可谓先迷后能从善矣。

> 纪评：此以下又爬梳"势"字，以补渗漏。

> 黄评：此慷慨任气之失。

自近代辞人，率好诡巧，原其为体，讹势所变，厌黩旧式，故穿凿取新；察其讹意，似难而实无他术也，反正而已。故文反正为乏，元作"支"。辞反正为奇。效奇之法，必颠倒文句，元作"向"，王改。上字而抑下，中辞而出外，回互不常，则新色耳。

> 黄评：此取新效奇之法。

> 纪评："法"字有病，此揭其秘技，非标为定则也。

夫通衢夷坦，而多行捷径者，趋近故也。正文明白，而常务反言者，适俗故也。然密会者以意新得巧，苟异者以失体成怪。旧练之才，则执正以驭奇；新学之锐，则逐奇而失正。势流不反，则文体遂弊。秉兹情术，可无思耶！

> 纪评：数语切中膏肓。

赞曰：形生势成，始末相承。湍回似规，矢激如绳。因利骋节，情采自凝。枉辔学步，力止襄谢云当作"寿"。陵。

醖藉《薛广德传》：广德为人温雅有醖藉。注：醖，言如醞釀也。藉，有所荐藉也。

郭《说文》：郭，郭也。《西京赋》：经城洫，营郭郭。

鬻矛誉盾《韩子》：客曰：人有鬻矛与楯者，誉其楯之坚，物莫能陷也。俄而又誉其矛曰：吾矛之利，于物无不陷也。有应之曰：以子之矛，陷子之楯，何如？其人弗能应也。

欲宗其言《陆清河集·与兄平原书》：往日论文，先辞而后情，尚洁而不取悦泽。尝忆兄道张公父子论文，实欲自得，今日便欲宗其言。

反正《左传》：文反正为乏。

卷七

情采第三十一

纪评：因情以敷采，故曰情采。齐梁文胜而质亡，故彦和痛陈其弊。

圣贤书辞，总称文章，非采而何！夫水性虚而沦漪结，木体实而花萼振：文附质也。虎豹无文，则鞹同犬羊；犀兕有皮，而色资丹漆：质待文也。若乃综述性灵，敷写器象，镂心鸟迹之中，织辞鱼网之上，其为彪炳，缛采名矣。故立文之道，其理有三：一曰形文，五色是也；二曰声文，五音是也；三曰情文，五性是也。五色杂而成黼黻，五音比而成《韶》《夏》，五情疑作"性"。发而为辞章，神理之数也。《孝经》垂典，丧言不文；故知君子常一作"尝"。言，未尝质也。老子疾伪，故称美言不信，而五千精妙，则非弃美矣。庄周云辩雕万物，谓藻饰也；韩非云艳采辩说，谓绮丽也。绮丽以艳说，藻饰以辩雕，文辞之变，于斯极矣。研味李老，则知文质附乎性情；详览《庄》《韩》，则见华实过乎淫侈。若择源于泾渭之流，按辔于邪正之路，亦可以驭文采矣。

纪评："李"当作"孝"，"孝老"犹云"老易"，六朝人多此生捏字法。

夫铅黛所以饰容，而盼倩生于淑姿；文采所以饰言，而辩丽本于情性。故情者文之经，辞者理之纬，经正而后纬成，理定而后辞畅，此立文之本源也。昔诗人什篇，为情而造文；辞人赋颂，为文而造情。何以明其然？盖《风》《雅》之兴，志思蓄愤，而吟咏情性，以讽其上，此为情而造文也；诸子之徒，心非郁陶，苟驰夸饰，鬻声钓世，此为文而造情也。

黄评：笃论。

纪评：此一篇之大旨。

故为情者要约而写真，为文者淫丽而烦滥。而后之作者，采滥忽真，远弃《风》《雅》，近师辞赋，故体情之制日疏，逐文之篇愈盛。故有志深轩冕，而泛咏皋壤；心缠几务，而虚述人外。真宰弗存，翩其反矣。夫桃李不言而成蹊，有实存也；男子树兰而不芳，无其情也。夫以草木之微，依情待实；况乎文章，述志为本，言与志反，文岂足征？

黄评：古今文人读此不汗下者有几？

纪评：赵饴山"诗中有人"之论，源出于此。

是以联辞结采，将欲明经；汪本作"理"。采滥辞诡，则心理愈翳。固知翠纶桂饵，反所以失鱼。言隐荣华，殆谓此也。是以衣锦褧衣，恶文太章；贲象穷白，贵乎反本。夫能设谟谢云当作"模"。以位理，拟地以置心，心定而后结音，理正而后摛藻，使文不灭质，博不溺心，正采耀乎朱蓝，间色屏于红紫，乃可谓雕琢其章，彬彬君子矣。

赞曰：言以文远，诚哉斯验。心术既形，英华乃赡。

吴锦好渝，舜英徒艳。繁采❶寡情，味之必厌。

犀兕《左传》：华元答城者讴曰：牛则有皮，犀兕尚多？役人又歌曰：纵其有皮，丹漆若何？

鸟迹见《原道》篇。

鱼网《东观汉记》：黄门蔡伦典作上方，用树皮及敝布、鱼网作纸。帝善其能。自是莫不用，天下咸称蔡侯纸也。

美言不信《老子》：信言不美，美言不信。

五千《老子传》：著书上下篇，言道德之意五千余言。

辩雕《庄子》：古之王天下者，知虽落天地，不自虑也。辩虽雕万物，不自说也。

泾渭《诗》：泾以渭浊，湜湜其沚。传：泾渭相入而清浊异。

皋壤《庄子》：山林与？皋壤与？使我欣欣然而乐与？

人外《宋书·隐逸传》：孔淳之遇释法崇，因留共止，遂停三载。法崇叹曰：缅想人外，三十年矣，今乃倾盖于兹，不觉老之将至也。

真宰《庄子》：若有真宰而特不得其朕。

桃李《李广传》：桃李不言，下自成蹊。

树兰《淮南子》：男子树兰，美而不芳。

翠纶桂饵《阚子》：以桂为饵，锻黄金之钩，错以银碧，垂翡翠之纶。

言隐《庄子》：言隐于荣华。

---

❶ "采"，元本作"彩"。

贲象 《易·贲》：上九，白贲无咎。

摛藻 《汉书·叙传》：摛藻如春华。

舜英 《诗》：有女同行，颜如舜英。传：舜，木槿也。其华朝生暮落。

镕裁第三十二

情理设位，文采行乎其中。刚柔以立本，变通以趋时。立本有体，意或偏长；趋时无方，辞或繁杂。蹊要所司，职在镕裁，櫽括情理，矫揉文采也。规范本体谓之镕，剪截浮词谓之裁。裁则芜秽不生，镕则纲领昭畅，譬绳墨之审分，斧斤之斫削矣。骈拇枝指，由侈于性；附赘悬肬，实侈于形。二意两出，义之骈枝也；同辞重句，文之肬赘也。

凡思绪初发，辞采苦杂，心非权衡，势必轻重。是以草创鸿笔，先标三准：履端于始，则设情以位体；举正于中，则酌事以取类；归余于终，则撮辞以举要。然后舒华布实，献替_{疑作"质"，元作"赞"。}节文。绳墨以外，美材既斫，故能首尾圆合，条贯统❶序。若术不素定，而委心逐辞，异端丛至，骈赘必多。

---

❶ "统"，元本作"始"。

纪评："鸿"当作"鸣"，后"鸣笔之徒"句可证。

纪评：此一段论"镕"，犹今人所谓炼意。

故三准既定，次讨字句。句有可削，足见其疏；字不得减，乃知其密。精论要语，极略之体；游心窜句，极繁之体。谓繁与略，随❶分所好。引而伸之，则两句敷为一章；约以贯之，则一章删成两句。思赡者善敷，才核者善删。善删者字去而意留，善敷者辞殊而意汪本作"义"。显。字删而意阙，则短乏而非核；辞敷而言重，则芜秽而非赡。

纪评：以下论"裁"，犹今人所谓炼词。

纪评：兼此两层，其理乃足。

黄评：唐宋大家之文，两句道尽。

纪评：二语精深。

昔谢艾王济，西河文士，张俊当作"骏"。以为艾繁而不可删，济略而不可益。若二子者，可谓练镕裁而晓繁略矣。至如士衡才优，而缀辞尤繁；士龙思劣，而雅好清省。及云之论机，亟恨其多，而称清新相接，不以为病，盖崇友于耳。夫美锦制衣，修短有度，虽玩其采，不倍领袖，巧犹难繁，况在乎拙？而《文赋》以为榛楛勿剪，庸音足曲，其识非不鉴，乃情苦芟元作"芟"。繁也。夫百节成体，共资荣卫；万趣会文，不离辞情。若情周而不繁，辞运而不滥，非夫镕裁，何以行之乎！

黄评：平允。

---

❶ "随"，元本作"适"。

赞曰：篇章户牖，左右相瞰。辞如川流，溢则泛滥。权衡损益，斟酌浓淡。芟繁剪秽，弛于负担。

骈拇《庄子》：骈拇枝指，出乎性哉，而侈于德。附赘悬疣，出乎形哉，而侈于性。

谢艾《张重华传》：主簿谢艾，兼资文武。

清新《陆清河集·与兄机书》：兄文章之高远绝异，不可复称言，然犹皆欲微多，但清新相接，不以此为病耳。

榛楛陆机《文赋》：石韫玉而山晖，水怀珠而川媚；彼榛楛之勿翦，亦蒙荣于集翠。注：榛楛，喻庸音也。以珠玉之句既存，故榛楛之辞亦美也。

庸音《文赋》：放庸音以足曲。

荣卫《内经》：荣卫不行，五藏不通。

声律第三十三

纪评：即沈休文《与陆厥书》而畅之，后世近体遂从此定制，齐梁文格卑靡，独此学独有于古。钟记室以私憾排之，未为公论也。

夫音律所始，本于人声者也。声含宫商，肇自血气；先王因之，以制乐歌。故知器写人声，声非学当作"效"。器者也。故言语者，文章神明枢机，吐纳律吕，唇吻而已。古之教歌，先揆以法，使疾呼中宫，徐呼中徵。夫商徵响高，宫羽声下，抗喉矫舌之差，攒唇激齿之异，廉肉相准，皎然可分。今操琴不调，必知改张；摘文乖张，而不识所调。响在彼弦，乃得克谐，声萌我心，更失和律。其故何哉？良由内 _{元作"外"，王改。} 听难为聪也。故外听之易，弦以手定；内听之难，声与心纷。可以数求，难以辞逐。凡声有飞沉，响有双叠，_{二字脱。杨云"有"字下诸本皆遗"翕散"二字，谢云据下文当作"双叠"二字。} 双声隔字而每舛，叠韵杂句而必睽；沉则响发而断，飞则声扬不还。并辘轳交往，逆鳞相比，迕其际会，则往蹇来连，其为疾病，亦文家之吃也。

　　黄评："由"字下王本有"外听易为口而"六字。

　　黄评：叠韵二字同在一韵，双声二字同一字母。

　　黄评：论声病详尽于沈隐侯。

　　夫吃文为患，生于好诡，逐新趣异，故喉唇纠纷；将欲解结，务在刚断。左碍而寻右，末滞而讨前，则声转于吻，玲玲如振玉；辞靡于耳，累累如贯珠矣。是以声画妍蚩，寄在吟咏，吟咏滋味，流于字 _{元作"下"，商孟和改。} 句，气力 _{孙云"气力"上当复有"字句"二字。} 穷于和韵。异音相从谓之和，同声相应谓之韵。韵气一定，故余声易遣；和体抑扬，故遗响难契。属笔易巧，选和至难，缀文难精，而作韵甚易。虽纤意 _{一作"毫"。} 曲变，非可缕言，然振其大纲，不出兹论。

　　纪评："迕"当作"迕"。

纪评：妙参活法。

纪评：句末韵脚有谱可凭，句内声病涉笔易犯，非精究音学者不知，故往往阅之斐然而诵之拗格，彦和特抽出另言，以此之故。

纪评："纤意"当作"纤毫"。

若夫宫商大和，譬诸吹籥；翻回取均，颇似调瑟。瑟资移柱，故有时而乖贰；籥含定管，故无往而不壹。陈思潘岳，吹籥之调也；陆机左思，瑟柱之和也。概举而推，可以类见。又诗人综韵，率多清切；《楚辞》辞楚，故讹韵实繁。及张华论韵，谓士衡多楚，《文赋》亦称知楚不易，可谓衔灵均之声余，失黄钟之正响也。凡切韵之动，势若转圜；讹音之作，甚于枘方。免乎枘方，则无大过矣。练才洞鉴，剖字钻响，识疏汪本作"疏识"。阔略，随音所遇，若长风之过籁，南元作"东"，叶循父改。郭之吹竽耳。古之佩玉，左宫右徵，以节其步，声不失序，音以律文，其可忘哉！

纪评：此又深入一层，言宫商虽和，又有自然勉强之分。

纪评：此一段又言韵不可参以方音。

纪评：比喻确。

纪评：言自然也。

黄评："遇"字下王本空三字。"籁"字下王本有"流水之浮花□□□郑人之买椟"十三字。

赞曰：标情务远，比音则近。吹律胸臆，调钟唇吻。声得盐梅，响滑榆槿。割弃支离，宫商难隐。

"古之教歌"云云见《韩子》。

廉肉《礼·乐记》：先王制雅颂之声以导之，使其曲直、繁瘠、廉肉、节奏，足以感动人之善心而已矣。

改张董仲舒策：窃譬之琴瑟不调，甚者，必解而更张之，乃可鼓也。

双声、叠韵《谢庄传》：王元谟问庄：何者为双声？何者为叠韵？答曰：元护为双声，磝碻为叠韵。

辘轳《诗评》：单辘轳韵者，单出单入，两句换韵。双辘轳韵者，双出双入，四句换韵。

往蹇来连《易·蹇卦》六四爻辞。

吃《韩非传》：非为人口吃不能道说，而善著书。注：吃：语难也。

累累《礼·乐记》：倨中矩，句中钩，累累乎端如贯珠。

和韵杨慎曰：东董是和，东中是韵。

吹籥《公羊传》"去籥"注：籥，所吹以节舞也。吹籥而舞，文乐之长。

取均《杨收传》：旋宫以七声为均，均之为言韵也。

调瑟扬子《法言》：以往圣人之法治将来，譬犹胶柱而调瑟。

枘方宋玉《九辩》：圆凿而方枘兮，吾固知其鉏铻而难入。注：枘，刻木耑所以入凿。

吹竽《韩子》：南郭处士为齐宣王吹竽。宣王悦之，廪食以数百人。湣王立，好一一而听之，处士逃。

纪评：东郭吹竽，其事未详。若南郭滥竽则于义无取，殆必不然。疑或用《庄子》"南郭子綦三籁"事，与上"长风"句相足为文耳。"吹竽"或"吹嘘"之讹。

左宫右徵《礼·玉藻》：古之君子必佩玉，右徵角，左宫羽，趋以采齐，行以肆夏。

调钟《扬雄传》：师旷之调钟，俟知音者之在后也。注：晋平公钟，工者以为调矣。师旷曰：臣窃听之，知其不调也。至于师涓，而果知钟之不调。是师旷欲善调之钟，为后世之有知音。

榆槿《礼·内则》：堇、苣、枌、榆、免、薧，滫瀡以滑之。

章句第三十四

夫设情有宅，置言有位；宅情曰章，位言曰句。故章者，明也；句者，局也。局言者联字以分疆，明情者总义以包体，区畛相异，而衢路交通矣。夫人之立言，因字而生句，积句而成❶章，积章而成篇。篇之彪炳，章无疵也；章之明靡，句无玷也；句之清英，字不妄也。振本而末从，知一而万毕矣。

夫裁文匠笔，篇有小大；离章合句，调有缓急。随变适会，莫见定准。句司数字，待相接以为用；章总一义，

---

❶ "成"，元本作"为"。

须意穷而成体。其控引情理，送迎际会，譬舞容回环，而有缀兆之位；歌声靡曼，而有抗坠之节也。寻诗人拟喻，虽断章取义，然章句在篇，如茧之抽绪，原始要终，体必鳞次。启行之辞，逆萌中篇之意；绝笔之言，追媵元作"胜"，谢改。前句之旨，故能外文绮交，内义脉注，跗萼相衔，首尾一体。

纪评：此一段论章法。

纪评：与《镕裁》篇一段参看。

若辞失其朋，元作"明"。则羁旅而无友；事乖其次，则飘寓而不安。是以搜句忌于颠倒，裁章贵于顺序，斯固情趣之指归，文笔之同致也。若夫笔句无常，而字有条数，四字密而不促，六字格而非缓；或变之以三五，盖应机之权节也。至于诗颂大体，以四言为正，唯祈父肇禋，以二言为句。寻二言肇于黄世，《竹弹》之谣是也；三言兴于虞时，元首之诗是也；四言广于夏年，《洛汭之歌》是也；五言见于周代，《行露》之章是也；六言七言，杂出《诗》《骚》；而疑有脱字。体之篇成于两❶汉，情数运周，随时代用矣。

纪评：此一段论句法，然但考字数，无所发明，殊无可采。

若乃改韵从调，所以节文辞气。贾谊枚乘，两韵辄易；刘歆桓谭，百句不迁：亦各有其志也。昔魏武论赋，嫌于积韵，而善于资代。陆云亦称四言转句，以四句为

---

❶ "两"，天启本作"西"。

佳。观彼制韵，志同枚贾。然两韵辄易，则声韵微躁；百句不迁，则唇吻告劳。妙才激扬，虽触思利贞，曷若折之中和，庶保无咎。

又诗人以兮字入于句限，《楚辞》用之，字出句外。寻兮字成❶句，乃语助余声，舜咏《南风》，用之久矣，而魏武弗好，岂不以无益文义耶！至于夫、惟、盖、故者，发端之首唱；之、而、于、以者，乃札句之旧体；乎、哉、矣、也，亦送末之常科。据事似闲，在用实切。巧者回运，弥缝文体，将令数句之外，得一字之助矣。外字难谬，况章句欤？

黄评：宋祖谓语助"助得甚事"，亦未就文体论耳。

纪评：此因句法而类及押韵及语助。论押韵特精，论语助亦无高论。

赞曰：断章有检，积句不恒。理资配主，辞忌失 元作"告"，谢改。朋。 环情草 孙云当作"节"。 调，宛转相腾。离合同异，以尽厥能。

明也、局也 《诗·关雎》疏：章者，明也，总义包体，所以明情也。句者，局也，联字分疆，所以局言也。

区畛 《蜀都赋》：瓜畴芋区。注：区，界畔也。《周礼》：十夫有沟，沟上有畛。畛，田界。

缀兆 《礼·乐记》：行其缀兆，要其节奏，行列得正焉。注：缀兆，舞位也。

---

❶ "成"，元本作"承"。

抗坠《礼·乐记》：歌者上如抗，下如坠，曲如折，止如槁木。

启行《诗·小雅》：元戎十乘，以先启行。启行，喻始也。

跗萼《诗·小雅》：鄂不韡韡。笺：承华者曰鄂。不，当作跗。跗，鄂足也。疏：郑以为华下有鄂，鄂下有跗，由华以覆鄂，鄂以承华，华鄂相覆而光明，犹兄弟相顺而荣显。

祈父《小雅》：祈父，予王之爪牙。

肇禋《周颂》：肇禋，乞用有成，维周之祯。

竹弹谣见《通变》篇。

元首《虞书》：帝庸作歌曰：股肱喜哉，元首起哉，百工熙哉。皋陶乃赓载歌曰：元首明哉，股肱良哉，庶事康哉。

按："哉"为语助，以喜起熙、明良康为韵，是三言也。

洛汭《夏书》：五子之歌也。

行露见《明诗》篇。

六言、七言同上。

南风同上。

配主《易·丰》：初九，遇其配主。

丽辞第三十五

纪评：骈偶于文家为下格，然其体则千古不能废，其在六代尤为时尚，故别作一篇论之。

　　造化赋形，支体必双；神理为用，事不孤立。夫心生文辞，运裁百虑，高下相须，自然成对。唐虞之世，辞未极文，而皋陶赞文：罪疑惟轻，功疑惟重。益陈谟云：满招损，谦受益。岂营丽辞，率然对尔。《易》之《文》《系》，圣人之妙思也。序《乾》四德，则句❶句相衔；龙虎类感，则字字相俪；乾坤易简，则宛转相承；日月往来，则隔行悬合：虽句字或殊，而偶意一也。至于诗人偶章，大夫联辞，奇偶适变，不劳经营。自扬马张蔡，崇盛丽辞，如宋画吴冶，"画"元作"尽"，"冶"元作"治"，朱改。刻形镂法，丽句与深采并流，偶意共逸韵俱发。至魏晋群才，析句弥密，联字合趣，剖一作"割"。毫析厘。然契机者入巧，浮假者无功。

　　纪评：精论不磨。

　　故丽辞之体，凡有四对：言对为易，事对为难，反对为优，正对为劣。言对者，双比空辞者也；事对者，并举人验者也；反对者，理殊趣合者也；正对者，事异义同者也。长卿《上林赋》元脱，补。云：修容乎礼园，翱翔乎书圃。此言对之类也。宋玉神《女赋云》：毛嫱鄣袂，不足程式；西施掩面，比之无色。此事对之类也。仲宣《登楼》云：钟仪幽而楚奏，庄舄显而越吟。此反对之类也。孟阳《七哀》云：汉祖想枌榆，光武思白水。此正对之类也。凡偶辞胸臆，言对所以为易也；征元作"拟"，一作

---

❶ "句"，元本作"八"。

"微"。人之学，事对所以为难也；幽显同志，反对所以为优也；并贵共心，正对所以为劣也。又以事对，各有反正，指类而求，万条自昭然矣。

黄评：《丁卯》《浣花》，诗格之卑只为正对多也。

纪评："贵"当作"肩"。"又以"四句当云"指类而求，万条自昭然矣"。又"言对事对，各有反正"，于文义乃顺。

张华诗称：游雁比翼翔，归鸿知接翮；刘琨诗言：元 在"诗"字上。宣尼悲获麟，西狩泣孔邱。若斯重出，即对句之骈枝也。

黄评：重出之病。

是以言对为美，贵在精巧；事对所先，务在允当。若两事相配，而优劣不均，是骥在左骖，驽为右服也。

纪评："两事"当作"两言"。

黄评：不均之病。

若夫事或孤立，莫与相偶，是夔之一足，趻踔而行也。

黄评：孤立之病。

若气无奇类，文乏异采，碌碌丽辞，则昏睡耳目。

黄评：庸冗之病。

必使理圆事密，联璧其章，迭用奇偶，节以杂佩，乃其贵耳。类此而思，理自汪本作"斯"。见也。

纪评："张华"一段申反对、正对，"是以"以下申言对、事对，"若气无"以下就四对推入一层，言对偶虽合法而无骨采亦不可。北平先生以四病并列，失其旨矣。

赞曰：体植必两，辞动有配。左提右挈，精味兼载。

炳烁联华，镜静含态。玉润双流，如彼珩珮。

皋陶赞见《虞书·大禹谟》。

益陈谟同上。

文系《易·文言》：元者，善之长也。亨者，嘉之会也。利者，义之和也。贞者，事之干也。君子体仁足以长人，嘉会足以合礼，利物足以和义，贞固足以干事。又：同声相应，同气相求。水流湿，火就燥，云从龙，风从虎。《系辞》：乾道成男，坤道成女。乾知大始，坤作成物。乾以易知，坤以简能。易则易知，简则易从。易知则有亲，易从则有功。有亲则可久，有功则可大。可久则贤人之德，可大则贤人之业。又：日往则月来，月往则日来，日月相推而明生焉。寒往则暑来，暑往则寒来，寒暑相推而岁成焉。

宋画《庄子》：宋元君将画图，众史皆至。有一史后至者，儃儃然不趋，受揖不立，因之舍。公使人视之，则解衣槃礴，裸。君曰：可矣，是真画者也。

吴冶《吴越春秋》：越王元常使欧冶子造剑五枚。

上林司马相如字长卿，作《上林赋》。

神女宋玉作《神女赋》。

毛嫱《庄子》：毛嫱、丽姬，人之所美也。

登楼见《诠赋》篇。

楚奏《左传》：晋侯观于军府，见钟仪，问曰：南冠而絷者谁也？有司对曰：郑人所献楚囚也。使税之，问其族，对曰：伶人也。使与之琴，操南音。公曰：乐操土风，不忘旧也。

越吟《陈轸传》：轸曰：越人庄舄仕楚执珪，有顷而病。楚王曰：舄故越之鄙细人也，今仕楚执珪，富贵矣，亦思越不？中谢对曰：凡人之思故，在其病也。彼思越则越声，不思越则楚声。使人往听之，犹尚越声也。

孟阳 张载字孟阳，本集有《七哀诗》二首。

枌榆《汉·郊祀志》：高祖诏御史，令丰治枌榆社。

白水《东京赋》：龙飞白水，凤翔参墟。注：白水，谓南阳白水县，世祖初起之处也。

允当《左·僖》：允当则归。

夔《山海经》：东海中有流波山，上有兽，状如牛，苍身而无角，一足。

趻踔《庄子》：夔谓蚿曰：吾以一足趻踔而行，予无如矣。

卷八

比兴第三十六

《诗》文弘奥，包韫六义；毛公述《传》，独标兴体，岂不以风通一作"异"。而赋同，比显而兴隐哉！故比者，附也；兴者，起也。附理者切类以指事，起情者依微以拟议。起情故兴体以立，附理故比例以生。比则畜愤以斥言，兴则环譬以记一作"托"。讽。盖随时之义不一，故诗人之志有二也。

纪评："异"字是。

黄评：朱子传《诗》，谓有不取义之兴，未为知言。

纪评："托"字是。

观夫兴之托谕，婉而成章，称名也小，取类也大。《关雎》有别，故后妃方德；尸鸠贞一，故夫人象义。义取其贞，无从于夷禽；德贵其别，不嫌于鸷鸟：明而未融，故发注而后见也。且何谓为比？盖写物以附意，扬言以切事者也。故金锡以喻明德，珪璋以譬秀民，螟蛉以类教诲，蜩螗以写号呼，浣衣以拟心忧，席卷汪本作"卷席"。以方志固：凡斯切象，皆比义也。至如麻衣如雪，两骖如舞，若斯之类，皆比类者也。楚襄❶信谗，而三闾

---

❶ "楚襄"，天启本作"衰楚"。

忠烈，依《诗》制《骚》，讽兼比兴。炎汉虽盛，而辞人夸毗，《诗》刺道丧，故兴义销亡。于是赋颂先鸣，故比体云构，纷纭杂沓，信旧章矣。

纪评："从"字疑误。

纪评：以上平论兴比，以下言兴亡而比传。兴义亦不全亡，但诗中偶用，赋颂无闻耳。

纪评：以下畅发比义。

夫比之为义，取类不常。或喻于声，或方于貌，或拟于心，或譬于事。宋玉《高唐》云：纤条悲鸣，声似竽籁。此比声之类也。枚乘《菟园》云：焱焱纷纷，若尘埃之间白云。此则比貌之类也。贾生《鵩赋》云：祸之与福，何异纠缠。此以物比理者也。王褒《洞箫》云：优柔温润，如慈父之畜❶子也。此以声比心者也。马融《长笛》云：繁缛络绎，范蔡之说也。此以响比辩者也。张衡《南都》云：起郑舞，茧曳元作"茧抽"，按本赋改。绪。此以容比物者也。若斯之类，辞赋所先，日用乎比，月忘乎兴，习小而弃大，所以文谢于周人也。至于扬班之伦，曹刘以下，图状山川，影写云物，莫不纤疑作"织"。综比义，以敷其华，惊听回视，资此效绩。又安仁《萤赋》云流金在沙，季鹰《杂诗》云青条若总翠，皆其义者也。故比类虽繁，以切至为贵，若刻鹄元作"鹤"，谢改。类鹜，则无所取焉。

黄评：非特兴义销亡，即比体亦与三百篇中之比差别。

---

❶ "畜"，元本作"爱"。

大抵是赋中之比循声逐影、拟诸形容而已，无如《鹤鸣》之陈诲、《鸱鸮》之讽谕也。

纪评：亦有太切转成滞相者。言不一端，要各有当；文无定体，要归于是。

赞曰：诗人比兴，触物圆览。物虽胡越，合则肝胆。拟容取心，断辞必敢。攒杂咏歌，如川之换。

六义 见《明诗》篇。

毛公 《汉·艺文志》：《毛诗故训传》三十卷。毛公之学，自谓子夏所传。

关雎 《诗·小序》：关雎，后妃之德也。

尸鸠 《诗·小序》：鹊巢，夫人之德也。国君积行累功以致爵位，夫人起家而居有之，德如鸤鸠，乃可以配焉。

鸷鸟 《诗传》：雎鸠，王雎也，挚而有别。注：挚本亦作"鸷"。

金锡 见《卫风·淇澳篇》。

珪璋 见《大雅·卷阿》篇。

螟蛉 见《小雅·小宛》篇。扬子《法言》：螟蛉之子殪而逢蜾蠃，祝之曰：类我类我，久则肖之矣。

蜩螗 见《大雅·荡》之篇。

浣衣 见《邶风·柏舟》篇。

席卷 同上。

如雪 见《曹风·蜉蝣》篇。

如舞 见《郑风·叔于田》篇。

夸毗 见《大雅·板》之篇。

　　优柔温润王褒《洞箫赋》：听其巨音，则周流泛滥，并包吐含，若慈父之畜子也。又云：优柔温润，又似君子。

　　安仁萤赋潘岳《萤火赋》：飘飘颎颎，若流金之在沙。岳字安仁。

　　季鹰杂诗张翰《杂诗》：青条若总翠。翰字季鹰。

　　刻鹄类鹜马援《与兄子书》：效伯高不得，犹为谨厚之士，所谓刻鹄不成尚类鹜者也。

　　胡越《孔丛子》：胡越之人，同舟济江，中流遇风波，其相救如左右手。

　　肝胆《庄子》：自其异者视之，肝胆楚越也。

　　必敢《李斯传》：赵高曰：顾小而忘大，后必有害；狐疑犹豫，后必有悔；断而敢行，鬼神避之，后有成功。

夸饰第三十七

　　夫形而上者谓之道，形而下者谓之器。神道难摹，精言不能追其极；形器易写，壮辞可得喻其真：才非短长，理自难易耳。故自天地以降，豫入声貌，文辞所被，夸饰恒存。虽《诗》《书》雅言，风格训世，事必宜广，文亦过焉。是以言峻则嵩高极天，论狭则河不容舠；说多则子孙千亿，称少则民靡孑遗；襄陵举滔天之目，倒戈立漂杵之论，辞虽已甚，其义无害也。且夫鸮音之丑，岂有泮林而变好；荼味之苦，宁以周原而成饴？并意深褒赞，故义成矫饰。大圣所录，以垂宪章。孟轲所云：说《诗》者不以文害辞，不以辞害意也。

纪评：先以六经说入，分两层钩剔，语自斟酌，非刘子玄惑经之比。

自宋玉景差，夸❶饰始盛；相如凭风，诡滥愈甚。故《上林》之馆，奔星与宛虹入轩；从禽之盛，飞廉与鹪鹩按本赋作"焦明"。俱获。及扬雄《甘泉》，酌其余波。语瑰奇则假珍于玉树，言峻极则颠坠于鬼神。至《东都》之比目，《西京》之海若，验理则理无不验，穷饰则饰犹未穷矣。

纪评："不验"当作"可验"。

又子云《羽一作"校"。猎》，鞭宓妃以饷屈原；张衡《羽猎》，困玄冥于朔野。娈❷彼洛神，既非罔两；惟此水师，亦非魑魅；而虚用滥形，不其疏乎！此欲夸其威而饰元脱。其下有阙字。事，义睽剌也。至如气貌山海，体势宫殿，嵯峨揭业，熠耀焜煌之状，光采炜炜而欲然，声貌岌岌其将动矣。莫不因夸以成状，沿饰而得奇也。于是后进之才，奖气挟声，轩翥而欲奋飞，腾掷而羞踽步。辞入炜烨，春藻不能程其艳；言在萎绝，寒谷未足成其凋。谈欢则字与笑并，论戚则声共泣偕，信可以发蕴而飞滞，披瞽而骇聋矣。然饰穷其要，则心声锋起；夸过其

---

❶ "夸"，元本脱。

❷ "娈"，元本作"栾"。

理，则名实两乖。若能酌《诗》《书》之旷旨，翦扬、马之甚泰，使夸而有节，饰而不诬，亦可谓之懿也。

黄评：昌黎诗句多如此。

纪评：文质相扶，点染在所不免，若字字摭实，有同史笔，实有难于措笔之时。彦和不废夸饰，但欲去泰去甚，持平之论也。

赞曰：夸饰在用，文岂循检。言必鹏运，气靡鸿渐。倒海探珠，倾昆取琰。旷而不溢，奢而无玷。

嵩高《大雅》：嵩高维岳，峻极于天。

容舠《国风》：谁谓河广，曾不容刀。

千亿《大雅》：干禄百福，子孙千亿。

孑遗《小雅》：周余黎民，靡有孑遗。

滔天《尧典》：汤汤洪水方割，荡荡怀山襄陵，浩浩滔天。

戈漂《武成》：前徒倒戈，攻其后以北，血流漂杵。

鸮音《鲁颂》：翩彼飞鸮，集于泮林。食我桑黮，怀我好音。

荼味《大雅》：周原膴膴，堇荼如饴。

景差《风赋》：楚襄王游于兰台之宫，宋玉、景差侍。注：宋玉、景差，楚大夫。

奔星、宛虹《上林赋》：奔星更于闺闼，宛虹扡于楯轩。

飞廉、焦明《上林赋》：径峻赴险，越壑厉水，椎飞廉，弄獬豸。注：飞廉，龙雀也，鸟身鹿头。又：捷鸇雏，掩焦明。注：焦明似凤，西方之鸟也。

玉树扬雄《甘泉赋》：翠玉树之青葱兮。注：《汉武故事》曰：上起神屋，前庭植玉树，珊瑚为枝，碧玉为叶。

鬼神《甘泉赋》：鬼魅不能自逮兮，半长途而下颠。注：言鬼魅至此亦不能上，至半途而颠坠也。

比目《西都赋》：投文竿，出比目。注：东方有比目鱼，不比不行。

海若《西京赋》：海若游于元渚。注：海若，海神也。

宓妃扬雄《羽猎赋》：鞭洛水之宓妃，饷屈原于彭胥。《汉书音义》：宓妃，宓羲氏之女，溺死洛水为神。

玄冥《左传》：昧为玄冥师。注：玄冥，水官。昧为水官之长。又共工氏以水纪，故为水师而水名。按：张衡《羽猎赋》文不全，无"困玄冥于朔野"之语。

魑魅《左传》：魑魅罔两，莫能逢之。注：魑，山神。魅，怪物。罔两，水神。

嵯峨揭业《西京赋》：嵯峨嵥嶪。《上林赋》：嵯峨嶵嶵。《鲁灵光殿赋》：飞陛揭孽。

寒谷刘向《别录》：邹衍在燕，有谷寒，不生五谷，邹子吹律而温至，生黍也。

鹏运《庄子》：北冥有鱼，其名为鲲，化而为鸟，其名为鹏，海运则将徙于南冥。

鸿渐《易·渐卦》爻。

事类第三十八

　　事类者，盖文章之外，捃事以类义，援古以证今者也。昔文王繇《易》，剖判爻位，《既济》九三，远引高宗之伐；《明夷》六五，近书箕子之贞：斯略举人事以征义者也。至若胤征羲和，陈政❶典之训；盘庚诰民，叙迟任之言：此全引成辞以明理者也。然则明理引乎成辞，征义举乎人事，乃圣贤之鸿谟，经籍之通矩也。《大畜》之象，君子以多识前言往行，亦有包于文矣。

　　观夫屈宋属篇，号依诗人，虽引古事，而莫取旧辞。唯贾谊《鵩赋》，始用鹖冠之说；相如《上林》，撮引李斯之书：此万分之一会也。及扬雄《百元作"六"。官箴》，颇酌于《诗》《书》；刘歆《遂初赋》，历叙于纪传：渐渐综采矣。至于崔班张蔡，遂捃摭经史，华实布濩，因书立功，皆后人之范式也。

　　夫姜桂同地，辛在本性；文章由学，能在天资。才自内发，学以外成，有学饱而才馁，有才富而学贫。学贫者迍邅于事义，才馁者劬劳于辞情，此内外之殊分《御览》作"方"。也。是以属意立文，心与笔谋；才为盟主，学

---

❶ "政"，元本作"正"。

为辅佐。主佐合德，文采必霸；才学褊狭，虽美少功。

　　纪评：确有此二种人。

　　纪评：此一段言学欲博。

　　黄评：才禀天授，非人力所能为，故以下专论博学。

　　夫以子云之才，而自奏不学，及观书石室，乃成鸿采。表里相资，古今一也。故魏武称张子之文为拙，然学问肤浅，所见不博，专拾掇崔杜小文，所作不可悉难，难便不知所出，斯则寡闻之病也。夫经典沉深，载籍浩瀚，实群言之奥区，而才思之神皋也。扬班以下，莫不取资，任力耕耨，纵意渔猎，操刀能割，必列汪作"裂"。膏腴，是以将赡才力，务在博见，狐腋非一皮能温，鸡跖必数千而饱矣。是以综学在博，取事贵约，校练务精，捃理一作"摭"。须核，众美辐辏，表里发挥。刘劭《赵都赋》云：公子之客，叱劲楚令歃盟；管库隶臣，呵强秦使鼓缶。用事如斯，可谓理得而义要矣。故事得其要，虽小成绩，譬寸辖制轮，尺枢运关也。或微言美事，置于闲散，是缀金翠于足胫，靓粉黛于胸臆也。

　　黄评：徒博而校练不精，其取事捃理，不能约核无当也，吾见其人矣。

　　纪评：此一段言择欲精。

　　凡用旧合机，不啻自其口出，引事乖谬，虽千载而为瑕。陈思，群才之英也，《报孔璋书》云：葛天氏之乐，千人唱，万人和，听者因以蔑《韶》《夏》矣。此引事之实谬也。按葛天之歌，唱和三人而已。相如《上林》云：奏陶唐之舞，听葛天之歌，千人唱，万人和。唱和千万人，乃相如接人，疑当作"推之"二字。然而滥侈葛天，推三成万者，信赋妄书，致斯谬也。陆机《园葵》诗云：庇足同一智，生理合异端。夫葵能卫足，事讥鲍庄；葛藟庇根，辞自乐豫。若譬葛为葵，则引事为谬；若谓庇胜卫，则改事失真，斯又不精之患。夫以子建明练，士衡沉密，而不免于谬；曹仁之谬高唐，又曷足以嘲哉？夫山木为良匠所度，经书为文士所择，木美而定于斧斤，事美而制于刀笔，研思之士，无惭匠石矣。

纪评：此一段以曹、陆为鉴，言用事宜审。

纪评："接人"二字疑或"增入"之讹。

纪评：千人万人自指汉时之歌舞者，不过借陶唐、葛天点缀其事，非即指上二事也，子建固误，彦和亦未详考也。

赞曰：经籍深富，辞理遐亘。皓如江海，郁若昆邓。文梓共采，琼珠交赠。用人若己，古来无懵。

高宗《易·既济》：九三，高宗伐鬼方，三年克之。

箕子《易·明夷》：六五，箕子之明夷，利贞。

政典《夏书》：政典曰：先时者杀无赦，不及时者杀无赦。

迟任《盘庚》：迟任有言曰：人惟求旧，器非求旧，惟新。

鹖冠《汉·艺文志》：《鹖冠子》一篇。注：楚人，居深山，以鹖为冠。按：贾谊《鵩鸟赋》中多用《鹖冠子》语。

引李斯书李斯《谏逐客书》：建翠凤之旗，树灵鼍之鼓。司马相如《上林赋》：建翠华之旗，树灵鼍之鼓。

百官扬雄有《百官箴》。

遂初《刘歆集》有《遂初赋》。按：赋中感往寓意，皆纪传中事。

捃摭《汉·艺文志》：捃摭遗逸。注：捃摭，谓拾取之。

布濩《东京赋》：声教布濩。注：布濩，犹散被也。

自奏不学扬雄《答刘歆书》：雄为郎之岁，自奏少不得学，而心好沉博绝丽之文，愿不受三岁之奉，且休脱直事之繇，得肆心广意以自克就。有诏可不夺奉，令尚书赐笔墨钱六万，得观书于石渠。

狐腋《商君传》：千羊之皮，不如一狐之腋。

鸡跖《淮南子》：善学者若齐王之食鸡，必食其跖数千而后足。

刘劭《魏志》：刘劭字孔才，尝作《赵都赋》，明帝美之。

歃盟毛遂事，见《祝盟》篇。

管库隶臣《檀弓》：所举于晋国管库之士，七十有余家。《左传》：舆臣隶，隶臣僚。注：隶，谓隶属于吏也。

鼓缶《蔺相如传》：赵王与秦王会渑池，秦王酒酣，令赵王鼓瑟。蔺相如奉盆缶秦王，以相娱乐。秦王不肯击缶，相如曰：五步之内，相如请得以颈血溅大王矣。于是秦王不怿，为一击缶。《风俗通义》：缶者，瓦器，所以盛酒，秦人鼓之以节歌也。按：相如本宦者缪贤舍人，故云管库隶臣。

寸辖《淮南子》：夫车之所以能转千里者，以其要在三寸之辖。

运关《文子》：五寸之关，能制开阖，所居要也。

卫足《左传》：齐刖鲍牵。孔子曰：鲍庄子之智不如葵，葵犹能卫其足。

庇根《左传》：宋昭公将去群公子，乐豫曰：不可。公族，公室之枝叶也，若去之，则本根无所庇荫矣。葛藟犹能庇其本根，故君子以为比，况国君乎！

山木《左传》：山有木，工则度之。

匠石《庄子》：匠石之齐，见栎社树。匠石不顾，曰：此不材之木也。嵇康《琴赋》：匠石奋斤。

文梓《吴越春秋》：越王使木工伐木，天生神木一双，阳为文梓，阴为梗楠。

无懵《左传》：不与于会，亦无蓸焉。注：蓸，闷也。蓸与懵同。

练字第三十九

夫文象列而结绳移，鸟迹明而书契作，斯乃言语之体貌，而文章之宅宇也。苍颉造之，鬼哭粟飞；黄帝用之，官治民察。先王声教，书必同文，輶轩之使，纪言殊俗，所以一字体，总异音。《周礼》保章氏，掌教六书。秦灭旧章，以吏为师，及李斯删籀而秦篆兴，程邈造隶而古文废。汉初草律，明著厥法。太史学童，教试六体。又吏民上书，字谬辄劾。是以马字缺画，而石建惧死，虽云性慎，亦时重文也。至孝武之世，则相如撰篇。及宣成二帝，征集小学，张敞以正读传业，扬雄以奇字纂训，并贯练《雅》《颂》，总阅音义，鸿元作"鸣"，朱改。笔之徒，莫不洞晓，且多赋京苑，假借形声，是以前汉小学，率多玮字，非独制异，乃共晓难也。

纪评："鸣"字不误。

暨乎后汉，小学转疏，复文隐训，臧否太半。及魏代缀藻，则字有常检，追观汉作，翻成阻奥。故陈思称扬马之作，趣幽旨深，读者非师传不能析其辞，非博学不能综其理。岂直才悬，抑亦字隐。自晋来用字，率从简易，时并习易，人谁取难？今一字诡异，则群句震惊；三人弗识，则将成字妖矣。后世所同晓者，虽难斯易，时所共废，虽易斯难，趣舍之间，不可不察。

纪评：胸富卷轴，触手纷纶，自然瑰丽，方为巨作。若寻检而成，格格然着于句中，状同镶嵌，则不如竟用易字。文之工拙，原不在字之奇否。沈休文三易之说，未可非也。若才本肤浅而务于炫博以文拙，则风更下矣。

黄评：六经之文，有三尺童子胥知者，有师儒宿老所未习者，岂有一定之难易哉？缘于世所共晓与共废耳。

夫《尔雅》者，孔徒之所纂，元作"慕"，许改。而《诗》《书》之襟带也；《仓颉》者，李斯之所辑，而鸟籀之遗体也；《雅》以渊源诂❶训，《颉》以苑囿奇文，异体相资，如左右肩股，该旧而知新，亦可以属文。若夫

---

❶ "源诂"，元本作"渊诂"。

248

义训古今，兴废殊用，字形单复，妍媸异体，心既托声于言，言亦寄形于字，讽诵则绩在宫商，临文则能归字形矣。

是以缀字属篇，必须练择：一避诡异，二省联边，三权重出，元作"幽钦"，愚公改。四调单复。诡异者，字体环怪者也。曹摅诗称岂不愿斯游，褊心恶呁呶。两字诡异，大疵美篇，况乃过此，其可观乎！联边者，半字同文者也。状貌山川，古今咸用，施于常文，则龃龉元作"鉏铔"，朱改。为瑕，如不获免，可至三接，三接之外，其字林乎！重出者，同字相犯者也。《诗》《骚》元作"验"。适会，而近世忌同，若两字俱要，则宁在相犯。故善为文者，富于万篇，贫于一字，一字非少，相避为难也。单复者，字形肥瘠者也。瘠字累句，则纤疏而行劣；肥字积文，则黯䵝元作"默"，朱改。而篇暗；善酌字者，参伍单复，磊落如珠矣。凡此四条，虽文不必有，而体例不无。若值而莫悟，则非精解。

纪评：此论当知。

纪评：此则无甚关系。

纪评："富于"二句，甘苦之言。

纪评：复字病小，累句病大，故宁相犯。

至于经典隐暧，方册纷纶，简蠹帛裂，三写易字，或以音讹，或以文变。子思弟子，于穆不祀者，音讹之异也。晋之史记，三豕渡河，文变之谬也。《尚书大传》有别风淮雨，《帝王世纪》云列风淫雨。别列淮淫，字似潜移；淫列义当而不奇，淮别理乖而新异。傅毅制诔，已用淮雨，固知爱奇之心，古今一也。史之阙文，圣人所慎，若依义弃奇，则可与正文字矣。

纪评：此尤无关系。

纪评：此补出承讹一层，为明知而爱奇故用者言。今人文字动称夏五月为夏五，亦"淮雨"之类矣。

赞曰：篆隶相镕，《苍》《雅》品训。古今殊迹，妍媸异分。字靡异流，文阻难运。声画昭精，墨采腾奋。

鬼哭粟飞《淮南子》：昔者苍颉作书而天雨粟，鬼夜哭。

官治民察见《征圣》篇"象夬"注。

轺轩《风俗通》：周秦常以岁八月，轺轩使采异代方言，藏之秘府。

六书《周礼》：保氏教国子六艺，五曰六书。注：象形，会意，转注，指事，假借，谐声。

吏师《秦始皇本纪》：若欲有学法令，以吏为师。

删籀、造隶《汉·艺文志》：《苍颉》七章，秦丞相李斯所作也。文字多取《史籀》篇，而篆体复颇异，所谓秦篆者也。是时始造隶书矣，起于官狱多事，苟趋省易，施之于徒隶也。

六体《汉·艺文志》：汉兴，萧何草律，亦著其法，曰：太史试学童，能讽书九千字以上，乃得为史。又以六体试之，课最者以为尚书御史史、书令史。吏民上书，字或不正辄举劾。六体者，古文、奇字、篆书、隶书、缪篆、虫书。注：篆书谓小篆，盖秦始皇使程邈所作也。隶书亦程邈所献。

马字缺画《万石君传》：长子建，为郎中令。奏事下，建读之，惊恐曰：书马者与尾而五，今乃四，不足一，获谴死矣。其为谨慎，虽他皆如是。

相如撰篇《汉·艺文志》：武帝时，司马相如作凡将篇，无复字。

张敞传业《汉·艺文志》：《仓颉》多古字，俗师失其读。宣帝时，征齐人能正读者，张敞从受之。传至外孙之子杜林，为作训故。《杜邺传》：邺少孤，其母张敞女。邺壮，从敞子吉学问，得其家书。吉子竦，又幼孤，从邺学问，亦著于世，尤长小学。邺子林，清静好古，亦有雅材，其正文字，过于邺、竦，故世言小学者由杜公。

扬雄纂训《汉·艺文志》：元始中，征天下通小学者以百数，各令记字于庭中。扬雄取其有用者，以作《训纂篇》。

太半《东京赋》注：凡数，三分有二为太半。

孔徒《西京杂记》：郭威以为《尔雅》周公所制。余尝以问扬子云，子云曰：孔子门徒游、夏之俦所记，以解释六艺者也。

三接之外按：三接者，如张景阳《杂诗》"洪潦浩方割"、沈休文《和谢宣城诗》"刷羽泛清源"之类。三接之外，则曹子建《杂诗》"绮缟何缤纷"、陆士衡《日出东南隅行》"璚珮结瑶璠"，五字而联边者四，宜有字林之讥也。若赋则更有十接、二十接不止者矣。

黯黮刘向《九叹》：望旧邦之黯黮兮。注：黯黮，暗也。

三写《抱朴子》：书三写，鱼成鲁，虚成虎。

三豕《家语》：子夏见读史志者云：晋师伐秦，三豕渡河。子夏曰：非也，己亥耳。读者问诸晋史，果曰己亥。

251

隐秀第四十

　　夫心术之动远矣，文情之变深矣，源奥而派生，根盛而颖峻，是以文之英蕤，有秀有隐。隐也者，文外之重旨者也；秀也者，篇中之独拔者也。隐以复意为工，秀以卓绝为巧，斯乃旧章之懿绩，才情之嘉会也。夫隐之为体，义主汪作"生"。文外，秘响傍通，伏采潜发，譬爻象之变互元作"玄"，王改。体，川渎之韫珠玉也。故互❶体变爻，而化成四象；珠玉潜❷水，而澜表方圆。始正而末奇，内明而外润，使玩之者无穷，味之者不厌矣。彼波起辞间，是谓之秀，纤手丽音，"纤丽"字阙。宛乎逸态，若远山之浮烟霭，娈女之靓容华。然烟霭天成，不劳于妆点；容华格定，无待于裁镕；深浅而各奇，𪩘字典无"𪩘"字，应是"穠"字之误。纤而俱妙，若挥之则有余，而揽之则不足矣。

　　黄评：陆平原云"一篇之警策"，其秀之谓乎？

　　纪评："生"字是。

　　纪评：纯任自然，彦和之宗旨，即千古之定论。

---

❶ "互"，元本作"玄"。
❷ 本篇"潜"字以下天启本皆脱。

夫立意之士，务欲造奇，每驰心于玄默之表；工辞之人，必欲臻美，恒溺思于佳丽之乡。呕心吐胆，不足语穷；煅岁炼年，奚能喻苦？故能藏颖词间，昏迷于庸目；露锋文外，惊绝乎妙心。使醖藉者蓄隐而意愉，英锐者抱秀而心悦，譬诸裁云制霞，不让乎天工；斫卉刻葩，有同乎神匠矣。若篇中乏隐，等宿儒之无学，或一叩而语穷；句间鲜秀，如巨室之少珍，冯本有此二字。若百诘"诘"字阙。而色沮。斯并不足于才思，而亦有愧于文辞矣。

将欲征隐，聊可指篇。古诗之离别，乐府之长城，词怨旨深，而复兼乎比兴；陈思之黄雀，公幹之青松，格刚才劲，而并长于讽谕；叔夜之，阙二字。嗣宗之，阙二字。境玄思澹，而独得乎优闲；士衡之，阙二字。彭泽之，阙二字。以上四句功甫本阙八字。一本增入"疏放""豪逸"四字。心密语澄，而俱适乎。下阙二字，一本有"壮采"二字。

纪评：此转挂漏，且"隐"亦不止于诗。

如欲辨秀，亦惟摘句。常恐秋节至，凉飙夺炎热，意凄而词婉，此匹妇之无聊也；临河濯长缨，念子怅悠悠，志高而言壮，此丈夫之不遂也；东西安所之，徘徊以旁皇，心孤而情惧，此闺房之悲极也；朔风动秋草，边马有归心，气寒而事伤，此羁旅之怨曲也。

纪评：此亦更仆难数。

纪评：此一页词殊不类，究属可疑。"呕心吐胆"，似摭玉溪《李贺小传》"呕出心肝"语；"煅岁炼年"，似摭《六一诗话》周朴"月煅季炼"语；称渊明为彭泽乃唐人语，六朝但有征士之称，不称其官也。称班姬为匹妇，亦摭钟嵘《诗品》语，此书成于齐代，不应述梁代之说也。且《隐秀》之段，皆论诗而不论文，亦非此书之体，似乎明人伪托，不如从元本缺之。

凡文集胜篇，不盈十一；篇章秀句，裁可百二：并思合而自逢，非研虑之所求元作"果"，谢改。也。或有晦塞为深，虽奥非隐；❶雕削取巧，虽美非秀矣。故自然会妙，譬卉木之耀英华；润色取美，譬缯帛之染朱绿。朱绿染缯，深而繁鲜；英华曜树，浅而炜烨：秀句所以照文苑，盖以此也。

纪评：精微之论。

纪评：此"秀句"乃泛称佳篇，非本题之"秀"字。

赞曰：深文隐蔚，余味曲包。辞生互❷体，有似变爻。言之秀矣，万虑一交。动心惊耳，逸响笙匏。

互体《左传》杜氏注：《易》之为书，六爻皆有变体，又有互体，圣人随其义而论之。疏：二至四，三至五，两体交互，各成一卦，先儒谓之互体。圣人随其义而论之，或取互体，言其取义无常也。

澜表方圆《尸子》：水圆折者有珠，方折者有玉。

古诗离别《古诗十九首》：行行重行行，与君生别离。

乐府长城乐府古辞有《饮马长城窟行》。长城，蒙恬所

---

❶ "晦塞为深，虽奥非隐"，元本脱。
❷ "互"，元本作"牙"。

筑也。言征之客至长城而饮其马，妇思之，故为《长城窟行》。

黄雀 陈思王有《野田黄雀行》。

青松 刘公幹诗：亭亭山上松。

彭泽 《陶潜传》：潜字渊明，或云元亮，为镇军建威参军，后为彭泽令。

黄云：《隐秀》篇自"始正而末奇"至"朔风动秋草""朔"字，元至正乙未刻于嘉禾者即阙此叶，此后诸刻仍之。胡孝辕、朱郁仪皆不见完书，钱功甫得阮华山宋椠本钞补，后归虞山，而传录于外甚少。康熙庚辰，何心友从吴兴贾人得一旧本，适有钞补《隐秀》篇全文。辛巳，义门过隐湖，从汲古阁架上见冯巳苍所传功甫本，记其阙字以归。如"疏放""豪逸"四字，显然为不学者以意增加也。

纪云：癸巳三月，以《永乐大典》所收旧本校勘，凡阮本所补悉无之，然后知其真出伪撰。

卷九

指瑕第四十一

纪评：文字之瑕，殊不胜指，此标举数篇以示戒，毋以挂漏为疑。

管仲有言：无翼而飞者声也，无根而固者情也。然则声不假翼，其飞甚易；情不待根，其固匪难。以之垂文，可不慎欤？古来文才，异世争驱，或逸才以爽迅，或精思以纤密，而虑动难圆，鲜无瑕病。陈思之文，群才之俊也，而《武帝诔》云尊灵永蛰，《明帝颂》云圣体浮轻。浮轻有似于胡蝶，永蛰颇疑于昆虫，施之尊极，岂其当乎？左思《七讽》，说孝而不从，反道若斯，余不足观矣。潘岳为才，善于哀文，然悲内兄，则云感口泽；伤弱子，则云心如疑。《礼》文在尊极，而施之下流，辞虽足哀，义斯替矣。若夫君子拟人，必于其伦，而崔瑗之诔李公，比行于黄虞；向秀之赋嵇生，方罪于李斯。与其失也，虽宁僭元作"降"，孙改。无滥，然高厚❶之诗，不类甚矣。凡巧言易标，拙辞难隐，斯言之玷，实深白圭，繁例难载，故略举四条。

若夫立文之道，惟字与义。字以训正，义以理宣，

---

❶ "厚"，天启本作"原"。

而晋末篇章，依希其旨，始有赏际奇至之言，终无抚叩酬即谢云当作"酢"。之语，每单举一字，指以为情。夫赏训锡赉，岂关心解，抚训执握，何预情理？《雅》《颂》未闻，汉魏莫用；悬领似如可辩，课文了不成义，斯实情讹之所变，文浇之致弊。而宋来才英，未之或改，旧染成俗，非一朝也。近代辞人，率多猜忌，至乃比语求蚩，反音取瑕，虽不屑于古，而有择于今焉。又制同他文，理宜删革，若排疑作"采"。人美辞，以为己力，宝玉大弓，终非其有。全写则揭箧，傍采则探囊，然世远者太轻，时同者为尤矣。

若夫注解为书，所以明正事理；然谬于研求，或率意而断。《西京赋》称中黄育获之畴，而薛综谬注谓之阉尹，是不闻执雕虎之人也。又《周礼》井赋，旧有匹马；而应劭释匹，或量首数蹄，斯岂辩物之要哉！原夫古之正名，车两而马匹，匹元脱，杨补。两称目，以并耦为用。盖车贰佐乘，马俪骖服，服乘不只，故名号必双，名号一正，则虽单为匹矣。匹夫匹妇，亦配义矣。夫车马小义，而历代莫悟；辞赋近事，而千里致差；况钻灼经典，能不谬哉！夫辩言一作"匹"。而数筌一作"首"。蹄，选勇而驱阉尹，失理太甚，故举以为戒。丹青初炳而后渝，文章岁久而弥光，若能櫽括于一朝，可以无惭于千载也。

黄评：尝疑韩昌黎云："惟古于词必己出，降而不能乃剽贼，后皆指前公相袭。"所谓"必己出"者，将如何？必非杜撰之比也，然不杜撰恐又入于相袭矣，昌黎谓樊绍述之文从字顺，果可信乎！

纪评：此条无与文章，殊为汗漫。

　　赞曰：羿氏舛射，东野败驾。虽有俊才，谬则多谢。斯言一玷，千载弗化。令章靡疚，亦善之亚。

　　纪评：《指瑕》原为巨手言之。

　　管仲言《管子·戒》篇：管仲复于桓公曰：无翼而飞者声也，无根而固者情也。

　　陈思《陈思王集·武帝诔》：幽闼一启，尊灵永蛰。《冬至献袜颂》：翱翔万域，圣体浮轻。

　　口泽《礼·玉藻》：父没而不能读父之书，手泽存焉尔；母没而杯圈不能饮焉，口泽之气存焉尔。

　　如疑《檀弓》：孔子观送葬者曰：善哉为丧乎！其往也如慕，其反也如疑。潘岳《金鹿哀辞》：将反如疑，回首长顾。金鹿，岳幼子也。

　　方罪李斯《向秀传》：嵇康被诛，秀作《思旧赋》云：昔李斯之受罪兮，叹黄犬而长吟。悼嵇生之永辞兮，顾日影而弹琴。

　　宁僭无滥《左传》：郑子家曰：归生闻之，善为国者，赏不僭而刑不滥。赏僭则惧及淫人，刑滥则惧及善人，若不幸而过，宁僭无滥。

　　不类《左传》：晋侯与诸侯宴于温，使诸大夫舞，曰：歌诗必类，齐高厚之诗不类。

　　宝玉、大弓《春秋》：盗窃宝玉大弓。《左传》杜氏注：盗谓阳虎也。宝玉，夏后氏之璜。大弓，封父之繁弱。

　　胠箧、探囊《庄子》：将为胠箧、探囊、发匮之盗而为守备，则必摄缄縢，固扃鐍，此世俗之所谓知也。

中黄育获李善《文选注》：《尸子》曰：中黄伯曰：余左执太行之獶而右搏雕虎。《战国策》：范雎说秦王曰：乌获之力焉而死，夏育之勇焉而死。

井赋、匹马《周礼·小司徒》：经土地而井牧其田野。注：井十为通，通为匹马。疏：三十家出马一匹。

应劭释匹应劭《风俗通》：或曰：马夜行目明，照前四丈，故曰一匹。或曰：度马纵横，适得一疋。《汉·食货志》：布帛长四丈为匹。

车贰佐乘《礼·少仪》：乘贰车则式，佐车则否。注：贰车，朝祀之副车也。佐车，戎猎之副车也。又贰车者，诸侯七乘云云。

马俪《诗·大雅·大叔于田》：两骖如舞，两服上襄。

虽单为匹《左传》：匹夫无罪。注：《正义》曰：士大夫以上则有妾媵，庶人惟夫妻相匹。其名既定，虽单亦通，故韦昭通谓之匹夫匹妇也。按：《易·中孚》：象曰：马匹亡，谓四与初绝，如马之亡其匹也。可证训匹之义，正与匹夫匹妇一例。

配义《尔雅·释诂》：匹，合也。疏：匹者，配合也。

羿氏舛射《帝王世纪》：帝羿有穷氏与吴贺北游，贺使羿射雀左目，误中右目。羿抑首而愧，终身不思。

败驾《庄子》：东野稷以御见庄公，进退中绳，左右旋中规。庄公以为文弗过也，使之钩百而反。颜阖遇之，入见曰：稷之马将败。公密而不应。少焉，果败而反。公曰：子何以知之？曰：其马力竭矣，而犹求焉，故曰败。

多谢郭象《庄子注》：不可多谢尧舜而推之为兄也。

养气第四十二

　　昔王充著述，制养气之篇，验己而作，岂虚造哉！夫耳目鼻口，生之役也；心虑言辞，神之用也。率志委和，则理融而情畅；钻砺过分，则神疲而气衰，此性情之数也。夫三皇辞质，心绝于道华；帝世始文，言贵于敷奏。三代春秋，虽沿世弥缛，并适分胸臆，非牵课才外也。战代枝诈，攻奇饰说；汉世迄今，辞务日新，争光鬻采，虑亦竭矣。故淳言以比浇辞，文质悬乎千载；率志以方竭情，劳逸差于万里；古人所以余裕，后进所以莫遑也。

　　凡童少鉴浅而志盛，长艾识坚而气衰。志盛者思锐以胜劳，气衰者虑密以伤神。斯实中人之常资，岁时之大较也。若夫器分有限，智用无涯，或惭凫企鹤，沥辞镌思，于是精气内销，有似尾闾之波；神志外伤，同乎牛山之木。恒惕之盛一作"成"。疾，亦可推矣。至如仲任置砚以综述，叔元作"敬"，孙无挠改。通怀笔以专业，既暄之以岁序，又煎之以日时，是以曹公惧为文之伤命，陆云叹用思之困神，非虚谈也。

　　夫学业在勤，功庸弗怠，❶故有锥股自厉，和熊以苦

---

❶ "功庸弗怠"，元本脱。

之人。❶志于文也，则申写郁滞，故宜从容率情，优柔适会。若销铄精胆，蹙迫和气，秉牍以驱龄，洒翰以伐性，岂圣贤之素心，会文之直理哉？且夫思有利钝，时有通塞，沐则心覆，且或反常；神之方昏，再三愈黩。是以吐纳文艺，务在节宣，清和其心，调畅其气，烦而即舍，勿使壅滞；意得则舒怀以命笔，理伏则投笔以卷怀，逍遥以针劳，谈笑以药倦。常弄闲于才锋，贾余于文勇，使刃发如新，凑理无滞，虽非胎息之迈❷术，斯亦卫气之一方也。

黄评：学宜苦而行文须乐。

纪评："志"当作"至"。

纪评：此非惟养气，实亦涵养文机。《神思》篇虚静之说可以参，观彼疲困躁扰之余，乌有清思逸致哉。

赞曰：纷哉万象，劳矣千想。玄神宜宝，素气资养。水停以鉴，火静而朗。无扰文虑，郁此精爽。

养气 王充《论衡·自纪》篇：章和二年，罢州家居，年渐七十，乃作养性之书，凡十六篇。养气自守，适食则酒，闭明塞聪，爱精自保，适辅服药引导，庶冀性命可延，斯须不老。

长艾《曲礼》：五十曰艾。

惭凫企鹤《庄子》：凫胫虽短，续之则忧。鹤胫虽长，

---

❶ "和熊以苦之人"，元本脱。
❷ "迈"，元本作"万"。

断之则悲。

尾闾《庄子》：北海若曰：天下之水莫大于海，万川归之，不知何时止而不盈。尾闾泄之，不知何时已而不虚。注：尾闾，海东川名。

置砚谢承《后汉书》：王充于宅内门户墙柱，各置笔砚简牍，见事而作，著《论衡》。

怀笔《曹褒传》：褒字叔通，博雅疏通，常憾朝廷制度未备，慕叔孙通为汉礼仪，昼夜研精，沉吟专思，寝则怀抱笔札，行则诵习文书，当其念至，忘所之适。

用思困神陆云《与兄平原书》：兄文章已自行天下，多少无所在，且用思困人，亦不事。

锥股《战国策》：苏秦乃发书、陈箧数十，得太公阴符，伏而诵之。读书欲睡，引锥自刺其股。

驱龄伐性王充《效力篇》：秦武王与孟说举鼎不任，绝脉而死。少文之人，与董仲舒等涌胸中之思，必将不任，有绝脉之变。王莽之时，省五经章句，皆为二十万，博士弟子郭路夜定旧说，死于烛下。精思不任，绝脉气灭也。

心覆《左传》：晋侯之竖头须求见，公辞焉以沐。谓仆人曰：沐则心覆，心覆则图反，宜吾不得见也。仆人以告，公遽见之。

节宣《左传》：节宣其气。

贾余《左传》：齐高固曰：欲勇者，贾余余勇。

腠理《吕氏春秋》：伊尹曰：用新去陈，腠理遂通。高诱曰：腠理，肌脉也。

胎息《汉武内传》：王真习闭气而吞之，名曰胎息。行之断谷一百余年，肉色光美，力并数人。《抱朴子》：胎息者，能以鼻口嘘吸，如在胎之中。《宋史·艺文志》：有卧龙隐者《胎息歌》一卷。

水停《庄子》：水静则明烛须眉。

精爽《左传》：心之精爽，是谓魂魄。

附会第四十三

纪评："附会"者，首尾一贯，使通篇相附而会于一，即后来所谓章法也。

何谓附会？谓总文理，统首尾，定与夺，合涯际，弥纶一篇，使杂而不越者也。若筑室之须基构，裁衣之待缝缉矣。

夫才量学文，宜正体制，必以情志为神明，事义为骨髓，辞采为肌肤，宫商为声气，然后品藻玄黄，摛振金玉，献可替否，以裁厥中，斯缀思之恒❶数也。

纪评：此三行可节。

凡大体文章，类多枝派，整派者依源，理枝者循干，是以附辞会义，务总纲领，驱万涂于同归，贞百虑于一致。使众理虽繁，而无倒置之乖；群言虽多，而无棼丝之

---

❶ "恒"，元本、天启本作"常"。

乱。扶阳而出条，顺阴而藏迹，首尾周密，表里一体，此附会之术也。夫画者谨发而易貌，射者仪毫而失墙，锐精细巧，必疏体统。故宜诎寸以信尺，枉尺以直寻，弃偏善之巧，学具美之绩，此命篇之经略也。

纪评：此为命意布局时言。

纪评：此所谓有句无篇。

夫文变多汪作"无"。方，意见浮杂，约则义孤，博则辞叛，率故多尤，需为事贼。且才分不同，思绪各异，或制首以通尾，或尺一作"片"。接以寸附，然通制者盖寡，接附者甚众。若统绪失宗，辞味必乱；义脉不流，则偏枯文体。夫能悬识凑理，然后节文一作"文节"。自会，如胶之粘木，豆之合黄矣。是以驷牡异力，而六辔如琴，并驾齐驱，而一毂统辐。❶驭文之法，有似于此。去留随心，修短在手，齐其步骤，总辔而已。

纪评：此为行文时言。

纪评："豆之合黄"未详，俟考。

故善附者异旨如肝胆，拙会者同音如胡越。改章难于造篇，易字艰于代句，此已然之验也。昔张汤拟奏而再却，虞松草表而屡谴，并理事之不明，而词旨之失调也。及倪宽更草，钟会易字，而汉武叹奇，晋景称善者，乃理得而事明，心敏而辞当也。以此而观，则知附会巧拙，相去远哉！若夫绝笔断章，譬乘舟之振楫；会词切理，如引

---

❶ "并驾齐驱，而一毂统辐"，元本脱。

辔以挥鞭。❶克终底绩，寄深写远。若首唱荣华，而媵句憔悴，则遗势郁湮，余风不畅，此《周易》所谓"臀无肤，其行次且"也。惟首尾相援，则附会之体，固亦无以加于此矣。

纪评：此言收束亦不可苟，诗家以结句为难，即是此意。

赞曰：篇统间关，情数稠叠。原始要终，疏条布叶。道味相附，悬绪自接。如乐之和，心声克协。

仪毫《吕氏春秋·处方》篇：今夫射者仪毫而失墙，画者仪发而失貌，言审本也。

诎寸《文子》：老子曰：屈寸而伸尺，小枉而大直，圣人为之。

率故多尤《文赋》：或率意而寡尤。

事贼《左传》：需，事之贼也。

偏枯《吕氏春秋》：鲁公孙悼曰：我固能治偏枯。

悬识《扁鹊传》：扁鹊过齐，桓侯客之，入朝见曰：君有疾在腠理，不治将深。

总辔《家语》：善御马者，正身以总辔。

同音《贾谊传》：胡粤之人，生而同声，及其长而成俗，累数译不能相通，行有虽死而不相为者，则教习然也。

叹奇《倪宽传》：张汤为廷尉，有疑奏已再见却矣，掾史莫知所为。宽为言其意，掾史因使宽为奏。奏成，即时得可。异日汤见，上问曰：前奏非俗吏所及，谁为之者？汤言倪

---

❶ "会词切理，如引辔以挥鞭"，元本脱。

宽。上曰：吾固闻之久矣。

称善《世说》：司马景王命中书虞松作表，再呈不可。钟会取视，为定五字。松悦服，以呈景王。王曰：不当尔耶！

如乐《左传》：如乐之和，无所不谐。

总术第四十四

纪评：此篇文有讹误，语多难解。郭象云：自不害其宏旨，皆可略之。

今元作"令"，商改。之常言，有文有笔，以为无韵者笔也，有韵者文也。夫文以足言，理兼《诗》《书》，别目两名，自近代耳。颜延年以为笔之为体，言之文也；经典则言而非笔，传记则笔而非言。

纪评：此一段辨明文笔，其言汗漫，未喻其命意之本。

请夺彼矛，还攻其楯矣。何者？《易》之《文言》，岂非言文？若笔不言文，不得云经典非笔矣。将以立论，未见其论立也。予以为发口为言，属笔曰翰，常道曰经，述经曰传。经传之体，出言入笔，笔为言使，可强可弱。分疑有脱误。经以典奥为不刊，非以言笔为优劣也。昔陆氏《文赋》，号为曲尽，然泛论纤悉，而实体未该。故知九变之贯元作"实"，杨改。匪穷，元作"躬"，孙改。知言之选难备矣。

　　凡精虑造文，各竞新丽，多欲练辞，莫肯研术。落落之玉，或乱乎石；碌碌之石，时似乎玉。精者要约，匮者亦鲜；博者该赡，芜元作"无"，朱改。者亦繁；辩者昭晰，浅者亦露；奥者复隐，诡者亦典。或义华而声悴，或理拙而文泽。知夫调钟未易，张琴实难。伶人告和，不必尽窕槬字衍。之中；动用挥扇，何必穷初终之韵。魏文比篇章于音乐，盖有征矣。夫不截盘根，无以验利器；不剖文奥，无以辨通才。才之能通，必资晓术，自非圆鉴区域，大判条例，岂能控引情元作"清"。源，制胜文苑❶哉！

　　纪评：此一段剖析得失，疑似分明，然与前后二段不甚相属，亦未喻其意。

　　是以执术驭篇，似善弈之穷数；弃元作"筑"。术任心，如博塞之邀遇。故博塞之文，借巧傥来，虽前驱有功，而后援难继，少既无以相接，多亦不知所删，乃多少之并元作"非"，许改。惑，何妍蚩之能制乎？若夫善弈之文，则术有恒数。按部整伍，以待情会；因时顺机，动不失正。数逢其极，机入其巧，则义味腾跃而生，辞气丛杂而至。视之则锦绘，听之则丝簧，味之则甘腴，佩之则芬芳，断章之功，于斯盛矣。夫骥足虽骏，缰元作"缠"，许改。牵忌长，以万分一累，且废千里。况文体多术，共相弥纶，一物携贰，莫不解体。所以列在一篇，备总情变，譬三十之辐，共成一毂，虽未足观，亦鄙夫之

────────────

❶ "苑"，元本作"菀"。

见也。

纪评：大旨主于意在笔先，以法驭题。

黄评：四者兼之为难，可视可听而不可味，尤不堪嗅者，品之下也。

赞曰：文场笔苑，有术有门。务先大体，鉴必穷源。乘一总万，举要治繁。思无定契，理有恒存。

曲尽《文赋序》：他日殆可谓曲尽其妙。

九变汉武帝诏：《诗》云：九变复贯，知言之选。

玉石《老子·法本》：不欲琭琭如玉，落落如石。

窕槬《左传》：周灵王将铸无射，伶州鸠曰：夫音，乐之舆也，而钟，乐之器也。窕则不咸，槬则不容，今钟槬矣。

魏文魏文帝《典论·论文》：文以气为主，气之清浊有体，不可力强而致。譬之音乐，曲度虽均，节奏同检，至于引气不齐，巧拙有素，虽在父兄，不能移其子弟。

盘根《虞诩传》：不遇槃根错节，何以别利器乎？

博塞许慎《说文》：博，局戏也，六箸十二棋也。又行棋相塞曰博塞。

傥来《庄子》：轩冕在身，非性命也。物之傥来，寄也。

缰牵《战国策》：段干越谓韩相新城君曰：昔王良弟子驾千里之马，过京父之弟子。京父之弟子曰：马，千里之马也；服，千里之服也；而不能取千里，何也？曰：子缰牵长。故缰牵于事，万分之一也，而难千里之行。

三十之辐《考工记》：轮辐三十，以象日月也。

时序第四十五

黄评：文运升降，总萃此篇。今学子读毕五经、《史》《汉》后，以此等文进之，胜于多读八家文也。

纪评：此评谬陋。

时运交移，质文代变，古今情理，如可言乎？昔在陶唐，德盛化钧，野老吐何力之谈，郊童含不识之歌。有虞继作，政阜民暇，薰风诗于元后，烂[1]云歌于列臣。尽其美者，何乃心乐而声泰也！至大禹敷土，九序咏功；成汤圣敬，猗欤作颂。逮姬文之德盛，《周南》勤而不怨；大王之化淳，《邠风》乐而不淫；幽厉昏而《板》《荡》怒，平王微而《黍离》哀。故知歌谣文理，与世推移，风动于上，而波震于下者。

春秋以后，角战英雄，六经泥蟠，百家飙骇。方是时也，韩魏力政，燕赵任权；五蠹六虱，严于秦令。唯齐楚两国，颇有文学。齐开庄衢之第，楚广兰台之宫，孟轲宾馆，荀卿宰邑，故稷下扇其清风，兰陵郁其茂俗；邹子以谈天飞誉，驺奭以雕龙驰响；屈平联藻于日月，宋玉交彩于风云。观其艳说，则笼罩《雅》《颂》。故知炜烨之奇

[1] “烂”，天启本作“乡”。

意，出乎纵横之诡俗也。

爰至有汉，运接燔书，高祖尚武，戏儒简学，虽礼律草创，《诗》《书》未遑，然《大风》《鸿鹄》之歌，亦天纵之英作也。施及孝惠，迄于文景，经术颇兴，而辞人勿用，贾谊抑而邹枚沉，亦可知已。逮孝武崇儒，润色鸿业，礼乐争辉，辞藻竞骛。柏梁展朝宴之诗，金堤制恤民之咏；征枚乘以蒲轮，申主父以鼎食；擢公孙之对策，叹倪宽之拟奏；买臣负薪而衣锦，相如涤器而被绣。于是史迁寿王之徒，严终枚皋之属，应对固无方，篇章亦不匮，遗风余采，莫与比盛。越昭及宣，实继武绩，驰骋石渠，暇豫文会，集雕篆之轶材，发绮縠之高喻。于是王褒之伦，底禄待诏，自元暨成，降意图籍，美元作"笑"。玉屑之谭，元作"谏"。清金马之路；子云锐思于千首，子政雠校于六艺，亦已美矣。爰自汉室，迄至成哀，虽世渐百龄，辞人九变，而大抵所归，祖述《楚辞》，灵均余影，于是乎在。

自哀平陵替，光武中兴，深怀图谶，颇略文华，然杜笃献诔以免刑，班彪参奏元作"表"，张俊度改。以补令，虽非旁求，亦不遐弃。及明帝叠耀，崇爱儒术，肄礼璧堂，讲文虎观。孟坚珥笔于国史，贾逵给札元作"礼"，张改。于瑞元作"端"，张改。颂；东平擅其懿文，沛王振其通论，帝则藩仪，辉光相照矣。自安和已下，迄至顺桓，则有班傅三崔，王马张蔡，磊落鸿儒，才不时乏，而文章之选，存而不论。然中兴之后，群才稍改前辙，华实所附，斟酌经辞，盖历政讲聚，故渐靡儒风者也。降及灵帝，时好辞制，造羲皇之书，开鸿都之赋，而乐松之徒，招集浅陋，故杨赐号为驩兜，蔡邕比之俳优，其余风遗文，盖蔑如也。

自献帝播迁，文学蓬转，建安之末，区宇方辑。魏武以相王之尊，雅爱诗章；文帝以副君之重，妙善辞赋；陈思以公子之豪，下笔琳琅，并体貌英逸，故俊才云蒸。仲宣委质于汉南，孔璋归命于河北，伟长从宦于青土，公幹狗质于海隅，德琏综其斐然之思，元瑜展其翩翩之乐，文蔚休伯之俦，于叔元作“子俶”。德祖之侣，傲雅觞豆之前，雍容衽席之上，洒笔以成酣歌，和墨以藉谈笑。观其时文，雅好慷慨，良由世积乱离，风衰俗怨，并志深而笔长，故梗概而多气也。至明帝纂戎，制诗度曲，征篇章之士，置崇文之观，何刘群才，迭相照耀。少主相仍，唯高贵英雅，顾盼合章，动言成论。于时正始余风，篇体轻澹，而嵇阮应缪，并驰文路矣。

逮晋宣始基，景文克构，并迹沉儒雅，而务深方术。至武帝惟新，承平受命，而胶序篇章，弗简皇虑。降及怀愍，缀旒而已。然晋虽不文，人才实盛。茂先摇笔而散珠，太冲动墨而横锦，岳湛曜联璧之华，机云标二俊之采，应傅三张之徒，元作“从”。孙挚成公之属，并结藻清英，流韵绮靡。前史以为运涉季世，人未尽才，诚哉斯谈，可为叹息！

元皇中兴，披文建学，刘刁礼吏而宠荣，景纯文敏而优擢。逮明帝秉❶哲，元作“束皙”。雅好文会，升储

---

❶ “秉”，元本作“东”。

御极，孳孳讲艺，练情于诰策，振采于辞赋；庾以笔才逾亲，温以文思益厚，揄扬风流，亦彼时之汉武也。及成康促龄，穆哀短祚，简文勃兴，渊乎清峻，微言精理，函何本改"丞"。满元席，澹思浓采，时洒文囿。至孝武不嗣，安恭已矣。其文史则有袁殷之曹，孙干之辈，虽才或浅深，珪璋足用。自中朝贵玄，江左称盛，因谈余气，流成文体。是以世极迍邅，而辞意夷泰，诗必柱下之旨归，赋乃漆园之义疏。故知文变染乎世情，兴废系乎时序，原始以要终，虽百世可知也。

自宋武爱文，文帝彬雅，秉文之德，孝武多才，英采云构。自明帝元脱。以下，文理替矣。尔其缙绅之林，霞蔚而飙起；王袁联宗以龙章，颜谢重叶以凤采，何范张沈之徒，亦不可胜也。盖闻之于世，故略举大较。

暨皇齐驭宝，运集休明。太祖以圣武膺箓，高祖以睿文纂业，文帝以贰离含章，中宗以上哲兴运，并文明自天，缉遐疑作"熙"。景祚。今圣历方兴，文思光元作"充"。被，海岳降神，才英秀发。驭飞龙于天衢，驾骐骥于万里，经典礼章，跨周轹汉，唐虞之文，其鼎盛乎！鸿风懿采，短笔敢陈；扬言赞时，请寄明哲。

赞曰：蔚映十代，辞采九变。枢中所动，环流无倦。质文沿时，崇替在选。终古虽远，旷注作"暖"。焉如面。

野老《帝王世纪》：帝尧之世，天下太和，百姓无事，有老人击壤而歌曰：日出而作，日入而息，凿井而饮，耕田而食，帝力何有于我哉！

郊童《列子》：尧治天下五十年，不知天下治与不治，乃微服游于康衢，闻童谣云：立我蒸民，莫匪尔极，不识不知，顺帝之则。

薰风见《明诗》篇。

烂云见《通变》篇。

猗欤郑康成《诗谱》：汤受命定天下，后世有中宗、高宗者，此三主有受命中兴之功，时有作诗颂之者。商德之坏，武王伐纣，封纣兄微子启为宋公。七世至戴公时，大夫正考父校商之名颂十二篇于周太师，以《那》为首，其首章曰：猗欤那欤！

周南《诗小序》：《关雎》《麟趾》之化，王者之风，故系之《周南》，言化自北而南也。

邠风《诗谱》：豳者，后稷之曾孙曰公刘者，自邰而出，所徙戎狄之地名。至商之末世，太王又避戎狄之难，而入处于岐阳。成王之时，周公避流言之难，出居东都；思公刘太王居豳之职，忧念民事至苦之功，以比序己志。后成王迎而反之。太史述其志主于豳公之事，故别其诗以为豳国变风焉。

幽厉《诗小序》：《板》，凡伯刺厉王也。《荡》，召穆公伤周室大坏也。厉王无道，天下荡荡，无纲纪文章，故作是诗也。

平王《诗注疏》：平王东迁，政遂微弱，不能复雅，下列称风。《诗·黍离章》注：周既东迁，大夫行役至于宗周，过故宗庙宫室，尽为禾黍。闵周室之颠覆，彷徨不忍去，故赋其所见。

泥蟠 班固《答宾戏》：泥蟠而天飞者，应龙之神也。

五蠹六虱 见《诸子》篇。

庄衢《驺奭传》：驺采驺衍之术以纪文。齐王嘉之，自如淳于髡以下皆命曰列大夫，为开第康庄之衢，高门大屋，尊宠之。

兰台 见《夸饰》篇"景差"注。

荀卿《荀卿传》：卿适楚，春申君以为兰陵令。

稷下《孟子传》：自邹衍与齐之稷下先生如淳于髡、慎到、环渊、接子、田骈、驺奭之徒，各著书言治乱之事以干世主，岂可胜道哉？《索隐》曰：稷，齐之城门也。谓齐之学士集于稷门之下也。

谈天、雕龙 见《诸子》篇。

燔书《秦始皇本纪》：李斯奏请史官非秦记皆烧之。非博士官所职，天下敢有藏《诗》《书》、百家语者，悉诣守尉杂烧之。令下三十日不烧，黥为城旦。制曰可。

戏儒《郦食其传》：骑士曰：沛公不喜儒，诸客冠儒冠来者，沛公辄解其冠，溺其中。

礼律草创《汉·礼乐志》：汉兴，拨乱反正，日不暇给，犹命叔孙通制礼仪，以正君臣之位。未尽备而通终。《律历志》：汉兴，方纲纪大基，庶事草创，袭秦正朔，以北平侯张苍言，用颛顼历比于六历。

大风 见《乐府》篇。

鸿鹄《留侯世家》：上欲易太子，留侯谏不听。及燕置酒，太子侍，东园公、甪里先生、绮里季、夏黄公四人从太子，上召戚夫人曰：彼四人辅之，羽翼已成，难动矣。戚夫人泣。上曰：为我楚舞，吾为若楚歌。歌曰：鸿鹄高飞，一举千里，羽翼已就，横绝四海。横绝四海，当可奈何！虽有矰缴，尚安所施！

文景《汉书》：孝文皇帝，高祖中子也。孝景皇帝，文帝太子也。赞曰：周云成康，汉言文景，美矣。

贾谊《贾谊传》：天子议以谊任公卿之位，绛、灌、东阳侯、冯敬之属尽害之，乃毁谊曰：雒阳之人，年少初学，专欲擅权，纷乱诸事。于是天子后亦疏之，不用其议，以谊为长沙王太傅。

邹枚邹阳见前。《枚乘传》：景帝召拜乘为宏农都尉。乘久为大国上宾，与英俊并游，得其所好，不乐郡吏，以病免官。

孝武《汉武帝纪赞》：孝武初立，表章六经，兴太学，号令文章，焕焉可述。后嗣得遵洪业，而有三代之风。

柏梁见《明诗》篇。

金堤《汉·沟洫志》：武帝既封禅，发卒数万人，塞瓠子决河。上悼功之不成，乃作歌。卒塞瓠子，筑宫其上，名曰宣防。《王尊传》：河水盛溢，泛浸瓠子金堤。

蒲轮《枚乘传》：武帝自为太子闻乘名，及即位，乃以安车蒲轮征乘。

鼎食《主父偃传》：尊立卫皇后，及发燕王定国阴事，偃有功焉。大臣皆畏其口，赂遗累千金。人或说偃曰：太横矣。主父曰：丈夫生不五鼎食，死即五鼎烹耳。

对策见《议对》篇。

疑奏见《附会》篇"叹奇"注。

负薪《朱买臣传》：家贫，常艾薪樵卖以给食。拜会稽太守。上谓曰：富贵不归故乡，如衣锦夜行，今子何如？

涤器《司马相如传》：相如与文君俱之临邛，尽卖车骑，买酒舍。乃令文君当卢，相如身自着犊鼻裈，与庸保杂作，涤器于市中。后为中郎将，至蜀，太守以下郊迎，县令负弩矢先驱，蜀人以为宠。

寿王《吾邱寿王传》：年少以善格五召待诏。后为光禄大夫侍中。

严《严安传》：安，临淄人，以故丞相史上书为骑马令。

终《终军传》：军少好学，以辩博能属文，上书言事。武帝异其文，拜为谒者给事中。

枚皋《枚皋传》：皋不通经术，诙笑类俳倡，为赋颂好嫚戏，以故得媟黩贵幸，比东方朔、郭舍人等，而不得比严助等得尊官。

昭《汉·昭帝纪》：孝昭皇帝，武帝少子也。武帝崩，即皇帝位。

宣《汉·宣帝纪》：孝宣皇帝，武帝曾孙，戾太子孙也。昭帝崩，征昌邑王。王淫乱，大臣请废，迎帝即皇帝位。

石渠见《论说》篇。

雕篆见《诠赋》篇。

绮縠同上。

底禄《左传》：叔向曰：底禄以德。

元《汉·元帝纪》：孝元皇帝，宣帝太子也，宣帝微时生民间。宣帝即位，立为太子，壮大，柔仁好儒。宣帝崩，太子即皇帝位。

成《汉·成帝纪》：孝成皇帝，元帝太子也。元帝崩，即皇帝位。

金马《滑稽传》：东方朔歌曰：陆沉于俗，避世金马门。

千首见《诠赋》篇。

六艺《汉·艺文志》：刘歆《七略》有《六艺略》。详《诸子》篇。

哀平《汉·哀帝纪》：孝哀皇帝，元帝庶孙，定陶恭王子也。成帝无子，立为皇太子。成帝崩，即皇帝位。《汉·平帝纪》：孝平皇帝，元帝庶孙，中山孝王子也。哀帝崩，即皇帝位。

光武《后汉·光武帝纪》：光武皇帝讳秀，长沙定王之后，诛王莽复汉。

图谶见《正纬》篇。

免刑《后汉·文苑传》：杜笃收送京师，会大司马吴汉薨，光武诏诸儒诔之，笃于狱中为诔最高。帝美之，赐帛免刑。

参奏《班彪传》：彪为河西大将军窦融从事，为融画策事汉。及融征还京师，光武问曰：所上章奏，谁与参之？融以彪对。召见，拜徐令。

明帝《后汉·明帝纪》：孝明皇帝讳庄，光武第四子也。

璧堂璧雍，明堂也。《通鉴》：明帝永平二年，上帅群臣躬养三老五更于辟雍。礼毕，上自为下说。诸儒执经问难于前。冠带缙绅之士，圜桥门而观听者，以亿万计。

虎观见《论说》篇。

国史见《史传篇》"述汉"注。

给札《贾逵传》：有神雀集宫殿官府，帝问逵，逵对曰：此胡降之征也。帝敕兰台给笔札，使作《神雀颂》。

东平《后汉·东平宪王传》：苍少好经书，雅有智思，上《光武受命中兴颂》，帝甚善之。

沛王见《正纬》篇。

安和顺桓《后汉·帝纪》：孝和皇帝讳肇，肃宗第四子也。孝安皇帝讳祐，肃宗孙也。孝顺皇帝讳保，安帝之子也。孝桓皇帝讳志，肃宗曾孙也。

班固。

傅毅。

三崔骃、瑗、寔。

王延寿。

马融。

张衡。

蔡邕，俱见前。

灵帝《后汉·灵帝纪》：孝灵皇帝讳宏，肃宗玄孙也。《蔡邕传》：初，帝好学，自造《羲皇》篇五十章。因引诸生能为文赋者，本颇以经学相招，后诸为尺牍及工书鸟篆者，皆加引召，遂至数十人。侍中祭酒乐松、贾护多引无行趋势之徒，并待制鸿都门下，熹陈方俗闾里小事。邕上封事曰：连偶俗语，有类俳优。《杨赐传》：虹蜺昼降嘉德殿前，赐书对曰：鸿都门下，招会群小，如驩兜、共工，更相荐说。

献帝《后汉·献帝纪》：孝献皇帝讳协，灵帝中子也。初封陈留王，董卓立之。建安二十五年，禅于魏。赞曰：献生不辰，身播国屯。

蓬转《西征赋》：飘萍浮而蓬转。

魏武《魏志》：太祖武皇帝姓曹，讳操，字孟德。举孝廉，为郎，迁丞相，封魏王。文帝追谥曰武皇帝。

文帝《魏志》：文皇帝讳丕，字子桓，武帝太子也。建安十六年，为五官中郎将副丞相。二十二年，立为魏太子。太祖崩，嗣位为丞相魏王，受汉禅，即皇帝位。

陈思《魏志》：陈思王植字子建，善属文。邺铜爵台新成，太祖悉将诸子登台，使各为赋，植援笔立成可观，太祖甚异之。

体貌《贾谊传》：体貌大臣。注：体貌，谓加礼容而敬之。

俊才云蒸仲宣、孔璋、伟长、公幹、德琏、元瑜、子傲俱见前。《典略》：路粹字文蔚，与陈琳等俱为太祖典记室。繁钦字休伯，以文才机辩，少得名于汝颍，为丞相主簿。杨修字德祖，太尉彪之子也，为丞相仓曹属主簿。

梗概按：《文选·东京赋》注云：不纤密。则是大概之意。此处运用各别。查字典引刘桢《鲁都赋》云：贵交尚信，轻命重气，义激毫毛，怨成梗概。是直作感慨用也。

明帝见前。

度曲《汉书》：元帝吹洞箫，自度曲。注：自隐度作新曲。

崇文观《魏志》：明帝四年，置崇文观，征善属文者以充之。

何晏。

刘劭。俱见前。

高贵《魏志》：高贵乡公讳髦，东海定王之子。齐王芳废，大臣立之，为成济所弑。

正始余风《世说》：王丞相与殷中军共谈，叹曰：正始之音，正当尔耳。又王敦见卫玠曰：不意永嘉之中，复闻正始之音。

嵇康。

阮籍。

应场。

缪袭。俱见前。

晋宣、景、文、武、怀、愍《晋书》：司马懿字仲达，仕魏为太尉；武帝即位，追谥宣皇帝。懿长子师，字子元，仕魏为大将军，追谥景皇帝。师弟昭，字子上，仕魏封晋王，追谥文皇帝。昭子炎，字安仁，受魏禅，谥武皇帝。怀皇帝讳炽，武帝第二十五子也，惠帝无嗣，立为皇太弟；在位六年，为刘曜执归，弑之。孝愍皇帝讳邺，吴孝王晏之子也；初封秦王，怀帝遇害，大臣立之，在位四年，为刘曜执归，弑之。

缀旒《公羊传》：君若赘旒然，言为下所执持东西耳。赘亦作缀。

文才实盛茂先、太冲、应璩、傅咸、张载、张协、张亢、孙绰、挚虞、成公绥，俱见前。《晋·文苑传》：应贞字吉甫，璩之子也。善谈论，以才学称。帝于华林园宴射，贞赋诗最美。

联璧《夏侯湛传》：湛幼有盛才，文章宏富，善构新词，而美容观。与潘岳友善，每行止同舆接茵，京都谓之连璧。

二俊《陆机传》：太康末，与弟云俱入洛，造张华，华素重其名，如旧相识，曰：伐吴之役，利获二俊。

元皇《晋·元帝纪》：元皇帝讳睿，字景文，琅琊恭王觐之子也。愍帝崩，即皇帝位。

刘《刘隗传》：隗字大连，雅习文史，善求人主意。元帝深器遇之。

刁《刁协传》：协字元亮，久在中朝，谙练旧事。朝廷凡所制度，皆禀于协焉。

明帝《晋·明帝纪》：明皇帝讳绍，字道畿，元皇帝长子也。性至孝，有文武才略，钦贤爱客，雅好文辞。

庾《庾亮传》：亮，明穆皇后之兄也。与温峤俱为太子布衣之好，明帝即位，拜中书监。

温《温峤传》：峤字太真，明帝即位，拜侍中，机密大谋，皆所参综。

成、康、穆、哀《晋书》：成皇帝讳衍，字世根，明帝长子也，在位十七年。康皇帝讳岳，字世同，成帝同母弟也，在位二年。穆皇帝讳聃，字彭子，康帝子也，在位七年。哀皇帝讳丕，字千龄，成帝长子也，在位三年。

简文《晋·简文帝纪》：简文皇帝讳昱，字道万，元帝之少子也。帝少有风仪，善容止，留心典籍，不以居处为意，凝尘满席湛如也。

孝武、安、恭《晋书》：孝武帝讳曜，字昌明，简文第三子也，在位二十四年。安帝讳德宗，孝武帝长子也，在位二十年。恭帝讳德文，安帝同母弟也，刘裕废安帝立之，在位二年，禅于宋。

袁殷孙干袁宏、孙盛、干宝，俱见前。《殷仲文传》：

仲文少有才藻，桓玄将为乱，使总领诏命，以为侍中，领左卫将军。玄九锡，仲文之辞也。

柱下《法轮经》：老子在周武王时为柱下史。

漆园《史记》：庄子者，蒙人也，名周，尝为蒙漆园吏。

武帝、文帝、孝武、明帝《宋书》：武皇帝刘氏讳裕，彭城人，受晋恭帝禅。文皇帝讳义隆，武帝第三子也，檀道济废营阳王立之。孝武皇帝讳骏，文帝第三子也，初封武陵王，起兵诛元凶劭即位。明皇帝讳彧，文帝第十一子也，初封湘东王，废帝被弑，大臣迎立之。

王《宋书》：王僧达，少好学，善属文，为始兴王濬参军，历迁中书令。王微，少好学，无不通览，善属文，年十六举秀才，除南平王乐右军谘议参军。素无宦情，称疾不就。

袁《宋书》：袁淑博涉多通，好属文，辞采遒艳，纵横有才辩，彭城王起为祭酒，后迁至左卫率。府劭当行篡逆，淑谏见害。淑兄湛，湛兄子颛，颛从弟粲并有名。

龙章《世说》：顾彦先八音之琴瑟，五色之龙章。

颜《颜延之传》：延之文章之美，冠绝当时，与谢灵运俱以词彩齐名，江左称颜谢焉。

谢《谢灵运传》：灵运博览群书，文章之美，江左莫逮。史臣曰：爰逮宋氏，颜谢腾声。灵运之兴会标举，延年之体裁明密，并芳轨前秀，垂范后昆。

凤采《水经注》：庐山上有三石梁。吴猛将弟子登山过此梁，见一翁坐桂树下。山川明净，风泽清旷，嘉遁之士，继响窟岩，龙潜凤采之贤，往者忘归矣。

284

何范张沈《南史·何逊传》：逊弱冠，州举秀才，范云见其对策，大相称赏，因结忘年交。谓所亲曰：顷观文人，质则过儒，丽则伤俗，其能含清浊，中今古，见之何生矣。沈约尝谓逊曰：吾每读卿诗，一日三复，犹不能已。《范云传》：云善属文，下笔辄成，时人疑其宿构。《张邵传论》：有晋自宅淮海，张氏无乏贤良。及宋齐之间，雅道弥盛。前则云敷、演、镜、畅，盖其尤著者也。然景胤敬爱之道，少微立履所由，其殆优矣。思光行己卓越，非常俗所遵。齐高帝所云"不可有二，不可无一"，斯言其几得矣。《沈约传》：约博通群籍，能属文。

皇齐《南齐·高帝纪》：高皇帝讳道成，字绍伯，姓萧氏，仕宋封齐王，受宋禅。《南史》：齐高帝萧道成，庙号太祖。武帝萧赜，庙号世祖。文惠太子萧长懋，追尊为文帝，庙号世宗。明帝萧鸾，庙号高宗。并无中宗、高祖。

贰离《易·离卦》：彖曰：重明以丽乎正。象曰：明两作离。

环流《鹖冠子》：物极则反，命曰环流。

卷十

物色第四十六

　　春秋代序，阴阳惨舒，物色之动，心亦摇焉。盖阳气萌而玄驹步，阴律凝而丹鸟羞，微虫犹或入感，四时之动物深矣。若夫珪璋挺其惠心，英华秀其清气，物色相召，人谁获安？是以献岁发春，悦豫之情畅；滔滔孟夏，郁陶之心凝；天高气清，阴沉之志远；霰雪无垠，矜肃之虑深。岁有其物，物有其容；情以物迁，辞以情发。一叶且或迎意，虫声有足引心。况清风与明月同夜，白日与春林共朝哉！

　　是以诗人感物，联类不穷。流连万象之际，沉吟视听之区。写气图貌，既随物以宛转；属采附声，亦与心而徘徊。故灼灼状桃花之鲜，依依尽杨柳之貌，杲杲为出日之容，漉漉拟雨雪之状，喈喈逐黄鸟之声，喓喓学草虫之韵；皎日嘒星，一言穷理，参差沃若，两字穷❶形，并以少总多，情貌无遗矣。虽复思经千载，将何易夺？及《离骚》代兴，触类而长，物貌难尽，故重沓舒状，于是嵯峨之类聚，葳蕤之群积矣。及长卿之徒，诡势环声，模山范水，字必鱼贯，所谓诗人丽则而约言，辞人丽淫而

---

　　❶ "穷"，元本、天启本作"连"。

繁句也。至如《雅》咏棠华，或黄或白；《骚》述秋兰，绿叶紫茎。凡摛表五色，贵在时见，若青黄屡出，则繁而不珍。

纪评："随物婉转""与心徘徊"八字，极尽流连之趣，会此方无死句。

纪评：此病易犯，近体尤忌之。

自近代以来，文贵形似，窥情风景之上，钻貌草木之中。吟咏所发，志惟深远；体物为妙，功在密附。故巧言切状，如印之印泥，不加雕削，而曲写毫芥。故能瞻言而见貌，印疑作"即"。字而知时也。然物有恒姿，而思无定检，或率尔造极，或精思愈疏。且《诗》《骚》所标，并据要害，故后进锐笔，怯于争锋。莫不因方以借巧，即势以会奇，善于适要，则虽旧弥新矣。是以四序纷回，而入兴贵闲；物色虽繁，而析辞尚简，使味飘飘而轻举，情晔晔而更新。

纪评：此刻画之病，六朝多有。

黄评：陈子昂谓"齐梁间，彩丽竞繁而寄兴都绝"，正坐此也。

纪评：入微之论。

黄评：化臭腐为神奇，秘妙尽此。

纪评：此脱化之法。

黄评：天下事那件不从忙里错过，文亦然矣。

古来辞人，异代接武，莫不参伍以相变，因革以为功。物色尽而情有余者，晓会通也。若乃山林皋壤，实文思之奥府，略语则阙，详说则繁。然屈平所以能洞监

《风》《骚》之情者，抑亦江山之助乎！

纪评：四语尤精，凡流传佳句，都是有意无意之中偶然得一二语，都无累牍连篇、苦心力造之事，拖此一尾，烟波不尽。

赞曰：山沓水匝，树杂云合。目●既往还，心亦吐纳。春日迟迟，秋风飒飒。情往似赠，兴来如答。

纪评：诸赞之中，此为第一，政因题目佳耳。

玄驹《大戴礼·夏小正》：十有二月，玄驹贲。玄驹也者，蚁也。贲者何也？走于地中也。《法言》：吾见玄驹之步。

丹鸟《夏小正》：八月，丹鸟羞白马。注：丹鸟，萤也。白马，谓蚊蚋也。羞，进也，不尽食也。《古今注》：萤，一名丹鸟，一名夜光。

献岁《楚辞·招魂》：献岁发春兮。

滔滔《楚辞·九章》：滔滔孟夏兮。

天高宋玉《九辩》：泬寥兮天高而气清。

霰雪《楚辞·九章》：霰雪纷其无垠兮。

一叶《淮南子》：见一叶落而知岁之将暮。

灼灼《诗·周南》：桃之夭夭，灼灼其华。

依依《诗·小雅》：昔我往矣，杨柳依依。

杲杲《诗·卫风》：其雨其雨，杲杲出日。

瀌瀌《诗·小雅》：雨雪瀌瀌，见晛曰消。

● "目"，元本作"自"。

喈喈《诗·周南》：黄鸟于飞，集于灌木，其鸣喈喈。

喓喓《诗·召南》：喓喓草虫。

皎日《诗·王风》：谓予不信，有如皎日。

嘒星《诗·周南》：嘒彼小星，三五在东。

参差《诗·周南》：参差荇菜。

沃若《诗·曹风》：其叶沃若。

鱼贯《易·剥卦》：六五，贯鱼以宫人宠，无不利。

丽则、丽淫见《诠赋》篇。

棠华《诗·小雅》：裳裳者华，或黄或白。

秋兰《楚辞·九歌》：秋兰兮青青，绿叶兮紫茎。

才略第四十七

纪评：《时序》篇总论其世，《才略》篇各论其人。

黄评：上下百家，体大而思精，真文囿之巨观。

九❶代之文，富矣盛矣；其辞令华采，可略而详也。虞夏文章，则有皋陶六德，夔序八音，益则有赞，五子作歌，辞义温雅，万代之仪表也。商周之世，则仲虺垂诰，伊尹敷训，吉甫之徒，并述诗颂，义固为经，文亦师矣。

及乎春秋大夫，则修辞聘会，磊落如琅玕之圃，焜耀

---

❶ "九"，元本作"几"。

似缛锦之肆，蓮敖_{元作"教"，曹改。}择楚国之令典，随会讲晋国之礼法，赵衰_{元作"襄"，曹改。}以文胜从飨，国侨以修辞扞郑，子太叔美秀而文，公孙挥善于辞令，皆文名之标者也。战代任武，而文士不绝：诸子以道术取资，屈宋以《楚辞》发采，乐毅报书辨以义，范雎上疏密而至，苏秦历说壮而中，李斯自奏丽而动，若在文世，则扬班俦矣。荀况学宗，而象物名赋，文质相称，固巨儒之情也。

汉室陆贾，首发奇采，赋孟春而选典诰，其辩之富矣。贾谊才颖，陵轶飞兔，议惬而赋清，岂虚至哉？枚乘之《七发》，邹阳之《上书》，膏润于笔，气形于言矣。仲舒专儒，子长纯史，而丽缛成文，亦诗人之告哀焉。相如好书，师范屈宋，洞入夸艳，致名辞宗。然覆取精意，理不胜辞，故❶扬子以为文丽用寡者长卿，诚哉是言也！王褒构采，以密巧为致，附声测貌，泠然可观。子云属意，辞人_{疑误}。最深，观其涯度幽远，搜选诡丽，而竭才以钻思，故能理赡而辞坚矣。桓谭著论，富号❷猗顿，宋弘称荐，爰比相如，而《集灵》诸赋，偏浅无才，故知长于讽论，不及丽文也。敬通雅好辞说，而坎壈盛世，《显志》自序，亦蚌病成珠矣。二班两刘，弈叶继采，旧说以为固文优彪，歆学精向，然《王命》清辩，《新序》该练，璇璧产于昆冈，亦难得而逾本矣。傅毅崔骃，光采

---

❶ "故"，元本作"政"。

❷ "富号"，元本作"号富"。

比肩，瑷寔踵武，龙世厥风者矣。杜笃贾逵，亦有声于文，迹其为才，崔傅之末流也。李尤元作"充"，王改。赋铭，志慕鸿裁，而才力沉膇，垂翼不飞。马融鸿儒，思洽识一作"登"。高，吐纳经范，华实相扶。王逸博识有功，而绚采无力；延寿继志，环颖独标，其善图物写貌，岂枚乘之遗术欤？张衡通赡，蔡邕精雅，文史彬彬，隔世相望。是则竹柏异心而同贞，金玉殊质而皆宝也。刘向之奏议，旨切而调缓；赵壹之辞赋，意繁而体疏；孔融气盛于为笔，祢衡思锐于为文，有偏美焉。潘勖凭经以骋才，故绝群于锡命；王朗发愤以托志，亦致美于序铭。然自卿渊已前，多俊才而不课学；雄向已后，颇引书以助文。此取与之大际，其分不可乱者也。

魏文之才，洋洋清绮，旧谈抑之，谓去植千里，然子建思捷而才俊，诗丽而表逸，子桓虑详而力缓，故不竞于先鸣；而乐府清越，《典论》辩要，迭用短长，亦无懵焉。但俗情抑扬，雷同一响，遂令文帝以位尊减才，思王以势窘益价，未为笃论也。仲宣溢才，捷而能密，文多兼善，辞少瑕累，摘其诗赋，则七子之冠冕乎！琳瑀以符檄擅声，徐幹以赋论标美，刘桢情高以会采，应玚学优以得文。路粹杨修，颇怀笔记之工；丁仪邯郸，亦含论述之美，有足算焉。刘劭《赵都》，能攀于前修；何晏《景福》，克光于后进；休琏风情，则《百壹》标其志；吉甫文理，则《临丹》成其采；嵇康师心以遣论，阮籍使气以命诗，殊声而合响，异翮而同飞。

张华短章，奕奕清畅，其《鹪鹩》寓意，即韩非之《说难》也。左思奇❶才，业深覃思，尽锐于《三都》，拔萃于《咏史》，无遗力矣。潘岳敏给，辞自疑作"旨"。和畅，钟美于《西征》，贾余于哀诔，非自外也。陆机才欲窥深，辞务索广，故思能入巧而不制繁；士龙朗练，元作"陈"，王青莲改。以识检乱，故能布采鲜净，敏于短篇。孙楚缀思，每直置以疏通；挚虞述怀，必循规以温雅，其品藻流别，有条理焉。傅玄篇章，义多规镜；长虞笔奏，世执刚中，并桢汪作"柂"。干之实才，非群华之韡萼也。成公子安，选赋而时美，夏侯孝若，具体而皆微。曹摅清靡于长篇，季鹰❷辨切于短韵，各其善也。孟阳景福，才绮而相埒，可谓鲁卫之政，兄弟之文也。刘琨雅壮而多风，卢谌情发而理昭，亦遇之于时势也。景纯艳逸，足冠中兴，《郊赋》既穆穆以大观，《仙诗》亦飘飘而凌云矣。庾元规之表奏，靡密以闲畅；温太真之笔记，循理而清通，亦笔端之良工也。孙盛干宝，元作"子实"。文胜为史，准的所拟，志乎典训，户牖虽异，而笔彩略同。袁宏发轸以高骧，故卓出而多偏；孙绰规旋以矩步，故伦序而寡状；殷仲文之孤疑作"秋"。兴，谢叔源之闲情，并解散辞体，缥缈浮音，虽滔滔风流，而大浇文意。

宋代逸才，辞翰鳞萃，世近易明，无劳甄序。观夫后汉才林，可参西京；晋世文苑，足俪邺都。然而魏时话

---

❶ "奇"，元本作"立"。
❷ "季鹰"，元本作"李膺"。

言，必以元封为称首；宋来美谈，亦以❶建安为口实。何也？岂非崇文之盛世，招才之嘉会哉？嗟夫，此古人所以贵乎时也！

赞曰：才难然乎，性各异禀。一朝综文，千年凝锦。余采徘徊，遗风籍甚。无曰纷杂，皎然可品。

六德《书·皋陶谟》：日严祗敬六德，亮采有邦。

八音《书·舜典》：帝曰夔，命汝典乐，教胄子，八音克谐，无相夺伦。

仲虺《书序》：汤归自夏，至于大坰，仲虺作诰。

伊训《书序》：成汤既殁，太甲元年，伊尹作《伊训》。

吉甫《诗·大雅·嵩高》《蒸民》，皆尹吉甫作也。

蔿敖《左传》：随武子曰：蔿敖为宰，择楚国之令典，百官象物而动，军政不戒而备，能用典矣。蔿敖即蔿艾猎，孙叔敖也。

随会《左传》：晋士会平王室，王享之殽烝。武子私问其故。王曰：王享有体荐，宴有折俎，公当享，卿当宴，王室之礼也。武子归而讲求典礼，以修晋国之法。

赵衰《左传》：秦穆公享公子重耳。子犯曰：偃不如衰之文也，请使衰从。公子赋河水，公赋六月。衰曰：君称所以佐天子者命重耳，重耳敢不拜。

国侨《左传》：子产之为政也，择能而使之。冯简子能断大事，子太叔美秀而文，公孙挥能知四国之为，而辨其大夫

---

❶ "以"，元本脱。

之族姓、班位、贵贱、能否，而又善为辞令。

乐毅《乐毅传》：毅为燕昭王破齐，独莒、即墨未服。昭王死，惠王即位，齐之田单闻之，乃纵反间于燕曰：齐两城不下者，闻乐毅与燕新王有隙，欲连兵且留齐。惠王乃使骑劫代将，而召乐毅。乐毅畏诛，遂西降赵。惠王使人让之，毅报以书。

荀况《史记索隐》：荀卿名况。卿者，时人相尊而号为卿也。有《云》《蚕》《箴》等赋，见《荀子》。

飞兔《吕氏春秋》：飞兔騕褭，古之骏马也。

猗顿《水经注》：孔丛曰：猗顿，鲁之穷士也，闻朱公富，往而问术焉。朱公曰：子欲速富，当畜五牸。于是十年之间，其息不可计。以兴富于猗氏，故曰猗顿也。《论衡》：挟桓君山之书，富于积猗顿之财。

宋弘称荐《宋弘传》：帝尝问弘通博之士，弘荐沛国桓谭才学洽闻，能及扬雄、刘向父子。

集灵《艺文类聚》有桓谭《集灵宫赋》。

显志《冯衍传》：衍与新阳侯交结，得罪，不得志，乃作赋自厉，命其篇曰《显志》。显志者，言光明风化之情，昭章玄妙之思也。

蚌病《淮南子》：明月之珠，螺蚌之病而我之利也。

二班彪、固。

两刘向、歆。

王命见《论说》篇。

新序《刘向传》：向采传记行事，著《新序》《说苑》，凡五十篇。

崔骃《后汉书》：崔骃博学有伟才，善属文，少游太学，与班固、傅毅同时齐名。子瑗，锐志好学，尽能传其父业。瑗子寔，少沉静好典籍。传赞曰：崔为文宗，世禅雕龙。

李尤原作李充。按：《后汉·独行传》：李充，陈留人，不言有著述。《晋中兴书》：李充，江夏人，著《学箴》。然此在贾逵之后，马融之前，则李尤也。尤在和帝时拜兰台令史，有《函谷》诸赋、《并车》诸铭。而贾逵仕明帝时，马融仕顺桓时，以序观之，乃李尤无疑。

沉膇《左传·成公六年》，献子曰：民愁则垫隘，于是乎有沉溺重膇之疾。

垂翼《易·明夷卦》：初九，明夷于飞，垂其翼。

枚乘遗术谓逸与延寿犹乘之于皋，而延寿殆欲突过前人也。

赵壹《后汉·文苑传》：壹恃才倨傲，为乡党所摈，乃作《解摈》。后屡抵罪，友人救得免，乃为《穷鸟赋》以谢恩，又作《刺世疾邪赋》以舒其怨愤。

七子魏文帝《典论》：今之文人，鲁国孔融文举、广陵陈琳孔璋、山阳王粲仲宣、北海徐幹伟长、陈留阮瑀元瑜、汝南应玚德琏、东平刘桢公幹。斯七子者，于学无所遗，于辞无所假，咸以自骋骥騄于千里，仰齐足而并驰。

丁仪邯郸《魏志》：自颍川邯郸淳、繁钦、陈留路粹、沛国丁仪、丁廙、弘农杨修、河内荀纬等，亦有文采，而不在此七人之列。

刘劭注见《事类》篇。

休琏《应璩传》：璩字休琏。曹爽秉政，多违法度，璩为诗以讽焉。子贞字吉甫，少以才闻，能谈论。《楚国先贤传》：应休琏作《百一诗》讥切时事，遍以示在位者，咸皆怪愕，以为应焚弃之，何晏独无怪也。《乐府广题》：百者数之终，一者数之始。士有百行，终始如一，故云百一。

何晏晏字平叔，有《景福殿赋》。《文选注》：魏明帝将东巡，恐夏热，故于许昌作殿，名曰景福。既成，命赋之，平叔遂有此作。

嵇康《嵇康传》：康以为神仙禀之自然，非积学所得；至于导养得理，则安期、彭祖之伦可及，乃著《养生论》。

阮籍《阮籍传》：籍作《咏怀诗》八十余篇，为世所重。颜延年曰：说者阮籍在晋文代，常虑祸患，故发此咏耳。

韩非非著《说难》《储说》。注见《知音》篇。

左思左思有《咏史诗》。

潘岳《潘岳传》：岳为长安令，作《西征赋》，述所经人物山水，文清旨诣。

窥深《世说》：孙兴公云：潘文浅而净，陆文深而芜。

世执咸，玄子也。

刚中《易·乾卦》：大哉乾乎，刚健中正纯粹精也。

具体按：湛作《周诗》《昆弟诰》，正如谢公评《扬都赋》所云：事事拟学，而不免俭狭者也。

卢谌《卢谌传》：刘琨败丧，谌抗表理琨，文旨甚切。谌才高行洁，为一时所推，值中原丧乱，沦陷非所。

南郊《郭璞传》：璞博学有高才，辞赋为中兴冠，尝作《南郊赋》，帝见而嘉之。

西京 光武都洛阳，长安在西，故曰西京。而文人遂以前汉为西京，后汉为东都也。

邺都《文选》：魏曹操都邺，相州是也。

元封《汉·武帝纪》：上还登封泰山，降坐明堂，以十月为元封元年。

建安 见《明诗》篇。

知音第四十八

知音其难哉！音实难知，知实难逢，逢其知音，千载其一乎！夫古来知音，多贱同而思古，所谓日进前而不御，遥闻声而相思也。昔《储说》始出，《子虚》初成，秦皇汉武，恨不同时；既同时矣，则韩囚而马轻，岂不明鉴同时之贱哉！至于班固傅毅，文在伯仲，而固嗤毅云下笔不能自休。及陈思论才，亦深排孔璋；敬礼请润色，叹以为美谈；季绪好诋诃，方之于田巴，意亦见矣。

纪评："难"字一篇之骨。

黄评："不薄今人爱古人"，老杜所以度越百家。

故魏文称文人相轻，非虚谈也。至如君卿唇舌，而谬欲论文，乃称史迁著书，谘东方朔，于是桓谭之徒，相顾嗤笑，彼实博徒，轻言负诮，况乎文士，可妄谈哉！故鉴照洞明，而贵古贱今者，二主是也；才实鸿懿，而崇己抑人者❶，班曹是也；学不逮文，而信伪迷真者，楼护是也。酱瓿之议，岂多叹哉！夫麟凤与麏雉悬绝，珠玉与砾石超殊，白日垂其照，青眸写其形。

纪评：确有此三种。

然鲁臣以麟为麏，楚人以雉为凤，魏氏以夜光为怪石，宋客以燕砾为宝珠。形器易征，谬乃若是；文情难鉴，谁曰易分？夫篇章杂沓，质文交加，知多偏好，人莫圆该。

纪评：此似是而非之见，虽相赏识，亦非知音。

纪评：又进一层。

慷慨者逆声而击节，酝藉者见密而高蹈，浮慧者观绮而跃心，爱奇者闻诡而惊听。会己则嗟讽，异我则沮弃，各执一隅之解，欲拟万端之变。所谓东向而望，不见西墙也。

纪评：千古症结，数言洞见。

凡操千曲而后晓声，观千剑而后识器；故圆照之象，务先博观。阅乔岳以形培塿，酌沧波以喻畎浍，无私于轻重，不偏于憎爱，然后能平理若衡，照辞如镜矣。是以将阅文情，先标六观：一观位体，二观置辞，三观通变，四观奇正，五观事义，六观宫商。斯术既形，则优劣见矣。

纪评：扼要之论，探出知音之本。

---

❶ "者"，元本脱。

夫缀文者情动而辞发，观文者披文❶以入情，沿波讨源，虽幽必显。世远莫见其面，觇文辄见其心。岂成篇之足深，患识照之自浅耳。夫志在山水，琴表其情，况形之笔端，理将焉匿。故心之照理，譬目之照形，目瞭则形无不分，心敏则理无不达。然而俗监之迷者，深废浅售，此庄周所以笑折杨，宋玉所以伤白雪也。昔屈平有言：文质疏内，众不知余之异采。见异唯知音耳。扬雄自称心好沉博绝丽之文，其事浮浅，亦可知矣。夫唯深识鉴奥，必欢然内怿，譬春台之熙众人，乐饵之止过客。盖闻兰为国香，服媚弥芬；书亦国华，玩泽方美。知音君子，其垂意焉。

纪评：此一段说到音本易知，乃弥觉知音不逢之可伤。

赞曰：洪钟万钧，夔旷所定。良书盈箧，妙鉴乃订。流郑淫人，无或失听。独有此律，不谬蹊径。

日进遥闻《鬼谷子·内揵篇》：日进前而不御，遥闻声而相思。

储说《韩非传》：非作《孤愤》《五蠹》《内外储》《说林》《说难》，十余万言。秦王见其书曰：寡人得见此人，与之游，死不恨矣。因急攻韩，韩乃遣非使秦。李斯、姚贾害之，下吏治非。

子虚见《丽辞》篇"上林"注。

龂毅魏文帝《典论》：傅毅之于班固，伯仲之间耳，而

---

❶ "文"，元本作"寻"。

固小之。与弟超书曰：武仲以能属文为兰台令史，下笔不能自休。

论才《陈思王集·与杨德祖书》：以孔璋之才，不闲于辞赋，而多自谓能与司马长卿同风。譬画虎不成反为狗者也。昔丁敬礼尝作小文，使仆润色之。仆自以才不过若人，辞不为也。敬礼谓仆：卿何所疑难，文之佳恶，吾自得之，后世谁相知定吾文者耶！吾尝叹此达言，以为美谈。刘季绪才不逮于作者，而好诋诃文章，掎摭利病。昔田巴毁五帝，罪三王，呰五霸于稷下，一旦而服千人。鲁连一说，使终身杜口。刘生之辩，未若田氏，今之仲连，求之不难，可无叹息乎！丁廙字敬礼。季绪，刘表子也。

相轻 魏文帝《论》：文人相轻，自古而然。

楼护《汉·游侠传》：楼护字君卿，少随父为医长安，诵医经、本草、方术数十万言。长者谓曰：以君卿之才，何不宦学乎？繇是辞其父，学经传，为吏数年，甚得名誉。

酱瓿《扬雄传》：著《太玄》《法言》，刘歆尝观之，谓雄曰：空自苦！今学者有利禄，然尚不能明易，又如玄何？吾恐后人用覆酱瓿也。

麟麟 见《史传》篇"泣麟"注。

雉凤《尹文子》：楚担山雉者，路人问何鸟也。担雉者欺之曰：凤凰也，买而献之楚王。

怪石《尹文子》：魏之田父得玉径尺，不知其玉也，以告邻人。邻人绐之曰：怪石也。归而置之庑下，明照一室，怖而弃之于野。

燕砾《阚子》：宋之愚人得燕石于梧台之东，归而藏之以为宝。周客闻而观焉，掩口而笑曰：与瓦砾不殊。

东向《淮南子》：东面而望，不见西墙；南面而视，不睹北方。

琴表其情《吕氏春秋》：伯牙鼓琴，钟子期善听。方鼓琴，志在泰山，子期曰：善哉乎鼓琴，巍巍乎若泰山。志在流水，曰：善哉乎鼓琴，洋洋乎若流水。

折杨《庄子》：大声不入于里耳，《折杨》《皇荂》则嗑然而笑。是故高言不正于众人之心，至言不出，俗言胜也。

白雪宋玉《对楚王问》：客有歌于郢中者，其始曰《下里》《巴人》，国中属而和者数千人。其为《阳春》《白雪》，国中属而和者数十人。是以其曲弥高，其和弥寡。

异采屈平《九章》：文质疏内兮，众不知余之异采。

春台《老子》：众人熙熙，如登春台。

乐饵《老子》：乐与饵，过客止。

国香《左传》：郑文公有贱妾曰燕姞，梦天使与己兰，曰：以是为而子，以兰为国香，人服媚之如是。

程器第四十九

《周书》论士，方之梓材，盖贵器用而兼文采也。是以朴斫成而丹雘施，垣墉立而雕杇附。而近代词人，务华弃实，故魏文以为古今文人，之"之"字衍。类不护细行，韦诞所评，又历诋群才，后人雷同，混之一贯，吁可悲矣！

略观文士之疵，相如窃妻而受金，扬雄嗜酒而少算，敬通之不循廉隅，杜笃之请求无厌，班固谄窦以作威，马融党梁而黩货，文举傲诞以速诛，正平狂憨以致戮，仲宣轻脆以躁竞，孔璋惚恫以粗疏，丁仪贪婪以乞货，路粹餔啜而无耻，潘岳诡譸❶于愍怀，陆机倾仄于贾郭，傅玄刚隘而詈台，孙楚狠汪作"很"。愎而讼府，诸有此类，并文士之瑕累。文既有之，武亦宜然。古之将相，疵咎实多。至如管仲之盗窃，吴起之贪淫，陈平之污点，绛灌之谗嫉，沿兹以下，不可胜数。孔光负衡据鼎，而仄媚董贤；况班马之贱职，潘岳之下位哉！王戎开国上秩，而鬻官嚣俗；况马杜之磬悬，丁路之贫薄哉！然子夏无亏于名儒，濬冲不尘乎竹林者，名崇而讥减也。若夫屈贾之忠贞，邹枚之机觉，黄香之淳孝，徐幹之沉默，岂曰文士，必其玷欤？

纪评：此亦有激之谈，不为典要。

盖人禀五材，修短殊用，自非上哲，难以求备。然将相以位隆特达，文士以职卑多诮，此江河所以腾涌，涓流所以寸折者也。名之抑扬，既其然矣；位之通塞，亦有以焉。盖士之登庸，以成务为用。鲁之敬姜，妇人之聪明耳，然推其机综，以方治国，安有丈❷夫学文，而不达于

---

❶ "譸"，元本作"祷"。
❷ "丈"，元本作"大"。

政事哉？彼扬马之徒，有文无质，所以终乎下位也。昔庾元规才华清英，勋庸有声，故文艺不称，若非台岳，则正以文才也。文武之术，左右惟宜，郤縠敦书，故举为元帅，岂以好文而不练武哉？孙武《兵经》，辞如珠玉，岂以习武而不晓文也？

纪评：此种亦纯是客气。观此一篇，彦和亦发愤而著书者。观《时序》篇，此书盖成于齐末，彦和入梁乃仕，故郁郁乃尔耶？

黄评：此篇于文外补修行立功，制作之体乃更完密。

是以君子藏器，待时而动，发挥事业，固宜蓄素以弸[1]中，散采元作"悉"，龚仲和改。以彪外，楩楠其质，豫章其干。摛文必在纬军国，负元作"贤"，龚改。重必在任栋梁，穷则独善以垂文，达则奉时以骋绩，若此文人，应梓材之士矣。

赞曰：瞻彼前修，有懿文德。声昭楚南，采动梁北。雕而不器，贞干谁则。岂无华身，亦有光国。

梓材《书·梓材》：若作室家，既勤垣墉，惟其涂塈茨。若作梓材，既勤朴斫，惟其涂丹雘。

韦诞《文章叙录》：韦诞字仲将，太仆端之子。鱼豢尝举王阮诸人以问诞，诞对曰：仲宣伤于肥戆，休伯都无格检，元瑜病于体弱，孔璋实自粗疏，文蔚性颇忿鸷。

窃妻受金《司马相如传》：卓王孙有女文君新寡，好

[1] "弸"，元本作"刚"。

音，相如以琴心挑之。文君窃从户窥，心悦而好之，恐不得当也，夜亡奔相如。相如与驰归成都。其后有人言，相如使蜀时受金，失官。

嗜酒《扬雄传》：雄家素贫，嗜酒，时有好事者，载酒肴从游学。

敬通《冯衍传》：衍字敬通。显宗即位，人多短衍文过其实，遂废于家。衍与妇弟书，数妇之恶，有云：以室家之故，捐弃衣冠，心专耕耘，以求衣食。

杜笃《后汉·文苑传》：杜笃居美阳，与美阳令游，数从请托不谐，颇相恨。令怒，收笃送京师。

班固《班固传》：大将军窦宪出征匈奴，以固为中护军与参议。及窦宪败，固先坐免官。固不教学诸子，诸子多不遵法度，吏人苦之。

马融《马融传》：融为梁冀草奏，奏李固，又作《大将军西第颂》，以此颇为正直所羞。论曰：马融奢乐恣性，党附成讥，固知识能匡欲者鲜矣。

文举《孔融传》：融字文举，负其高气，志在靖难。而才疏意广，后为曹操所杀。

正平《后汉·文苑传》：祢衡字正平，少有才辩，而气尚刚傲，后为黄祖所杀。

慁恫《广韵》：慁恫，不得志也。

诡譸《晋·愍怀太子传》：贾后将废太子，诈称上不和，召太子置别室，逼饮醉之。使潘岳作书草若祷神之文，有如太子素意，因醉而书之。令小婢以纸笔及书草使太子依而写之。后以呈帝，废太子。

倾仄《陆机传》：机好游权门，与贾谧亲善，以进趣获讥。

贾郭《郭彰传》：彰，贾后从舅也。与贾充素相亲。遇贾后专朝，彰与参权势，宾客盈门，世人称为贾郭。

詈台《傅玄传》：玄转司隶校尉，谒者以弘训宫为殿内，制玄位在卿下。玄恚怒，厉声色而责谒者。谒者妄称尚书所处，玄对百僚而骂尚书以下。御史中丞庾纯奏玄不敬。

讼府《孙楚传》：楚参石苞骠骑军事，初至，长揖曰：天子命我参卿军事。因此而嫌隙遂构。苞奏楚与吴人孙世山共讪毁时政。楚亦抗表自理，纷纭经年。

管仲盗窃《说苑》：邹子曰：管仲故成阴之狗盗也。

吴起《吴起传》：起闻魏文侯贤，欲事之。文侯问李克曰：吴起何如人哉？李克曰：起贪而好色，然用兵，司马穰苴不能过也。

谗陈平《陈丞相世家》：绛侯、灌婴等咸谗陈平曰：臣闻平家居时，盗其嫂；事魏不容，亡归楚；归楚不中，又亡归汉。今日大王尊官之，令护军。平受诸将金，金多者得善处，金少者得恶处。平，反覆乱臣也。《贾谊传》：绛、灌、东阳侯、冯敬之属尽害之。注：绛、灌，周勃、灌婴也。

孔光《汉·佞幸传》：初，丞相孔光为御史大夫，时董贤父恭为御史，事光。及贤为大司马，与光并为三公，上故令贤私过光。光知上欲尊宠贤，及闻贤当来也，光警戒衣冠，出门待望，见贤车乃却入。贤至中门，光入阁。既下车，乃出拜谒，送迎甚谨，不敢以宾客钧敌之礼。贤归，上闻之喜。

王戎《王戎传》：戎与阮籍诸人为竹林之游，戎尝后至。籍曰：俗物已复来败人意。戎笑曰：卿辈意亦复易败耳！后以平吴功封安丰侯。南郡太守刘肇赂戎筒中细布五十端，为司隶所纠。帝虽不问，然为清慎者所鄙。

邹枚《邹阳传》：吴王濞阴有邪谋，阳奏书谏。吴王不内其言。于是邹阳、枚乘、严忌知吴不可说，皆去之梁。

黄香《后汉·文苑传》：黄香年九岁失母，思慕憔悴，殆不免丧，乡人称其至孝。太守刘护闻而召之，署门下孝子。香博学经典，究精道术，能文章。肃宗诏香诣东观，读所未尝见书。

徐幹《魏志》：徐幹字伟长。魏文帝《书》：伟长怀文抱质，恬淡寡欲，有箕山之志，可谓彬彬君子矣。著《中论》二十余篇，成一家之业，辞义典雅，足传于后。

敬姜《国语》：公父文伯退朝，朝其母，方绩，文伯曰：以歜之家，而主犹绩，惧干季孙之怒也。敬姜叹曰：昔圣王之处民也，择瘠土而处之，劳其民而用之，男女效绩，愆则有辟，古之制也。

敦书《左传》：晋侯蒐于被庐，作三军，谋元帅。赵衰曰：郤縠可。臣亟闻其言矣，说《礼》《乐》而敦《诗》《书》。

孙武《孙子传》：孙武以兵法见吴王阖庐，阖庐曰：子之十三篇，吾尽观之矣，可以小试勒兵乎？对曰：可。

弸中、彪外扬子《法言》：君子言则成文，动则成德，何以也？曰：以其弸中而彪外也。注：弸，满也。彪，文也。

梗楠陆贾《新语》：梗楠豫章，天下之名木，立则为大山众木之宗，仆则为万世之用。

序志第五十

纪评：此全书之总序。古人之序皆在后，《史记》《汉书》《法言》《潜夫论》之类，古本尚斑斑可考。

夫❶文心者，言为文之用心也。昔涓子《琴心》，王孙《巧心》，心哉美矣，故一本上有"夫"字。用之焉！元脱，按《广文选》补。古来文章，以雕缛成体，岂取驺奭之群言雕龙也？夫宇宙绵邈，黎献纷杂，拔萃出类，智术而已。岁月飘忽，性灵不居，腾声飞实，制作而已。夫有衍。肖貌天地，禀性五才，一作"行"。拟耳目于日月，方声气乎风雷，其超出万物，亦已灵矣。形同草木之脆，名逾金石之坚，是以君子处世，树德建言，岂好辩哉？不得已也！

黄评：读欧阳子《送徐无党序》，又爽然自失矣。

予生七龄，乃梦彩云若锦，则攀而采之。齿在逾立，则尝夜梦❷执丹漆之礼器，随仲尼而南行。旦而寤，乃怡然而喜：大哉，圣人之难见也，乃小子之垂梦欤！自生人以来，未有如夫子者也。敷赞圣旨，莫若注经，而马郑诸

---

❶ "夫"，元本脱。
❷ "尝夜梦"，元本作"常梦"。

儒，弘之已精，就有深解，未足立家。唯文章之用，实经典枝条，五礼资之以成，六典因之致用，君臣所以炳焕，军国所以昭明，详其本源，莫非一作"外"。经典。而去圣久远，文体解散，辞人爱奇，言贵浮诡，饰羽尚画，文绣鞶帨，离本弥甚，将遂讹滥。盖《周书》论辞，贵乎体要；尼父陈训，恶乎异端；辞训之异，宜体于要。于是搦笔和墨，乃始论文。

纪评：全书对针此数语立言。

详观近代之论文者多矣！至于一作"如"。魏文述典，陈思序书，应玚《文论》，陆机《文赋》，仲治《流别》，弘范《翰林》，各照隅隙，鲜观衢路；或臧否当时之才，或铨品前修之文，或泛举雅俗之旨，或撮题篇章之意。魏典密而不周，陈书辩而无当，应论华而疏略，陆赋巧而碎乱，《流别》精而少巧，《梁书》作"功"。《翰林》浅而寡要。又君山公幹之徒，吉甫士龙之辈，泛议文意，往往间出，并未能振叶以寻根，观澜而❶索源。不述先哲之诰，无益后生之虑。

纪评："功"字是。

盖《文心》之作也，本乎道，师乎圣，体乎经，酌乎纬，变乎《骚》，文之枢纽，亦云极矣。若乃❷论文叙笔，则囿汪作"品"。别区分，原始以表末，释名以章义，选文以定篇，敷理以举统，上篇以上，纲领明矣。至

---

❶ 自上文"执丹漆之礼器"至此"观澜而"，元本脱。

❷ "乃"，元本脱。

于割情析采，一作"表"。笼圈条贯，摛神性，图风势，苞一作"包"。会通，阅声字，崇替于《时序》，褒贬于《才略》，怊怅元作"怡畅"，王性凝改。于《知音》，耿介于《程器》，长怀《序志》，以驭群篇，下篇以下，毛目显矣。位理定名，彰乎大《易》之数，其为文用，四十九篇而已。

夫铨序一文为易，弥纶群言为难，虽复一作"或"。轻采毛发，深极骨髓，或有曲意密源，似近而远。辞所不载，亦不胜数矣。及其品列一作"许"。成文，有同乎旧谈者，非雷同也，势自不可异也；有异乎前论者，非苟异也，理自不可同也。同之与异，不屑古今，擘肌分理，唯务折衷。按辔文雅之场，环络藻绘之府，亦几乎备矣。但言不尽意，圣人所难，识在瓶管，何能矩矱❶。元脱，许补。茫茫往代，既沉一作"洗"。予闻，眇眇来世，倘尘彼观也。

纪评：平允之见。如此乃可以著书，亦如此其书乃传。

纪评：结处自负不浅。

纪评："洗"字是。

赞曰：生也有涯，无涯惟智。逐物实难，凭性良易。傲岸泉石，咀嚼文义。文果载心，余心有寄。

纪评：乾隆辛卯八月初六日阅毕，晓岚记。

涓子《文选注》：涓子，齐人，好饵术，隐于宕山，著

---

❶ "矩矱"，元本作"规矩"。

《琴心》三篇。

王孙《汉·艺文志》：《王孙子》一篇。一曰《巧心》。

雕龙见《诸子》篇"驺子"注。

腾声《封禅文》：蜚英声，腾茂实。

饰羽见《征圣》篇。

魏文《魏文帝集》有《典论·论文》《论方术》。

陈思《陈思王集·与杨德祖书》：仆少小好为文章，迄至于今，二十有五年矣。然今世作者，可略而言也。

应玚《应玚集》有《文质论》。

文赋《陆机集》有《文赋》。

流别见《颂赞》篇。

翰林《隋·经籍志》：《翰林论》三卷，晋著作郎李充撰。《晋书》：李充字弘度，江夏人，历官大著作郎，注《尚书》及《周易旨六论》，《释庄论》二篇，诗、赋、杂文二百四十首行于世。传中不言有《翰林论》，而《玉海》引《翰林论》，亦云弘范。

毛目《子华子》：毛举其目，尚不胜为数也。

瓶管《左传》：挈瓶之智。注：喻小智也。《庄子·秋水篇》：是直用管窥天。

姚培谦跋

此书向乏佳刻，少宰北平先生因旧注之阙略，为之补辑，穿穴百家，剪裁一手，既博既精，诚足以为功于前哲，嘉惠乎来兹矣！培谦于先生为年家子，屡辱以文字教督，午秋过山左藩署，蒙出全帙见示，并命携归校勘，付之枣梨。谢劣无能为役，又良工难得，迁延岁月而后告成。匪苟迟之，盖重之而不敢轻云尔。

乾隆六年辛酉仲秋，华亭姚培谦谨识。